33重生奇蹟
天崩地裂之後

強納森富蘭克林——著
傅葉——譯

THE 33:
THE ULTIMATE ACCOUNT OF
THE CHILEAN MINERS' DRAMATIC RESCUE

By Jonathan Franklin

這本書獻給我的家人，在這場現代傳奇中他們幾乎很少見到我。獻給我耐心的妻子 Toty，還有我六個寶貝女兒：Francisca、Susan、Maciel、Kimberly、Amy 與 little Zoe。最後，獻給我的孫子 Tomas，他幾乎沒見過我。

撰寫這本書是場挑戰，也是一段旅程，雖然不像這三十三位礦工的故事般曲折，但是我和他們一樣，非常高興終於能夠回家，回到平和的心境中。

強納森富蘭克林

二〇一〇年十二月，聖地牙哥，智利。

目錄

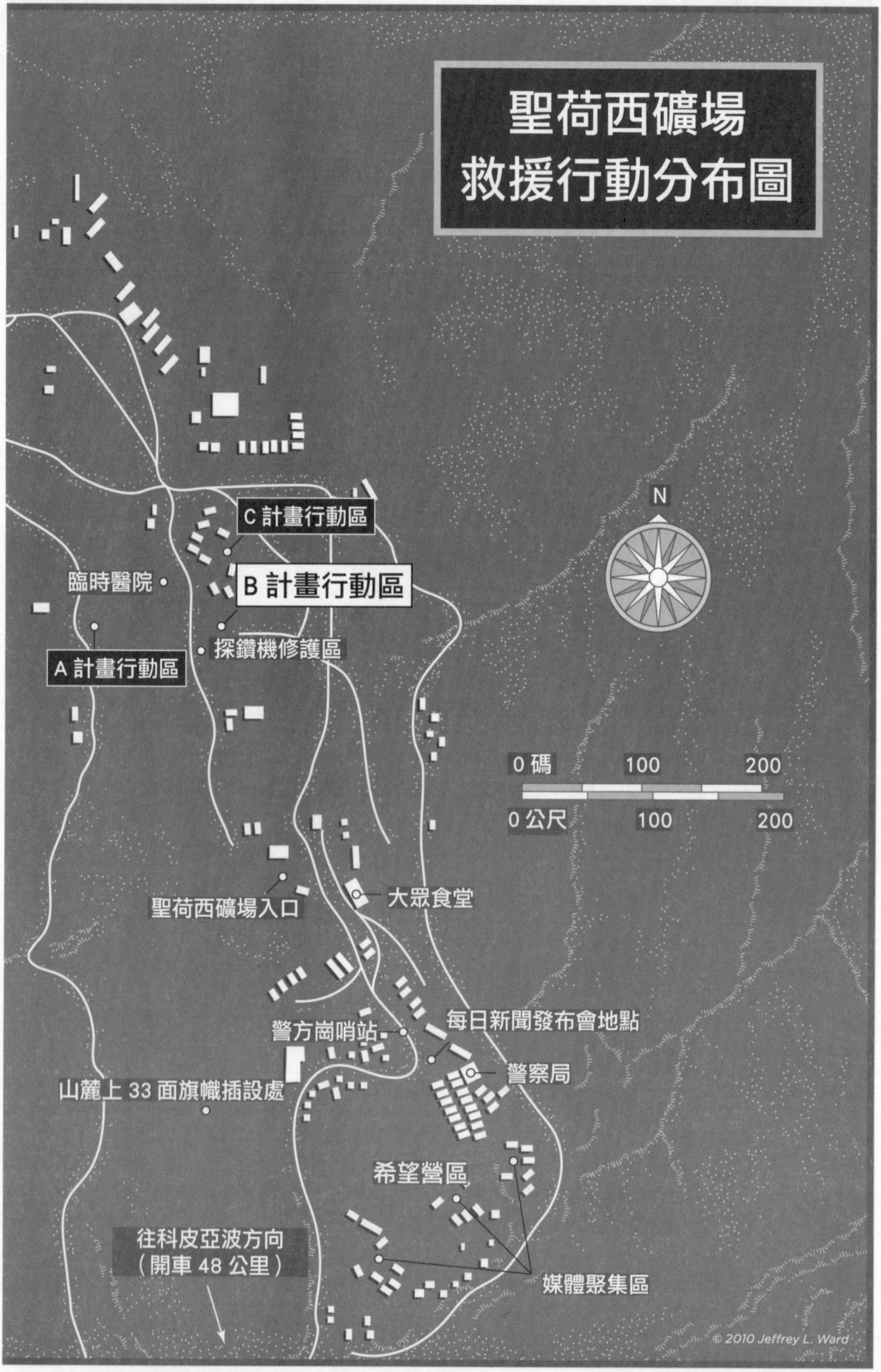
聖荷西礦場
救援行動分布圖
C 計畫行動區
B 計畫行動區
臨時醫院
探鑽機修護區
A 計畫行動區
N
0 碼
100
200
0 公尺
100
200
聖荷西礦場入口
大眾食堂
每日新聞發布會地點
警方崗哨站
警察局
山麓上 33 面旗幟插設處
希望營區
往科皮亞波方向
（開車 48 公里）
媒體聚集區
© 2010 Jeffrey L. Ward

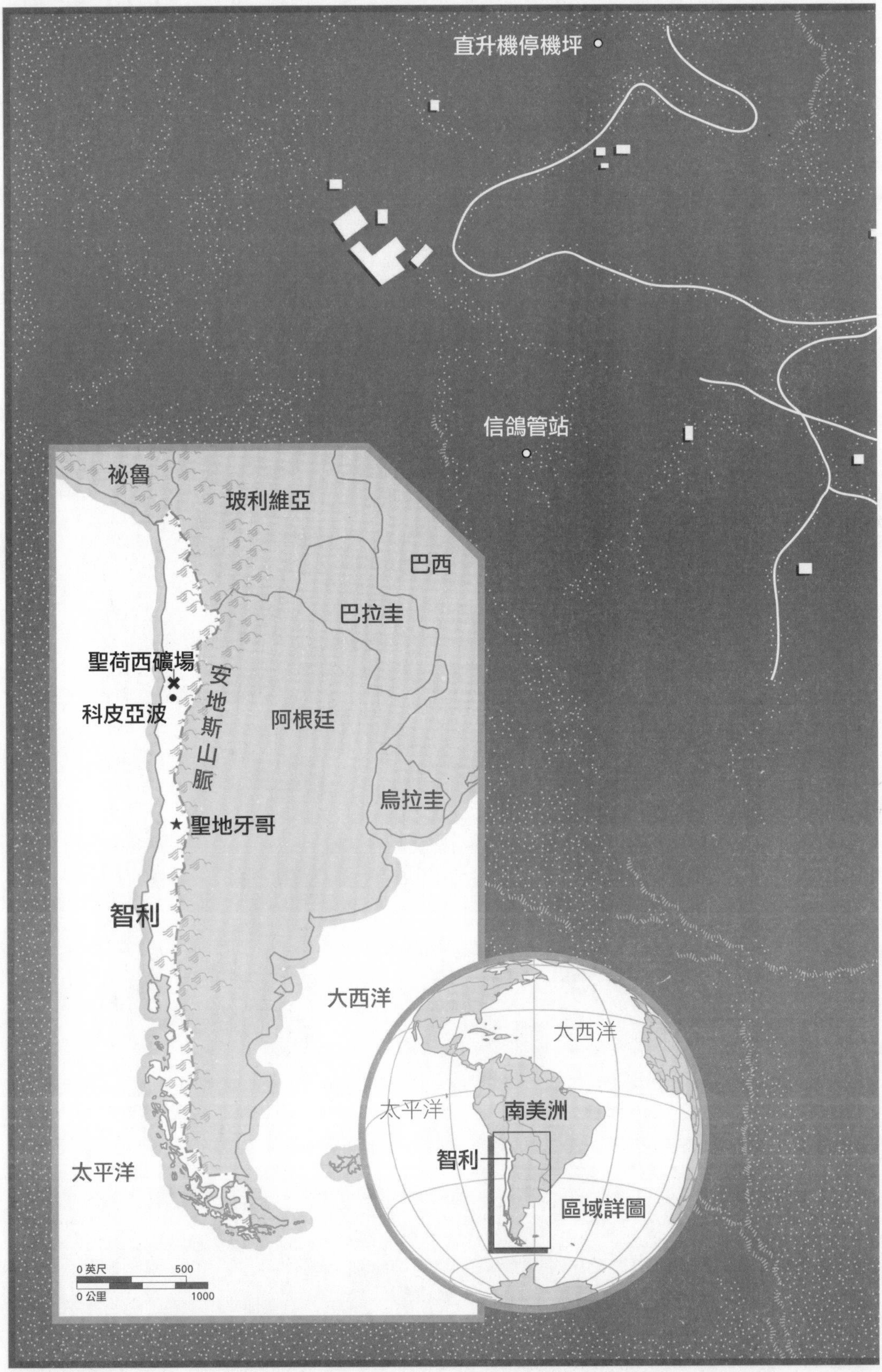
直升機停機坪
信鴿管站
祕魯
玻利維亞
巴西
巴拉圭
聖荷西礦場
科皮亞波
安地斯山脈
阿根廷
烏拉圭
聖地牙哥
智利
大西洋
太平洋
0 英尺 500
0 公里 1000
大西洋
太平洋
南美洲
智利
區域詳圖

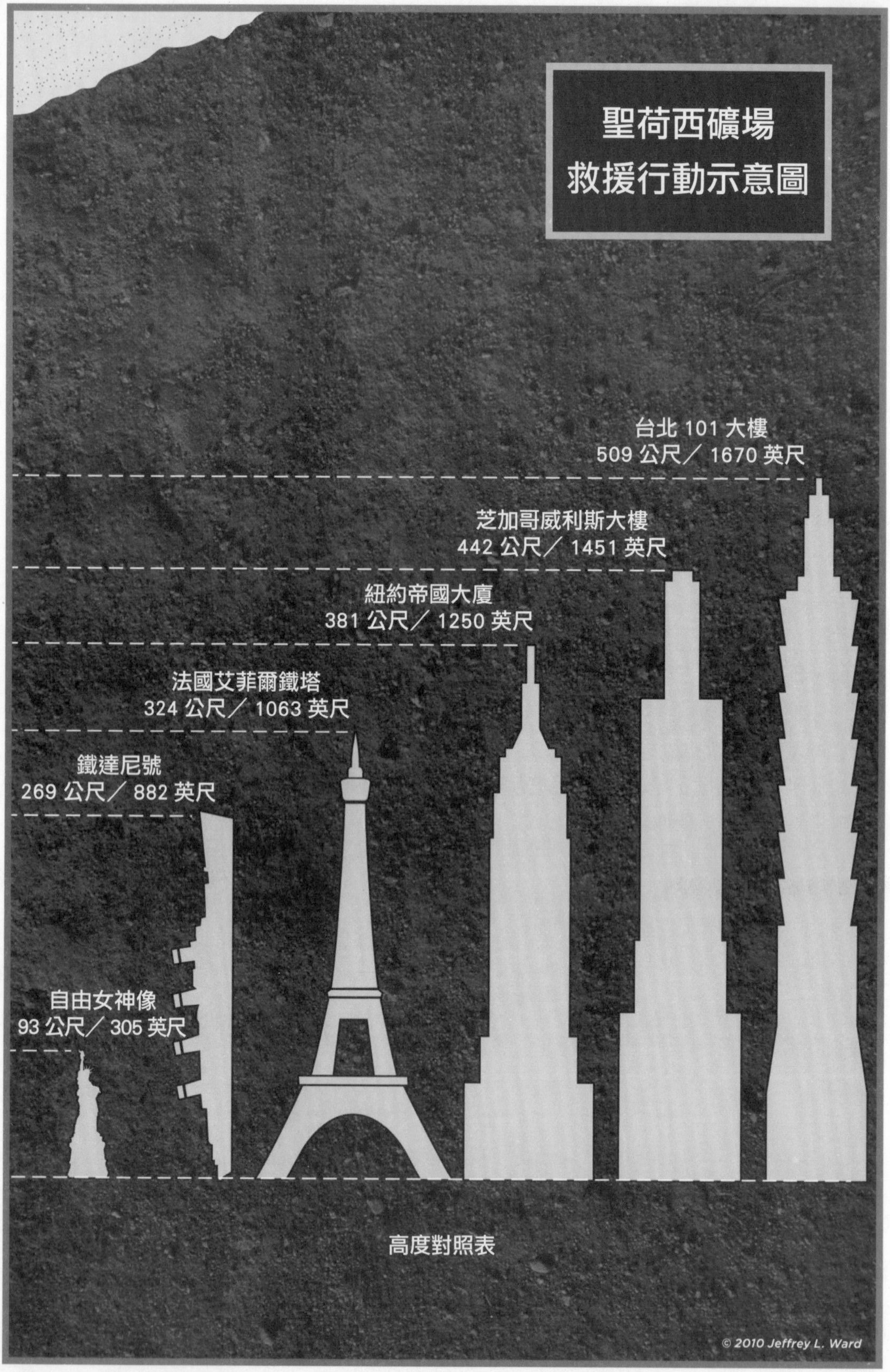
聖荷西礦場
救援行動示意圖
台北 101 大樓
509 公尺／ 1670 英尺
芝加哥威利斯大樓
442 公尺／ 1451 英尺
紐約帝國大廈
381 公尺／ 1250 英尺
法國艾菲爾鐵塔
324 公尺／ 1063 英尺
鐵達尼號
269 公尺／ 882 英尺
自由女神像
93 公尺／ 305 英尺
高度對照表
© 2010 Jeffrey L. Ward

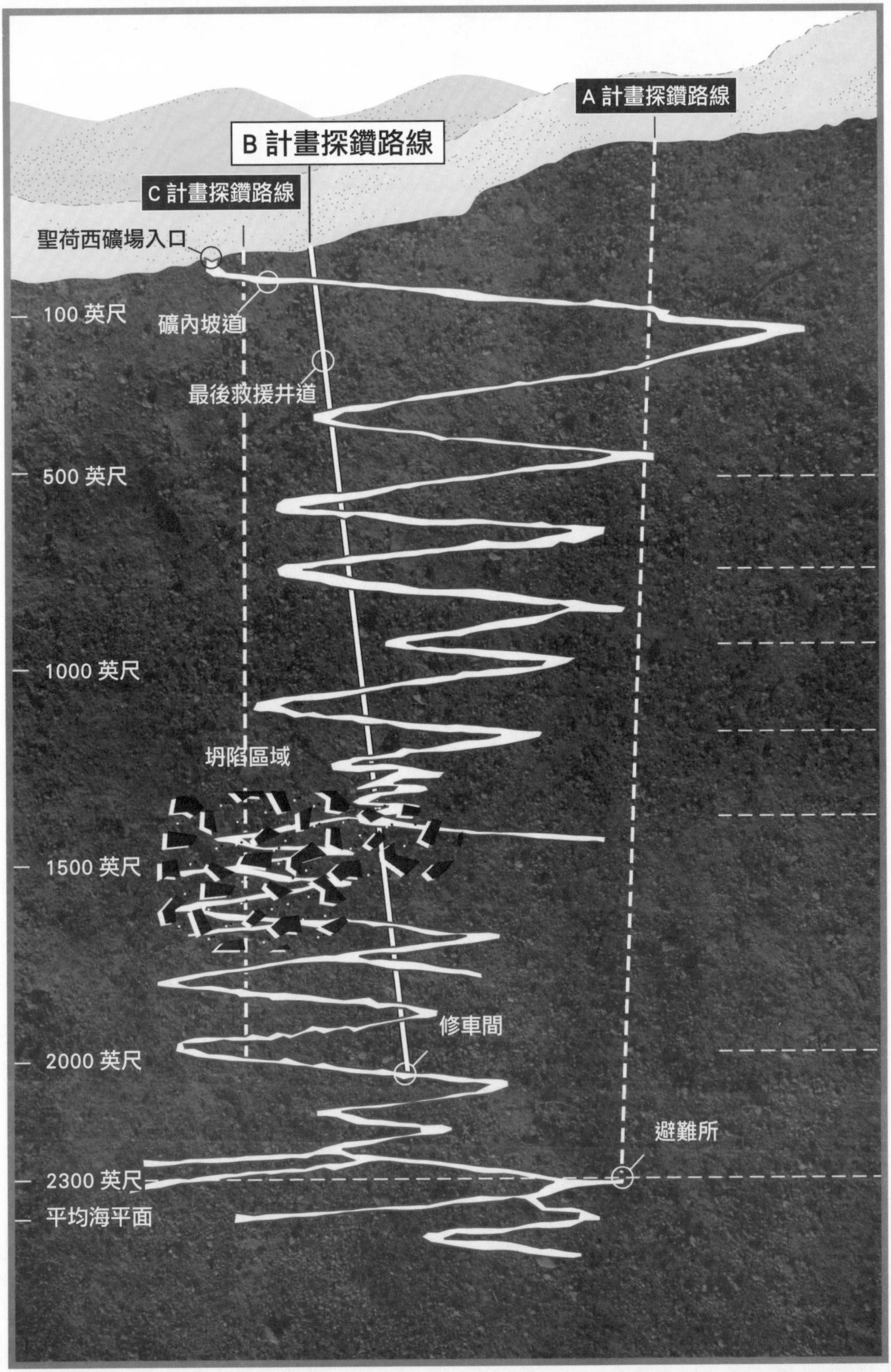
A計畫探鑽路線
B計畫探鑽路線
C計畫探鑽路線
聖荷西礦場入口
礦內坡道
最後救援井道
100英尺
500英尺
1000英尺
坍陷區域
1500英尺
修車間
2000英尺
避難所
2300英尺
平均海平面

前言 全世界目光的焦點

十月十二日黎明，一層濃霧覆蓋著智利北部的群山峻嶺，如夢似幻的白霧沿著山脊爬行上升，太陽還藏在地平線下。一層寒冷潮濕的空氣從太平洋升起，吸去了四周所有的熱氣。在這凌晨時分，幾道宛如鬼魅般地身影穿梭在臨時搭起的帳棚間，像似稍縱即逝的海市蜃樓，出現在這個世界上最乾燥的一個地區——「阿塔卡馬沙漠」（Atacama Desert）。

在這片媒體群聚的營地中，地面上的燈束宛如迷宮，照亮了大片天線，數打以上的衛星接收器矗立在大群圓石頂端。

※※※

阿瓦洛斯（Ávalos）一家人聚集在營火旁邊，手指交錯，臂膀相挽，安靜地禱告交談，他們的位置就在兩位被活埋的家人上方。九個星期之前的八月五日，二十九歲的雷南（Renán），以及三十一歲的佛羅倫西歐阿瓦洛斯（Florencio Ávalos）這對兄弟相偕走入聖荷西（San José）礦場，開始進行十二個小時的採礦班次。當天下午，一塊有如一座摩天樓大小的巨大岩石，自山腹脫落塌陷，將他們圍困在地底的礦場內。

九個星期以來，阿瓦洛斯家人不斷地禱告祈求，奇蹟終於出現。首先是接獲訊息，這對兄弟依然存活，接著就是設法將他們從礦場最深處安全地救上來。這座礦場就算在最輝煌的年頭，也是扼殺或活埋礦工的惡名昭彰之地。

從八月初礦坑塌陷開始，數以百計的專業工程師、救難團隊、鑽探人員，以及挖掘工人，分別降臨這個素來遙遠偏僻、不為人知的智利北部角落。他們群集這裡，有的擔任志工，有的提供意見、裝備，或是他們的勞力。智利總統塞巴斯蒂安皮涅拉（Sebastián Piñera）利用外交管道以及各種產業人脈，對全世界發出簡單但深遠的呼救，他說：「我們這些礦工被困在七百公尺（兩千三百英尺）以下的地層內，你們有什麼科技能夠協助我們呢？」

回應排山倒海而來。

救援行動現在進行到最後階段，再過不到二十四小時，一座狀似火箭，被稱為「鳳凰號」的密閉救生艙，將會緩緩地深入地下直達礦底。佛羅倫西歐阿瓦洛斯將會是第一位打開這個密閉艙門的礦工，然後會搭乘它上升到地面，他的家人明白這項任務對他來說是項榮譽，但是也充滿未知的危險。

為了這一刻，數百位救難人員已經工作了好幾個月，大多數人都在沉默中辛勤工作，現在他們則是神采奕奕地帶著自豪的心情，慶幸自己能有機會在這場逐漸吸引全球目光焦點的戲劇性事件中，扮演一個小角色。而且他們也都非常清楚，這是一場浩大的實驗，從來沒有任何礦工能在歷經數月的地下圍困後，還能被順利救出。雖然許多理論支持這種救援行動可行，但是每個人都清楚平均的概率：受難者難以全部救出，特別是這種高度危險的採礦行業。

這項救援行動被定名為「聖羅倫佐行動」，以對礦工的保護神聖羅倫佐（Saint Lorenzo）致敬，整個過程由智利國有礦業公司「科代爾克」（Codelco）操控，過去兩個月以來，他們匯集了全世界最先進複雜的探鑽與繪圖設備。

「科代爾克」公司是一間年利潤超過四十五億美元的現代企業，他們或租、或借、或臨時裝設各種不同的探鑽機，利用這些設備找到了這些人，並維持他們生存了六十九天，現在是揭露真相的一刻。他們能將這些人從一個比艾菲爾鐵塔還要長兩倍的地下深處，安全地救上來嗎？救援的井洞非常狹小，所以礦工們都被告知要鍛鍊身體，以便救生艙能夠容納他們。

雖然時間還早，但是幾百位新聞記者已經爬起來，拖著攝影設備，尋找最好的位置，以便捕捉這個牽動著全球觀眾心靈與想像的時刻。自從人類登陸月球以來，還沒有一項科技探險，能像這樣捕捉住全球觀眾的注意力。同時現在是二〇一〇年，全球各地鋪滿電纜，提供數打以上的傳送方式，追蹤報導整個過程。

阿瓦洛斯一家人對著一團燒過的橙色灰燼一鞠躬，這是他們幾個禮拜以來耐心等待的見證。他們對周遭逐漸擴大的騷動無動於衷，只是簡單地說了幾句話，並無視於蜂擁而上的攝影機群。新聞記者後面跟著電纜與音控人員，擠上前來做了幾分鐘的實況轉播，他們的每一句話都會清楚地傳播到全世界的觀眾面前，然後再迅速的轉向另外一個家庭。

在阿瓦洛斯家人的身後是一幅橫條：「或許被埋……永不放棄。」那些礦工的臉龐印在橫幅上向外看，一半被埋在黑暗裡。他們的臉龐如果逐一來看，並沒有什麼特別，一樣的認真嚴肅，飽經風霜。但是做為一個整體來說，他們是那「三十三人」，一種代表堅忍不拔的全球象徵。

二〇一〇年九月與十月這兩個月間，當救援行動鑿穿礦山岩石，尋找那些被困在地下的礦工時，這三十三個人的生命就成為一個共同體。世界著名的新聞記者搶佔稀少的機票，爭先恐後地湧入科皮亞波（Copiapó）市。這座名不見經傳的城市通常不會引起任何注意，所以每當智利新聞播報全國氣象時，唯一會跳過的主要城市就是這裡。「當年智利主辦世界盃足球賽時，冠軍金盃繞行智利全境，也沒有經過這裡。」馬利奧西卡丁尼（Maglio Cicardini）市長埋怨道，他是位紮著長髮馬尾的風頭人物，看起來像是幫美國搖滾樂團 ZZ Top 伴奏的吉他手。

雖然全球都在關心這樁大事，但是攝影機卻很少被允許進入這次事件的前線地區，或是發生災難的地表之下。大多數的記者都被限制在警戒線後，由智利總統親自領軍，進行嚴格但滑溜的公關活動。大多數的記者在這兩個月內，多半只能採訪受難者親屬或是相關政府官員，可是世界上數以百萬計的觀眾關心的是另一件重要的事：地下那些人怎麼了？

被困在一個潮濕、陰暗，而且狹小的洞穴中，這三十三位礦工怎麼能夠在經歷過這麼多個星期之後，還能生存下來？

下午稍早，倒數計時開始，家屬們帶著緊張的心情，看著數座巨大的電視螢幕架設在房車邊，還有新聞棚的側邊，銀幕上救難人員正在為鳳凰號救生艙做最後準備，鳳凰號是依照美國太空總署以及智利海軍的設定規格打造，艙身塗著智利國旗的顏色：藍、白與紅色。

晚上十一點，鳳凰號準備就緒，絞盤啟動機牽引著鳳凰號，黃色的轉輪圈著鋼纜慢慢地旋轉，整個景象看來很不真實，像是一九三〇年代的機械操作，然而鏡頭看不到的地方，具有許多能夠完成整個救援行動的現代工具，包含衛星導航設備，讓那些巨大的探鑽頭能夠搜尋到地下的微小目標，還有長達數英里的光纖電纜，以及無線接收器，將礦工們的心跳與血壓數字回傳到醫生的手提電腦中。

六十九天以前，這些人消失在地表下，經過了兩個星期的搜索後，並沒有找到他們因飢餓而瀕臨死亡的坑道位置，這些被困在地下的礦工們眼見死亡在即，紛紛開始留下遺書，政府甚至也開始設計一個白色十字架，準備放在山邊，做為憑弔之地。而現在他們即將重生，重新浮出地表被救脫困，這麼令人難以置信的事，有可能會成功嗎？

全世界屏息以待，鳳凰號緩緩下降，直到看不見身影。在這塊經常發生大型地震的土地上，救援行動出錯的機會難以勝數。為了要讓整個行動成功，救援計畫需要的不只是精準的工程技術，更要有充足的信心。智利政府在整個救援行動中，一直不斷地請教世界各地許多專家，協助發展醫療計畫以及工程準則，整個過程就連美國太空總署的團隊也無話可說。這場行動，是智利人在撰寫指導手冊。

第一章

活埋

八月五日，星期四，早上七點。

今天早上通往聖荷西礦場的五十分鐘車程分外美麗，田野上大片的紫色小花，將山丘的曲線妝點得分外性感，吸引了成千上萬的觀光客湧來這裡觀賞那「開花的沙漠」。但是搭上巴士的工人很少會注意到這片美景，他們多半是在睡覺，讓巴士順著蜿蜒的山丘曲線直達聖荷西礦場。這座毫不起眼的山丘，蘊藏著豐富的金與銅產，因此一個多世紀以來，礦工們宛如鼠獾一般不斷鑿穴，留下圈圈之型式的坑道，以便追尋那些像人體血管一樣滿布在山內的貴重礦脈。

巴士上的馬利歐戈麥茲（Mario Gómez）睡不著，早上六點就被手機鬧鈴驚醒的他，感覺心情煩躁，所以問老婆：「我該去嗎？」「翹班吧！」他的老婆莉莉蓮緊跟著說。她早就鼓勵這位六十三歲的老伴提出書面退休申請，而馬利歐也無需多加勸服，從十二歲開始，他就已經在礦坑工作，和大文豪狄更斯的經驗相同。接下來的五十一年歲月中，已經學會一切可能死在地下的方法。他的左手更是怵目心驚的明證。太靠近炸藥爆炸的地方，以致他完全失去兩根手指，大拇指的指節上半也被截去。

從巴士窗口向外望去，這片沙漠雖然寸草不生，但是和這些沉睡中的工人即將步入的地下世界相較起來，依然生機盎然。聖荷西礦場是這個區域中最危險的礦場，相形之下也願支付離譜的高額工資。像他們這樣的「爆破工」（cargador de tiro，每天在剛挖好的洞孔內塞入一根根炸藥的人），還能去哪裡掙到這麼高的工資呢？薪水袋說明了他們對工作所持有的忠誠度（他們戲稱自己為神風敢死隊 The Kamikazes），無論礦場的名聲有多麼恐怖，每位工人在衡量過現實的危險與金錢的魅力後，總會得出相同結論，金錢永遠是贏家。

巴士沿著蜿蜒的道路奔馳，經過路旁一排小祭壇（animitas），每一個神龕都是一場悲劇，意味著悲慘的瞬間意外。根據當地的傳說，意外的死亡會使死者的靈魂徘徊在天地之間，通過這些祭壇的建立，家人和朋友可以引導他們所愛的人通往天國，因此這些孤獨的祭壇上都會點燃蠟燭，供奉鮮花，還有亡者清晰的照片。幾天過後，同樣的道路上可能還會出現更多的祭壇。

他們其中許多人自帶豐盛的午餐，在礦場老闆的精打細算下，只提供兩塊三明治以及一瓶牛奶，認為這樣就具備足夠的體力得以維持十二小時的工作，所以他們經常會攜帶自己的補充品，一條巧克力、一罐熱水瓶裝的湯、一塊仔細包好的牛排，以及番茄三明治。另外還自帶飲用水，無論是用寶特瓶裝，或是保溫瓶裝，甚至還有在聯合超級市場內買來的用塑膠袋包裝的五百CC（兩杯裝）飲用水。礦坑內的溫度很少在攝氏三十度以下，他們每天需要喝上三公升的飲用水，卻還處在脫水邊緣。礦區內濕度也很高，使他們的菸頭經常呈現下垂狀態。

礦場入口處，這些人換上他們的工作服：工作褲、T恤、頭盔，還有頭燈，外加一塊簡單的金屬卡片夾，標示著他們已經出席，或是經常缺席。他們通常工作七天後休息七天，生活像是永無止境的在有錢與沒錢中反覆輪迴。在像頭動物般地埋頭工作一個星期後，在休息的那一個星期內，他們會沉淪在各種快速享樂中。所以星期一早上每當有人沒來上工時，他們會開玩笑地說，他在對宿醉之神致敬，當地人稱這種神祇為「聖星期一」。

公司經常會舉辦戶外燒烤野宴，大家也知道礦場主人經常會對遲到的工人睜一隻眼閉一隻眼。估計大約有兩百五十位礦工在聖埃斯特萬第一公司（San Esteban Primera）工作，這間公司是這塊區域內組合多家礦場的控股公司，包含聖荷西礦場在內。這些礦工在沒有手機訊號覆蓋的這塊荒山工作，礦場的安全措施簡陋，經常發生意外，而且這裡也幾乎完全沒有女人。雖然時光已達二〇一〇年，但是這些人的生活像是早期的拓荒者，各種招牌三三兩兩的林立在鄉間，呈現典型的採礦鄉模樣，有整晚開放的妓院（四十美元一次），有停靠在安泰賭場酒店（Antay）邊成排的破爛貨車，這是間新設立的賭場，讓這些礦工盡情發揮人類的基因特性，將一個月的辛勤所得，豪擲於一場瘋狂的血脈賁張中。

智利北部的沙漠是世界上最大的銅礦產地，多數智利礦工都在現代採銅礦場工作，在跨國企業高效能的管理之下，包括著名礦業集團如英美能源公司（Anglo American），與全球最大的必和必拓礦業集團（BHP Billiton）。

智利每年的出口總值中，超過百分之五十來自礦業，因此長久以來他們在開採技術以及礦場作業上具有世界領先地位，「丘基卡馬塔」（Chuquicamata）是世界上最大的露天採礦場，由智利國家礦業公司「科代爾克」經營管理。

採礦是一份令人羨慕的工作，因為不但收入豐厚，而且「安全」——這個字眼對礦業界來說是相對性的。然而年輕男子駕駛滿卡車的硝酸氨炸藥，數以百計的礦工每天在坑道內埋設炸藥，這些都發生在一個以強震聞名的智利，將這些危險因素加在一起，不難想見意外註定要發生。此外，智利人酷愛派對，又用大量廉價卻直衝腦門的強勁白蘭地皮斯科（pisco）助興，這項公式下的產物，每位急診室護士都很熟悉：死亡的礦工。

進入聖荷西礦場內工作的礦工們，並不是處在現代安全的礦場內，而是置身在整個產業界中最危險的低層環境內——這些礦工被當地人稱為「獨行礦俠」（Los Pirquineros），他們沒有什麼科技配備。過去這種智利礦俠，身邊的典型配備除了一匹毛驢，還有一把鐵鍬之外，什麼都沒有。因此聖荷西礦場的工人稱他們自己為「機器獨行俠」，表示他們在這個原始危險的礦坑內還有現代機器可以操作。這裡不像其他礦坑一樣有老鼠和昆蟲，除了偶爾出現的蠍子外，這裡幾乎無蟲。他們每天在礦坑內的生活行徑，就像是林肯時代尋找金礦的加州淘金者。他們經常會被石塊擊中，用當地行話來說，就是被「擺平」，也就是被從頭頂掉落的四十公斤重的石塊擊倒，可怕的是這種意外經常發生。聖荷西礦坑內的石塊非常尖銳，礦工們都知道，哪怕是輕掠過那些岩壁，也像刀片刮過皮膚一樣。

二〇一〇年七月五日的一場意外，對礦坑中潛在的危險來說，是一份鮮明的警示。一塊大約有二十個冰箱那麼重的石塊脫落山腹，而奇諾科特茲（Gino Cortés）正好從下面經過，石塊脫落將他壓倒，切斷了他的左腿，起初他還莫名其妙地看著他的斷腿，因為切斷的速度太過快速，所以他沒有任何疼痛的感覺，聖荷西的礦工們在旁目睹整個過程，先是迅速將他救出，然後把奇諾剩下的身軀放在貨車上火速離去。和他一起工作的一位礦工，小心翼翼地將他的斷腿包裹在襯衣裡，和奇諾本人一起運到急診室去。奇諾後來在聖地牙哥的醫院病床上回憶起事發經過，不斷的說：「我很幸運！」感謝上蒼讓他的右腿以及生命保持完整。然而這仍是一場殘酷的意外，他被切去的左腿現在像縫香腸一樣，整齊地縫在膝蓋以下。

就算他們沒有被擺平，這些獨行俠們也會慢慢死於肺部併發症。就在兩個月前，礦工亞歷克斯維加（Alex Vega）走在礦坑內，雙腿發軟不支倒地。礦坑機器排出的廢氣，完全吸乾了他體內的氧氣。救護車將亞歷克斯火速送到科皮亞波醫院，他在那裡休養了將近一個星期。

長期暴露於廢氣以及沙礫氣體中，會吸收大量有毒的二氧化矽顆粒，造成肺部阻塞，因而導致矽肺。年復一年，這些礦工們吸入大量微小的礦石砂粒，使得肺功能下降。這種案例過去被稱為「製陶者的職業病」（Potter's Rot，由於製陶時需使用二氧化矽），受害者因為缺乏氧氣，肌膚會呈現青藍色調。礦場內年紀最大的員工馬利歐戈麥茲，在歷經五十一年的礦工生涯之後，體內積存了太多的灰塵與廢氣，使他經常呼吸不順，需要用氣管擴張器，以擴大肺部功能。由於矽肺的原因，戈麥茲這樣的礦工體內逐漸缺乏氧氣：這種現象就跟一部貨車，在這片荒漠中南來北往了二十年，沒有換過空氣過濾器的下場一樣。

一位獨行礦工在礦場內可能會工作一個星期，有的時候是一整個月，辛苦地與荒山岩層獨立作戰，有些人會利用即興的性行為抒解孤獨，當地的醫生稱之為「斷背山現象」。一位曾經診斷過這些礦工的智利心理醫生說這種現象是：「過渡型同性戀」，他特別說明這是海上水手們幾世紀來的行為：「對長期缺乏女性伴侶最實際的解決方式。」於是當這些獨行礦工回到城鎮之後，他們會沈溺在酒精、女人，還有其他快速享樂的刺激下，也造成他們很快會需要另一份收入豐厚的工資。當地的古柯鹼十五美元一公克，也在這些誘惑的行列中。

杉莫阿瓦洛斯（Samuel Ávalos）花了二十四個小時的時間，掙足了三十二美元，搭乘巴士來到科皮亞波。他是一位臉型圓潤、線條堅硬的男人，住在蘭卡瓜（Rancagua），一個位於聖地牙哥南邊的礦場城鎮，也是世界最大的地下礦場「上尉礦場」（El Teniente）的大本營。雖然這個地區有很多礦坑工作，但是阿瓦洛斯並沒有太多地底工作經驗，他不過是位街頭小販，專門販賣盜版音樂 CD，警察經常前來盤查，有時還會沒收他的貨品。但是昨天他非常幸運，掙到足夠的錢，擠上最後一個位置，搭上最後一班通往科皮亞波的公車。他是後來才知道一位同行的礦工荷西恩立奎（José Henríquez）也同樣搭乘這班車。

阿瓦洛斯在巴士途中就喝起酒來，轉乘礦場接駁車時，也還在飄飄然的狀態：「酒精發生作用，從公車上下來時，我就跌倒了，然後發生奇怪的事，我不知道你會怎麼形容，但是我感覺一個靈魂飄過我身邊，那是我過世的母親，我問她：媽媽，妳在說什麼？妳想要什麼？我不明白她的意思。而後我有很多的時間，回想這最後的警告。」

阿瓦洛斯在外衣內塞滿巧克力、蛋糕、餅乾、牛奶與果汁，滿塞的外衣鼓脹突起，所以常要躲避值班經理路易斯烏蘇瓦（Luis Urzúa）的檢查，經理不希望看到工人們私帶食物進入礦坑，他認為那會分散注意力。

「那天我把食物留在上面，連一條巧克力也沒留下。」阿瓦洛斯說，這也是一件他在接下來的幾個星期內，會一再思念的事情。

當下一輪的工作人員正在換衣服準備上班時，四十二歲的急救人員胡戈阿拉亞（Hugo Araya）已完成輪班，離開礦坑。雖然他在聖荷西礦場已經工作六年，但是他對礦坑的環境總是感覺很不自在。不但坑內經常出現意外、石塊坍塌、礦工昏倒，使得入口處搖搖欲墜且生鏽的安全標誌，看起來像個笑話，而且做為礦場首席急救醫護人員，每當意外發生時，他總是大家呼叫的對象。同時最重要的是，他非常討厭礦坑內的味道：「好像什麼東西壞了一樣，像是腐爛的肉。」他說。

由於機器排出的一氧化碳廢氣，炸藥殘存的火藥味，還有礦工們不斷抽菸的後果，使得阿拉亞經常接到急救電話，次數多到簡直不能算是急救了。每次接到電話後，他就會開著車往地下走，穿過蜿蜒的坑道，二十五分鐘，六公里（四英里）路，直抵礦底洞穴，總會找到幾位礦工戴著氧氣罩呼吸，準備隨時撤離。那些人經過治療後，通常晚上就可以回家，最糟糕的情況也不過是待在當地診所一兩天，然後就會再度回去工作，繼續開鑿礦石，埋設炸藥，呼吸灰塵，很少埋怨。

通宵工作後，阿拉亞的外衣蒙上一層灰咖啡色的塵埃，混合著油漬，很難清洗乾淨。那天早上當他在距離科皮亞波一個小時的家中淋浴刷洗時，一股深深的不安感籠罩著他，這座礦山已經「哭」了一整夜，陰森的碎裂、咆哮聲與巨響使所有人都坐立難安，聖荷西這種礦場開始哭泣後，流下的眼淚大小，往往宛若巨石一般。

經過一個世紀不斷的開採、轟炸，以及探鑽後，這座礦山已經千瘡百孔，新來的工人經常感到十分好奇，這麼多的洞穴坑道，坑頂的石塊怎麼不會坍塌下來？阿拉亞也無從得知經過了一百一十一年的採掘作業後，不但數以百萬計的金銅礦石，被從迷宮一樣的通道角落挖掘出來，就連礦山的支撐結構也被挖掘淨盡，整座礦場像是一座紙牌搭起的房屋，平衡只在一線間。

深入聖荷西礦場底部，礦工們脫到只剩下必要的裝備：頭盔、頭燈、水瓶、短褲以及MP3播放器，裡面是自錄的墨西哥情歌（rancheras），內容多半是描述工人階級的愛情、犧牲，與尊嚴。「你經常會看到這些人只穿著鞋子還有內褲工作。」路易斯羅哈斯（Luis Rojas）說，他也在聖荷西礦場工作，「熱到沒辦法穿太多。」

達理奧塞戈維亞（Dario Segovia）八月五日一整個早上，都花在修築礦坑頂部的鐵絲網上，這是一個截取落石的簡陋方式，避免機器和人員被壓傷。塞戈維亞的這項工作被稱為「防禦措施」（fortification），非常危險。他像是站在火山內的消防員，忙著到處撲滅小火，但是心裡很清楚，這場戰鬥終歸要輸：「十一點前就知道礦坑終究要塌，他們派我們下來加強鐵絲網防禦，但是我們知道坑頂狀況非常糟糕，一定會塌下來。我們開著貨車去水車邊接水以消磨時間，這裡非常危險，坑頂太脆弱了。」

馬利歐塞普維達（Mario Sepúlveda）那天早上錯過了從科皮亞波開出的巴士，於是早上九點他決定沿途搭便車去礦場，可是路上車輛稀少，想要在這條長路上搭便車有些困難，就在塞普維達幾乎要放棄希望，轉回自己廉價的房舍中時，一輛獨行的貨車及時出現在地平線上，當車停下來讓他上車時，塞普維達覺得自己很幸運，總算能趕去上班。早上十點他抵達礦場，完成報到後，還和安全警衛開開玩笑。十點三十分他已乘坐礦車進入山腹。

到了十一點三十分，礦山塌陷。礦工們連忙詢問礦場工頭卡洛斯皮尼亞（Carlos Pinilla）發生什麼事？依據後來礦工們在國會的證詞，皮尼亞當時正要下去井道，他對礦工說這些聲音是正常的「礦山調整」。礦工們說皮尼亞將他們留在井道深處，自己登上一輛最近的貨車，立刻掉頭往地表開去。「他那天很早就走了，他通常都不會早走，經常是在一點或一點半間離開，可是那天他十一點就走了。」荷黑加葉伊約斯（Jorge Gallegillos）作證道：「他很害怕。」

決定命運的那天早上，走進礦場的勞烏布斯托（Raúl Bustos）對採礦工作幾乎一無所知。他原本是在智利海軍船廠工作，修船、焊接、修理供水系統，對水上工作應付自如，在那裡工作了好幾年，直到二〇一〇年二月一個星期天的早晨，他不但失去了工作，也失去了整個工作的場所。一場八點八級的大地震，掀起高達十公尺的海嘯，將岸邊所有事物捲入外海，摧毀了塔爾卡瓦諾（Talcahuano）這個濱海城市岸邊大部分的工廠，所以布斯托只好往北跋涉一千三百公里（八百英里）來到聖荷西礦場。

布斯托今年四十歲，他知道礦坑工作很危險，但是他並不擔心，過去他的工作經常是在只有一塊鐵皮屋頂遮掩的修護廠內，或在一棵樹都沒有的山邊修理機器，被太陽曬傷還有思鄉症才是他最大的危險。每隔一星期，他會搭上巴士，經過半個智利長的旅程，去和太太卡羅萊娜相聚。布斯托從不埋怨那要花上二十四小時的車程，也不讓他的太太知道他的新工作地方非常危險。八月五日那天早上，當消息傳來說坑道深處的一輛貨車輪胎沒氣，機械故障後，布斯托步上一輛貨車，開了六公里，深入地下礦山。

礦山像座迷宮，擁有長達六公里的坑道，由於一個多世紀以來，前仆後繼的礦工們追逐豐富的金銅礦脈，以致坑道的開鑿工程一團混亂，毫無組織可言。到處可見鬆散的電纜自坑頂下垂，粗厚的鐵網掛在坑頂防止落石。狹窄的主坑道兩旁可以見到小小的祭壇，紀念死於那裡的礦工。基本上礦工們三到四人形成一組，有的人單獨工作，幾乎所有人都會帶上耳罩，使得交談與聽聲都很困難，剩下的只有礦內巨大的噪音。

八月五日下午一點三十分，礦工們停下來吃午餐。有些人走向避難所，那裡有長凳可坐，也可以呼吸一些氧氣。吸上五分鐘的氧氣，通常可以讓他們再度回去工作，或至少回到午餐桌邊，和其他人共享一些孤獨世界外的快樂時光。他們一邊吃，一邊有人會立刻表演「說唱」（la talla），這是智利特有的即興幽默歌曲，感覺上像是單口相聲加上即興饒舌的精彩組合。然而就在這個時候，頭頂上的礦山，正在往下陷落。

富蘭克林羅伯斯（Franklin Lobos）是那天最後一位進入礦坑的人，也可能是永遠的最後一位。做為礦坑內的正式駕駛，羅伯斯經營高效率、高娛樂的接駁車服務。他會一邊開車，一邊描述有關女性的香豔故事，還有他自己過去的事蹟。開著貨車，深入這個看起來像是電影《魔戒》中的地底場景：下垂的坑頂，成排的碎石與石壁，似乎是百年來人們用雙手打造出來的景象。

身為一位智利的前足球明星，羅伯斯本身就是位傳奇人物，他現在的處境好比是由足球明星貝克漢開車帶你到希斯羅機場，或是由拳王麥可泰森充當你的司機，載你到紐約甘迺迪機場一樣。羅伯斯今年五十三歲，頭已經禿了，圓圓的臉龐相當低調。他年輕時的生涯經驗，使他成為最具魅力的說書人，他也不亦樂乎的對乘客描述他過去在智利科布賽爾（Cobresal）足球俱樂部光榮的職業生涯經驗。許多礦工都是他的忠心球迷，他們看著羅伯斯踢球長大，看見他一球球的踢進，奠定他在足球場上的聲名。

一九八一到一九九五年間，羅伯斯晉身為智利北部的精英分子，一位半神一樣的人物，他將足球場上主踢任意球的時刻，轉變成個人表演的舞台。在羅伯斯觸球之前，全場觀眾屏氣凝神，想像羅伯斯的大腳會踢出哪種令人無法置信的弧度，歡慶他直接挑戰物理的極限。羅伯斯的進球精準到令人難以置信，因此智利的新聞界稱他為「神奇的迫擊炮手」。一位能夠用大腳將一顆炸彈，曲線式地踢過半場，準確地命中目標的足球明星，就連貝克漢也會鼓掌叫好。但是足球明星在智利的職業壽命平均只有十年，到了三十多歲的時候，羅伯斯不但失業沒有收入，也失去傳奇地位所帶來的明星魅力或是錢財，雖然他也嘗試轉行開計程車，但是兩位女兒即將進入大學，他亟需現款，這在科皮亞波這種地方只代表一件事：去聖荷西礦場工作。

一點過後，羅伯斯開著貨車帶著荷黑加葉伊約斯往下進入礦坑，半路上停下來跟胖子勞烏維葉加斯（Raúl 'Guatón' Villegas）聊天，他開著一輛自卸貨車，裝滿含有金與銅的石塊與巨礫。就在這時，礦山崩裂！

「就在我們往回開的時候，一塊巨石在我們的身後落下。」加葉伊約斯後來寫道：「它在我們離開後幾秒鐘內就掉了下來，之後我們就被困在雪崩似的泥土與灰塵中，坑道倒塌，伸手不見五指。」加葉伊約斯後來形容這種坍塌的景象，像是紐約世貿大樓，一層層的坑道相疊坍塌，有如煎餅。

礦山崩裂後隨即引發一連串碎石像雪一樣地坍塌，羅伯斯不敢加速往前，於是集中精神，注意閃躲堵塞坑道的碎石，在他們的前方與身後，處處可見碎石坍方，導致他的視線不清撞上牆壁。於是加葉伊約斯只好下車，引導羅伯斯往下走，但是坑頂的落石像下雨一般不斷落下，加葉伊約斯在水車背後暫時找到避難地，兩個人慢慢一路摸索向前，終於摸到一處明確的轉彎，儘管四周仍然充滿煙霧塵土，他們開始慢慢往下，朝向安全的避難所前去。

羅伯斯和同伴會合後，驚嚇地看著彼此，沒有人清楚到底發生了什麼事，但是每個人都知道，這和他們日常在聖荷西礦坑內所經歷過的小型山崩完全不同。

不過有件事他們非常清楚，就連最青澀的礦工也知道，這種現象就是「火槍爆發」（El Piston）。他們頹然的蹲在救難所角落，捲縮在比床墊稍大的落石後面，暫時平息心神。

當一座礦山塌陷，會導致坑內氣爆——像火槍一樣，貫穿整座隧道，捲起狂風，力道之大，可以將礦工衝撞到遠處牆壁，骨頭碎裂，並擠壓出不堪的肺部中僅存的空氣，「就像是在耳朵內爆炸一樣，感覺直衝腦勺。」塞戈維亞說。

聖荷西礦山內的小型山崩事件每個月都會發生，這種意外雖然可怕，不過短暫，常會打斷礦工們每日的孤軍作戰節奏。儘管他們的耳機內充斥著雷鬼樂的低音節奏，以及熱鬧的哥倫比亞舞曲，但是這些人從不會錯過鮮明的石塊迸裂聲。石塊撞擊石塊，每次發生的狀況都一樣，幾秒之內他們就需要尋找避難所，接下來幾分鐘內註定要發生幾種不同狀況：最好的狀況是一個令人窒息的沙塵風暴，最糟的狀況是傳來同伴被壓傷的消息。通常整個事件會持續幾個小時，但是這次完全不同。

「真正的火槍效應就像是爆炸，聲音沉悶，像是牛群奔跑，你幾乎沒有時間反應，什麼也做不了。」米格爾伕特（Miguel Fortt）解釋，他是一位經驗老道的智利救難人員。

「我以為眼珠就要從我的頭上蹦出去了，我的耳朵也爆炸了。」五十六歲的奧瑪芮加達斯（Omar Reygadas）說，他具有數十年的採礦經驗，儘管他戴著護耳加上頭盔，但是仍然痛得要倒下去，他還能聽得到嗎？他擔心自己已經聾了。

爆炸使得維克托薩莫拉（Victor Zamora）飛了出去，他的假牙被震飛，掉在碎石中，他的臉被撞成青紫色外帶刮傷。壓縮的氣波，像是小型的音爆，衝擊著他們。周遭的風暴也像是龍捲風，夾帶石塊與灰塵往下席捲坑道。

受到厚重的灰塵以及碎石的影響，這群人既瞎且聾，又不能呼吸，身上蒙著一層將近一吋厚的灰沙，掙扎地逃離礦坑，在黑暗中跌跌撞撞，半爬半推地慢慢往上走。像是颶風中的水手，將大自然的能量爆發解釋為冥冥中女神的報復——那種善變又無所不能的強大主宰力量，最終能決定這個多變世界的命運，有些人開始禱告。

氣層衝出礦山最高峰，所造成的景觀，阿拉亞與其他外圍人員形容是：「一座火山」。

礦坑深處，礦工們不但面對一場鋪天蓋地的沙塵風暴，而且還持續長達六小時。坑頂坍塌後，這些人籠罩在一層厚重的灰沙、落石、碎片，以及珍貴的銅與銀礦石中，這些礦石自一八八九年聖荷西礦場開工以來，吸引了將近六代的礦工光臨這個危險的世界。「我以為我的耳朵會爆炸，而我們還是坐在貨車裡，關上所有的窗戶。」富蘭克林羅伯斯說，描述造成他的同事荷西奧赫達（José Ojeda）內耳受傷的壓力。

第一次塌陷過後十分鐘，山體再次斷裂，這是一次短暫清楚的訊號，數百噸山石再次移位。礦場外圍，大家開始驚覺。

聽到第一次碎裂聲的礦場經理還有主管們，以為礦工們「開炸」（had burned），這是他們點燃炸藥的俗話，沒什麼特別。但是十分鐘之內連「開炸」兩次？不可能！第三次碎裂聲傳來後，不但令人發毛，而且聲響清楚，不是炸藥。礦場內上上下下的數百名員工都嚇呆了，底下發生了什麼事？礦工們不會在這麼短的時間內連續引爆炸藥，好奇與憂慮的情緒瀰漫在阿塔卡馬沙漠的這塊荒涼角落中。

礦坑內，十五位礦工合力對抗灰塵，掙扎地在坑道中往上走，尋求安全避難所，一塊巨大的石塊擋住他們的去處，他們驚慌失措：「我們像羊群一樣緊縮在一起，我們聽見那種聲音，我不知道該怎麼形容……令人毛骨悚然，那些石塊好像是在痛苦地呼喊……我們試著前進，但是沒有辦法，一堵石牆擋在前面。」荷西奧赫達說。

阿瓦洛斯開著一輛貨車前來，所有的人都爬了進去，擠得像難民一樣。在往下方前進的時候，他們撞翻了兩次，擦撞坑壁，迷失在黑暗的混亂中。當貨車在地面大幅跳躍時，一位礦工飛了出去，亞歷克斯維加伸手及時將那飛躍的身軀拉了回來，安全地把他拉入車內，不過在這場混亂裡，他並不知道到底救了誰，當他神經緊繃地把那個人拉回車廂時，他的後腰拐了一下，要到幾個小時以後，當他的腎上腺素開始退去後，那種被刀刺入的疼痛感才會開始。

盲目地在煙塵與碎石中開了將近一個小時，他們終於來到安全避難所，這是從石塊中挖出來的臨時棲身地。一旦抵達避難所後，他們連忙把鐵門關上，擋住灰塵風暴。然後他們三十三個人輪流從氧氣筒裡吸取氧氣。

這間一百六十五平方公尺（註：約五十坪）的避難所，不過是從山壁中挖出來的一個洞，陶磚地面，強化天花板，兩個氧氣筒，還有一個櫥櫃，裡面儲藏早已過期的藥品與一小堆食物。「這些人經常會在避難所內找東西吃，所以我們並不清楚裡面剩下什麼，他們經常會偷巧克力還有餅乾。」阿拉亞說，這位急救人員也負責掌管避難所的庫存，包括補充庫存。「這些人很幸運，通常那裡只會放一個氧氣筒，但是當他們受困的時候，那裡有兩個氧氣筒。」

避難所內，值班經理「強人」路易斯烏蘇瓦，企圖重整他的隊伍，二十年的礦場經驗，外加業餘足球教練的資歷，足以讓他的領導力成為一種反射行為。而事實上做為一位值班經理，烏蘇瓦也是正式的領導人，不過這位言語溫和的繪圖師在這裡工作還不到三個月，還不大認識他的隊伍。進入臨時避難所後，烏蘇瓦立刻盤查庫存：十公升的水，一罐桃子，兩罐豌豆，一罐鮭魚，十六公升的牛奶（八公升香蕉口味，八公升草莓口味），十八公升的果汁，二十罐鮪魚，九十六包餅乾，還有四罐豆子。在一般狀況下，這些庫存食物是預備給十位礦工、四十八小時所用，而現在他們卻有三十三位飢餓的礦工。「那天很多人都把他們的午餐留在礦場上面，我們擁有的食物比平常還少。」馬利歐塞普維達說。

到了下午四點，大約是第一陣深沉裂響過後的兩個半小時，礦山完全倒塌。「就像是火山爆發一樣，山丘噴出碎片，礦場入口則是一大團灰塵。」阿拉亞說。他描述聖荷西礦場內一段長達兩百四十四公尺的部分坍塌的聲音，在外面聽起來：「並不是一串很長的聲音，比較像是最後一塌，深沉的一聲。」

阿拉亞所描述的最後「一聲」，其實就是一塊重達七十萬噸的石塊倒塌，封鎖礦場唯一的入口。被困的礦工都了解，就算像聖荷西這麼危險的礦場，最後的一聲，也絕非尋常。光是灰塵就差點置他們於死地，使他們不斷咳嗽、流淚、幾乎半盲。他們的眼睛蒙上大量沙礫，使得大多數人的眼睛生出一層結實的黃苔，黏著雙眼無法睜開。就算他們設法睜開雙眼，也無法看穿黑暗，流水不斷從牆壁滲透下來。

礦工們過去必須經常與灰塵奮鬥，但是現在的避難所外面，面對的是一條泥濘，滑溜的斜坡。石塊與圓石坍落的聲音此起彼落，像瘋子在打鼓，不斷迴響在這綿延約一點六公里的岩石洞穴中，也是他們現在被圍困的地方。他們在黑暗中笨拙的行動，關掉他們的頭燈以節省電力。

他們的噩夢才正要開始。

第二章

絕望地搜尋

八月五日，星期四，下午五點四十分。

馬利歐塞古拉（Mario Segura）渾身又濕又冷地回到位於智利科皮亞波的警察局，在寒冷的太平洋中接受救生訓練四個小時後，這位身材精健的救難隊員，已經準備好要沖個熱水澡，並且和他的隊友荷西涅古奇歐（José Ñancucheo）一起共享冰啤酒。塞古拉和涅古奇歐同屬於「智利刑警特勤組」（Chilean Carabineros Special Operations Group，簡稱 GOPE）的組員，這是智利警察的菁英部隊，受過各種訓練，從拆除炸彈到火山內繩降，無所不有。智利的安地斯山脈擁有數百座火山，連綿智利全境約四千三百公里（兩千七百英里），每當探險者挑戰智利火山峰口，不小心跨越腎上腺素的極端興奮與突然滑落的安全界限後，這些人就會被派去設法尋找遺體，每當無政府主義者轟炸任何產業的時候（聖地牙哥每個月都會發生），也是這些人被派到第一現場。

他們受過高度訓練，被視為是最專業的一支警察隊伍，頗受整個南美大陸敬重。特勤組成員平日的時間多半花在健身房、射擊場，或演練救災行動上。八月五日，在幾個小時的海底救生訓練後，塞古拉和涅古奇歐將要下班之際，電話響起。「我猜一定又是救難！」塞古拉開玩笑地說，正坐下來準備和夥伴們一起享用熱茶與三明治。他的同事接聽電話，塞古拉察覺到他的態度從「上班將盡的閒散心情」立刻轉變為「關鍵任務的全副武裝」。電話內容非常簡短，也沒有太多細節，又是一樁礦場災難，這一次是在聖荷西礦場，深入山丘四十四公里（二十七英里）。

「離開的時候我看了手錶，晚上六點。我告訴曼德茲：『我們三個小時內就會回來。』救援行動總是需要三個小時，我對他們說：『夥伴們，回來的時候再吃點心。』我關上壺水，但是留下剛泡好的茶。」塞古拉說。

六位隊員將標準九十一公尺長的繩索圈、手套、登山吊帶、裝著安全鉤的箱盒，與帶有頭燈的頭盔，一起裝上日產吉普車，另外還有裝設LED照明設備，類似專業攝影用的橘色提箱，一併放在吉普車後座。然而倉促之間，這些人忘了攜帶一件關鍵性的配備：三角定位架，這項儀器可以將救生繩索固定在救援洞口中心，協助救難人員快速下降或上升，他們的這項疏失造成一位隊員後來付出慘痛的代價。

太陽下山之際，他們的警車一路閃著警燈，在這片人煙稀少的荒漠，加速穿越下班尖峰時刻的車輛，朝向礦場奔去。車行途中各自在心內溫習著救援程序，極少交談。這趟車程只需三十五分鐘，但是路面隱含危險，筆直的彎路以及異常的濃霧，經常會讓路面產生一層滑溜又不明顯的水層，這就說明了為什麼這個地區的租車業者，不但會提供車輛雙保險桿、雙輪胎，還外帶一個加強型的急救箱。

當特勤組抵達現場，已有一位地質學家與一位地球物理學家等在那裡，當場解說並勾勒出礦場結構，以及礦工們可能的被困地點。無法在這麼短的時間內拿到正確的地形圖，所以救援行動只能大部分依靠推測。地質學家神情嚴肅憂心，對六位救援人員說：「這是個複雜的行動，需要時間。」他在那張草圖上指出礦區內通風井的位置，並建議救難人員先找到這口通風井，然後如果可能的話，再往下進入山腹。需要尋找的坑道長達數英里，那些礦工們可能已經到達位於礦底的避難所嗎？還是在往上半公里（四分之一英里）高的修車間內？由於那個蛇行坑道內停放了十多輛貨車，救難人員做好準備，推測那些人可能還活著，不過被困在那些被砸毀的車輛中。

那些礦工，如果他們還活著的話，也可能身陷各處。

礦場主管單位起初不願認同這次災難的規模，依據礦場工會代表哈維葉卡斯帝猷（Javier Castillo）的說法，向有關單位通報是他的職責，然而管理單位剛開始時，不讓他使用公司電話求助。受困礦工愛迪頌皮涅亞（Edison Peña）的太太安荷莉卡愛娃芮茲（Angelica Alvarez）也有同樣說法：「礦工們要求打電話下去，可是因為山丘上沒有手機訊號，所以要求使用室內電話……主管單位卻嚴格禁止他們聯絡消防隊、救護車或是警方，公司希望自行解決這件事。」當愈來愈多的攀岩者、礦場老手，與GOPE特勤隊員聚在一起，研究各種可能性時，礦工家屬與一般智利民眾正驚訝地注視電視新聞播報：聖荷西礦場倒塌，值班礦工的名單在電視螢幕上滾動：

1. 路易斯烏蘇瓦（Luis Alberto Urzúa Irribarren）
2. 佛羅倫西歐阿瓦洛斯（Florencio Ávalos Silva）
3. 雷南阿瓦洛斯（Renán Anselmo Ávalos Silva）
4. 杉莫阿瓦洛斯（Samuel Ávalos Acuña）

5. 奧斯曼阿拉亞（Osmán Isidro Araya Araya）
6. 卡洛斯布赫湼（Carlos Bugueño Alfaro）
7. 佩德羅科特茲（Pedro Cortez Contreras）
8. 卡洛斯巴里歐斯（Carlos Alberto Barrios Contreras）
9. 赫尼巴里歐斯（Jonny Barrios Rojas）
10. 維克托塞戈維亞（Víctor Segovia Rojas）
11. 達里奧塞戈維亞（Darío Arturo Segovia Rojo）
12. 馬利歐塞普維達（Mario Sepúlveda Espinaze）
13. 富蘭克林羅伯斯（Franklin Lobos Ramírez）
14. 羅伯特羅培茲（Roberto López Bordones）
15. 荷黑加葉伊約斯（Jorge Galleguillos Orellana）
16. 維克托薩莫拉（Víctor Zamora Bugueño）
17. 希米桑切斯（Jimmy Alejandro Sánchez Lagues）
18. 奧瑪芮加達斯（Omar Orlando Reigada Rojas）
19. 亞里耶提科那（Ariel Ticona Yáñez）
20. 克勞迪奧亞湼斯（Claudio Yáñez Lagos）

21. 巴勃羅羅哈斯（Pablo Rojas Villacorta）
22. 胡安阿基拉（Juan Carlos Águila Gaeta）
23. 胡安伊亞內斯（Juan Andrés Illanes Palma）
24. 理查比利亞羅埃（Richard Villarroel Godoy）
25. 勞烏布托斯（Raúl Enrique Bustos Ibáñez）
26. 荷西恩立奎（José Henríquez González）
27. 愛迪頌皮涅亞（Edison Peña Villarroel）
28. 亞歷克斯維加（Alex Richard Vega Salazar）
29. 丹尼爾埃雷拉（Daniel Herrera Campos）
30. 馬利歐戈麥茲（Mario Gómez Heredia）
31. 卡洛斯馬馬尼（Carlos Mamani）
32. 荷西奧赫達（José Ojeda）
33. 威廉歐丹尼斯（William Órdenes）

許多礦工家屬是從電視轉播中得知礦災消息，礦場老闆通知家屬的行動不但遲緩，而且名單錯誤連連。有兩位礦工埃斯特萬羅哈斯（Esteban Rojas）與克勞迪奧阿庫尼亞（Claudio Acuña）

沒有出現在名單上，他們的家屬發現實情後，分外訝異痛苦。威廉歐丹尼斯（William Órdenes）與羅伯特羅培茲（Roberto López）的家屬也一樣，他們都在受困名單中，不過很快就發現他們安全地在礦區外面。聖荷西礦場聘僱員工、安全設備，與登錄記載等種種不按常規的行為，逐漸被揭露出來。

從電視新聞轉播中得知礦災消息的家屬陸續趕來，並且要求立即採取救援行動。

隨著回報的救援災情規模，救難小組面臨新的挑戰，他們要如何在七百公尺深的地下尋找受困者？就算找到了，又要如何把生還者從這麼深的地方救上來？甚至，現在進入礦坑安全嗎？

他們同時要安排應對兩種狀況的計畫：找到生還者，或是找到屍體。就算是在最糟糕的狀況下，政府官員因應災變的重點也是要運出死者屍體，交給悲傷的家屬，才算完成行動。由於智利自一九七三到一九九〇年間，在軍事獨裁者奧古斯托皮諾切特（Augusto Pinochet）的統治下，三千名市民被謀殺，屍體消失無蹤，所以在經歷這項惡名昭彰的歷史創傷後，任憑屍體留在地下無消無息，對家人來說，是項無法接受的選擇。

礦坑倒塌後數小時內，多位礦工嘗試進去救人，先是開貨車，接著步行，然而皆徒勞無功。頭燈與探照燈都無法穿透滿布灰塵的空間，石壁裂縫粗厚，地下水自其中滲出，顯示了坍塌的威力。救難人員的視力無法穿過那層厚重的煙霧，石塊繼續不斷落下，礦山不斷傳出陰森的咆哮聲，像是一頭被勒緊脖子的怪物。「礦工常說礦山是活著的，表示它會動。」GOPE的指揮官荷西維葉加斯少尉（José Luis Villegas）說：「他們這麼說是因為岩石會發出怒吼的聲音，而現在則是整座山都在怒吼。」

聖荷西礦場的入口處開鑿地非常簡陋，長方形的洞口兩邊並不均衡，高度約是寬度的兩倍，像是一張血盆大口，一條粗糙的斜坡路緩緩地通向地表下的黑色深淵，像是通往幽冥世界的過道。在那張大嘴之後，一圈一圈的坑道長約六公里，蜿蜒連綿至地底，像是一條藏在地下的大蛇。從側邊剖面來看，礦道像是一條大蟒蛇，拖著一條起伏不平、瘤瘤錯生的綿長身軀。

礦坑入口處旁有塊老舊的綠色招牌，上面印著公司名稱：「聖埃斯特萬第一公司」，並繪上大幅的安全帽與工作靴圖示，外加公司標語：「工作至上，安全為貴。」救難人員經過這塊招牌進入礦坑，地面龜裂，坑頂迸開，石壁分離，沒有任何生命跡象，卻處處是滅亡的證據。

礦災剛發生的幾個小時內，煙灰瀰漫，礦場入口處一團混亂。冬天寒冷的空氣使人打顫，馬利歐塞古拉是首批進入礦區搜救的人員之一：「我們盡可能的往下走，直到碰到巨石和碎片擋住去路為止。通常你會在坍塌的石塊間找到可以繞過的縫隙，但是眼前是一整片光滑的大石，跟一座門一樣擋住坑道。礦山這種坍塌方式，就連礦業專家也不理解，整座山怎麼會就這樣塌下來，落下這麼多石塊，對他們來說，令人費解。」他說。

原本以為大量落下的每顆石塊可能會像匕首一般大小，結果不然，反而像是一艘巨艦，大約長九百公尺，寬三十公尺，高一百二十公尺，後來估計落石的總重量大約在七十萬噸左右，將近紐約帝國大廈的兩倍，或是用代表災難的詞彙來說，相當於一百五十艘鐵達尼號。由於不可能穿透這種石塊，GOPE 的隊員們繼續探索直到發現通風井（當地話稱為 chimenea），然後使用攀岩設備，他們開始緩慢下降，進入依然持續落石，持續哀嚎的礦井內。

四位救難組員密切地注意坍塌中的坑頂，並固定救生索，另外兩位慢慢下降進入兩公尺寬的圓形礦井內。由於沒有三腳定位架可以導引救生索，同時防止礦井內鋒利的山壁磨斷繩索，他們只好臨場發揮。將繩索固定在吉普車的保險桿上，拉緊繩索，避免利石割裂。「距離我們五公尺遠的地方，正下著一場落石雨……剛開始聽起來像是流水的聲音，然後整座坑頂就塌陷下來，就在我們身邊。」塞古拉說：「當雨開始下的時候，你就要小心，你永遠不確定岩石會從哪裡塌下來。」

依據智利的採礦法則，每一個煙囪似的通風井都必須設有逃生梯，但是聖荷西礦場從來都不遵守這些安全規範。伊萬托羅（Ivan Toro）這位礦工還記得當他一九八五年開始在這裡工作的時候，發給他們的標準足具只是一雙運動鞋。二〇〇一年九月，托羅坐在坑道上，等待卡車帶他回到地表，這時坑頂部分坍塌：「我們可以聽到機器在我們的頂層穿鑿的聲音，突然之間一塊巨石就掉了下來，我受傷最重，因為它正落在我的腿上，截去大部分的腿，只剩下一小塊，他們把我送到醫院去的時候，我已經失去了知覺。」他回憶道。公司最初拒絕支付賠償，認為托羅是坐著，並未工作，最終托羅還是贏了官司，但是就智利的自由經濟市場而言，這項斷腿的補償金並無助於抒解他的創傷，法院判給托羅一千五百萬披索的賠償金（按現值換算，約四萬五千美元）。

探尋礦山的內在寶藏是場致命的遊戲，是黃金的誘惑對抗死亡的威脅。只要瞧上一眼，就不難看出其中的危險，像電影《法櫃奇兵》的場景，只欠毒蛇而已。惡臭的髒水，隱蔽的坑穴，坑頂處處下墜，粗糙的鐵絲網釘在坑頂以防落石，坑內的氣味混合著陰暗的潮溼與硝酸氨炸藥的臭味，那些菸不離口的工人們所呼出的菸味卻難以察覺。在這種環境下，想要避免罹患肺癌，活出高壽，是異想天開的幻想。

聖荷西礦場未能遵守標準礦場設施，在各個挖出的坑室內加強支柱，反而將礦山挖成像一塊被野鼠啃食的巨型瑞士乳酪，雖然沒有精確的科學理論可以解釋礦山為什麼會倒塌，可是後來的分析指出，任意挖掘金銅礦脈，嚴重損傷礦內的重要脊柱。「他們甚至挖掘支撐的山柱，」聖荷西礦場前任安全總監文生諾托拜爾（Vincenot Tobar）說。「這樣實在不行……每隔五十公尺就要保留支柱……就是這些支柱，才能避免全面塌陷。」

儘管沒有精確工具，救援小組現在已經進入主要的崩塌現場，沒有合乎規定的逃生梯可以爬下，特勤組只能緩慢地用繩索降落到十五公尺長的通風井底部，來到主要坑道中，他們巡視眼前恍若末日的世界，小心地留意不平的坑頂上，那些似乎是被隱形的繩線懸吊住的石塊。這座坑道高五公尺，寬六公尺，足夠讓一輛超大型載貨卡車入內運送礦石。坑道內溫度總在攝氏三十二度左右，加上一百一十八公斤的裝備，救難人員頻頻揮汗，繼續搜索坑道。

塞古拉與維葉加斯對恐怖的場景，如爆炸、車禍、浮在海上的腫屍，早就習以為常，可是現在是另一個空間，像是置身地窖，宛若迷宮的坑道縱橫其間，而每一個坑道通往更神祕之處。偌大的空間與蜿蜒的通道會令人產生錯覺，像是某種生命或是生物會出現在看不見的轉角。坑頂上原來防止落石的可憐鐵絲網，現在不但塞滿石塊，這條崎嶇的坑道上更是落石遍布。

他們有種會喪身於此的錯覺，礦山像是一頭酷斯拉大小的怪物，一不小心，就會被它壓碎致死。

「我知道我們必須一直搜索，但是礦山不斷發出聲音，像石塊在呼喊哭泣。」塞古拉說。他和另外一位組員找到另一口通風井，又往下降了一層，在第二個通風井的底部，他們一邊搜索，一邊停下來呼喊：「有人嗎嗎嗎嗎嗎？」他們側耳傾聽生命的回應，可是傳來的只有水流過剛形成的渠道聲，還有塌陷的落石聲。塌陷也造成坑內死水潭分裂，於是新生的泥濘與碎石活躍在礦坑內，加上高達百分之八十五的濕度。套句礦工的行話說，礦山還在「自我調整」（asentando）中。

「每座通風井都會縛上鐵絲網以防止落石，但是這次崩塌程度太大，所以通風井內充斥碎石，我們打算下到地底最後一個通風井，但是到處都是石塊。」塞古拉解釋道。

「我們都非常擔心，到達下一層後，又失望的發現坑道仍然被堵住，但是我們繼續向前。

我們想，不會吧……下一個一定沒有被堵……然後我們繼續往下走，但是每一層都一樣被封住。」GOPE的指揮官維葉加斯少尉說。當第二組特勤人員企圖穿過被堵住的通風井時，礦坑又釋放出一片碎石雨，感覺像是口水吐在臉上一樣，「他們往下爬的時候，另一次山體滑落，堵住了通風井。於是就不可能從通風井往下走了。」維葉加斯說。

特勤組員還在搜尋可能的生還者時，這場災變的消息已經四處傳開：「聖荷西礦山塌陷，三十三人被困其中。」謠言滿天飛舞，包括傳聞三十二個人已被壓死。「我聽他們說找到我父親的卡車，裡面有血，他已經死了。我一直不停的哭。」卡羅琳娜羅伯斯（Carolina Lobos）說，她是現在被困在礦內、前足球明星富蘭克林羅伯斯二十五歲的女兒：「我已經沒有眼淚可流，但是我還是不停哭泣。」

聖荷西礦場負責礦工意外事故的保險機構「智利安全協會」（Asociación Chilena de Seguridad，簡稱ACHS）的醫事經理赫黑迪亞茲（Jorge Diaz）醫生當天晚上被叫到科皮亞波的醫療診所，知道聖荷西礦場的災變後，他馬上清出醫院內所有病床，召集所有員工準備治療傷患，可是沒有任何傷患被送進來。

那個致命的早晨，莉莉蓮拉米雷茲沒能成功地說服先生馬利歐戈麥茲留在床上不要上班，她憂心忡忡地等在家中。晚上八點，聽見載她先生回家的卡車聲後，便把晚餐放進微波爐內：

「我覺得很奇怪，我的先生花了很長的時間還沒走進家門，於是我打開窗簾，看見我先生的上司……這種感覺非常陌生，我的手按在臉頰上叫：『天哪！出事了！』」那位礦場經理要拉米雷茲跟他一起走，同時說這只是一場小意外，第二天就可以處理好。他拒絕說明細節，拉米雷茲更加驚慌，立刻把她的外甥找來，一起開車到礦場去，要到好幾個月後，她才會再度回到家裡。

圍繞在聖荷西礦場入口處的金褐色沙漠，被埋在廣達數頃的灰色碎石中，這些被礦工們戲稱為「無菌物」的石塊成排地疊放在那裡，由於它們沒有金銅含量，因此被棄置在沙漠中。數十年來的碎塊被任意拋放在這片荒野上，形成不規則的線條。

這些「無菌物」現在成為越來越多趕上山丘的家屬們臨時的擋風棲息地。他們在上面設立小祭壇，放上一張照片、蠟燭，再配上他們的心聲，如：「礦工們！堅強起來，我們等著你！」希米桑切斯（Jimmy Sánchez）求職的照片中，冷酷的臉龐無言的往外看，像似一種無聲的吶喊。在相鄰的另外一顆石塊上，一頂礦工的橙色頭盔被撐起來，下面安放著兩根燃燒的蠟燭。

八月五日傍晚與隨後六日的凌晨時分，先是數十，而後是數以百計的受難礦工家屬與親友，紛紛湧入聖荷西礦場。他們帶來睡袋、食物，不停地抽著香菸，緊張地聚集在礦場入口附近。「我知道他一定能夠生還下來，他曾經偷渡上一艘貨船，十二天沒有吃東西。」二十八歲的羅珊娜戈麥茲（Rossana Gómez）驕傲地描述父親馬利歐戈麥茲，受困礦工中年紀最大的一位。「他從那次意外中活了下來。」她指的是多年前炸藥炸傷他父親左手的意外事件。「我將平靜與溫暖傳送給他。」她補充道，對她的父親將會得救脫困非常有信心，同時也欣慰父親終於能有機會實現多年來想要教導一位兒孫後輩的願望。

戈麥茲雖然肺部衰竭，但是他的七根手指，說明他是位經驗老到的礦工。他是位強悍的生存者，不但可以適應黑暗的地窖生活，而且說不定還會教導其他年輕、虛弱的新手礦工，戈麥茲可以教他們這項職業的生存藝術。羅珊娜驕傲地讚揚他的父親：「他為同伴帶來力量。」

如果有任何人需要增強信心的話，那一定就是玻利維亞出身的卡洛斯馬馬尼（Carlos Mamani）了，他是這群礦工中唯一的非智利人。八月五日是他第一天上工的日子，他私下接受這項額外工作，是為了養育他十一個月大的小寶貝愛蜜利，現在卻被困在這裡。智利與玻利維亞之間，具有將近一個世紀的敵對傳統，對玻利維亞人馬馬尼來說，活在一個七百公尺深的洞穴內，四周是三十二個智利人，活像是一個塞爾維亞人被圍困在克羅埃西亞的散兵坑裡。

在受困的三十三個人當中，有二十四個人住在最近的科皮亞波。這是一座擁有十二萬五千人的礦鄉，大約有將近百分之七十的當地經濟仰賴礦業。礦災消息對當地人來說並不意外，許多人已是第三代採礦者。科皮亞波的當地報紙《阿塔卡馬報》（El Atacameño）經常會以頭條報導軀體受災的礦工消息，但是這次卻不一樣，就算在這個熟悉礦場災變的社區，這次礦災的規模以及被困的受災人數，也引起各方矚目。

智利北部的沙漠山區與鹽沼擁有豐富的礦藏，智利每年出口總值約有一半以上來自礦產。產量好的月份，全國的銅出口總值大約將近四十億美元，世界上三分之一的銅礦產量出自於智利，過去二十年來「綠色黃金」的傳奇造就了智利的經濟發展，然而這種興盛並沒有惠及礦區內的鄉鎮。過去五年間，銅的價格從一公斤五毛四美元，快速上升三倍達到三點五美元，因此許多老舊或次級礦區被重新評估，只要銅的價格保持在一公斤一美元以上的水準，過去五毛四的廢物，現在就有利可圖，所以過去被棄置的礦區，甚至更老舊、更危險的採礦作業，忽然成為值得操作的有價產業。

阿塔卡馬地區是採礦作業的大本營，但是也是智利失業率第二高的地區，二〇〇九年，智利礦業公司的年利潤高達近兩百億美元，但是政府的統計數字卻顯示這個地區加速淪為全智利最貧窮的地區之一。「換句話說，最富裕的地區，卻在同時，成為最貧窮的地區。」《診所》（The Clinic）新聞周刊一篇文章得出如此結論，這是一間位於聖地牙哥的另類新聞周刊。

家人親屬齊集在礦場邊，不同的家庭卻有著同樣的憤怒——大家早就預料這場意外會發生，甚至已經過了該發生的時間。四十八歲的葉西卡琪拉（Yessica Chilla），受難礦工達里奧塞戈維亞的親密伴侶回憶到：「意外發生的前一天，他對我說礦山又在咆哮重整，他不希望意外發生時，自己正在當班。但是我們需要錢，他的班已經結束，可是他們願付加班費，沒有人會拒絕加倍的薪水，那一天我們將會掙到九萬披索（一百七十五美元），但是他一直想要離開這個工作，去經營貨運生意。」

凱蒂瓦狄薇亞（Elvira Katty Valdivia）直到災變發生幾個小時後才知道這個消息：「一位學校朋友打電話給我，『凱蒂，你知道發生什麼事了嗎？馬利歐似乎是在受困的礦工名單裡面。』她要我打開電視，於是我開始收看，然後看見那份名單，塞普維達就在裡面。」瓦狄薇亞黑色的肌膚，筆直的黑髮，具有穿透力的目光，這副美麗的容貌在最近幾星期內受到嚴峻的考驗。她在就近的帳棚中以手提電腦，為她的會計客戶們繼續工作，但是就在她保持帳目收支平衡的同時，她的生活卻天翻地覆。就在她的腳底下，如果直往下鑽，運氣夠準的話，可以穿透先生所在的坑道，馬利歐正在那裡努力奮鬥祈禱生還。「我為他感到難過，我在這裡，而他在七百公尺之下。我希望能夠跟他在一起，能夠觸摸到他，告訴他我非常愛他。」瓦狄薇亞也表露出對於礦坑老闆的不滿：「他們什麼都沒有告訴我們，也沒有跟任何人說，他們沒有跟我們說我們的家人被困在礦場底下。」

瓦狄薇亞的雇主，美國的「資誠聯合會計師事務所」（Price Waterhouse）向她保證會付她全額薪水，讓她帶著兩個小孩，十八歲的絲卡萊特以及十三歲的弗朗西斯科，在這遙遠的前方守候，等待丈夫的命運。瓦狄薇亞從位於礦區臨時的家中重新安排生活，死亡與被困的謠言不斷在她腦中盤旋，瓦狄薇亞眼睜睜地看著她的世界逐漸瓦解：「到處有人奔跑驚叫，我的兒子也在哭泣，我試著安慰他，這是非常難熬的時刻……我睡不著覺，一直在問自己，為什麼是我？為什麼是我？為什麼這種事會發生在我們身上？」她說。

※※※

智利總統塞巴斯蒂安皮涅拉接獲礦災消息的時候，正在厄瓜多爾的首都基多。如果他和瓦狄薇亞的反應相同，為什麼是我？為什麼這件事會發生在我們身上的話？是可以諒解的。因為在他接任總統的短短四個月期間內，這已經是第二件慘劇。四個月前，他承接了一個四分五裂的國度，二〇一〇年二月二十七日，智利發生八點八級大地震，名列有史以來被偵測到的強震中第五位。這場地震不但造成數百人死亡，數千人無家可歸，引發的海嘯同時也摧毀了智利海岸地區，削弱了皮涅拉野心勃勃的政治主張。皮涅拉的團隊沒能來得及實施新政，先要忙著處理上千件倒塌的房舍、摧毀的醫院，還要收拾綿延長達一千九百公里（一千兩百英里）的高速公路殘景。

「我和科雷亞總統在厄瓜多爾，我們當天晚上的判斷就很清楚，我們知道那裡有三十三個人，被困在地下七百公尺的深處，而且根據我們對這間公司的了解，他們根本沒有能力處理這麼一個危險的情況，所以我們的結論非常簡單，政府必須介入承擔救援責任，否則沒人能做，這件事遠比大家想的要單純。」皮涅拉說。

皮涅拉不顧一般成規，取消與新任哥倫比亞總統胡安桑托斯重要的策略會晤，趕回智利。那天晚上他就已命令他的首席幕僚趕往現場。

不光是表達關心，也為自我政權的前途著想，這個半世紀以來首度當選的右翼政府視這場危機為最佳舞台，強調他們「說到做到」的態度。皮涅拉將他日漸下滑的政治資本賭在這三十三位不知名的礦工命運上。這場豪賭日後為這位億萬企業家增添了更高的聲譽，公認他不愧是一位精明的短期股票贏家。

第二天：八月七日，星期六。

這些人已經在地下被困了整整兩天，還沒找到任何生存跡象。疑慮的心情開始困擾救難人員：他們能呼吸到空氣嗎？他們受了傷，正步入死亡邊緣嗎？他們有東西吃嗎？

地表下，救援行動再度受到挫折。救難人員原本希望繞過被堵塞的通風井另找出路，但是礦山仍在移動，通風井開始塌陷，戰艦型的巨石稍微滑動，引發碎石像雪崩一樣塌陷下來。GOPE的任務現在從救援被困礦工，變成撤退自身救援人員，防止產生二度礦災。沒有定位三腳架引導救生索，特勤組連忙上前拉緊繩索，援救他們被碎石轟炸的同伴，不過如果他們拉的太快或偏向一邊，就會冒著利石割斷繩索的危險，將會賠上救援人員的性命。但是如果拉得太慢，每一秒鐘都可能出現一塊大石，將他們當場砸昏。

「我們受過這種訓練，需要研究地質學，而且部分課程就是礦坑救援。」埃爾南普加（Hernan Puga）說，這位GOPE的隊員說當地的這群礦山中大約有兩千座小型礦場。並拿這種垂直下降，與警察們常在監獄內施行的特種上升訓練相比較。

所有的救難人員被拉上來後，他們並沒有慶幸自己能死裡逃生，而是充滿了挫折感。「他們都很沮喪，我們也很氣餒，但是當我們與那些家人接觸過後，情況開始改觀，他們的希望與信心，鼓舞著我們。」指揮官維葉加斯說。

智利礦業部長勞倫斯戈爾波內（Laurence Golborne）星期六抵達礦場。他找不到商用客機飛回智利，智利空軍只好在秘魯首都利馬接他上機，然後飛抵礦場。抵達之後，驚訝地看著眼前混亂的狀況，顯然聖荷西礦場的管理階層已六神無主，無法擔當這項重責大任，而且資金與設備也嚴重不足。接掌這些事務之後，戈爾波內很滿意地對皮涅拉總統報告他已安排好讓第一台探鑽機抵達這裡，但是總統並沒有十分滿意：「不錯，現在我希望你安排不只一輛，而是十輛探鑽機到這裡。」他對戈爾波內說。皮涅拉總統堅持多個援救方案的主張，成為整個「聖羅倫佐行動」的指標。

救難人員對戈爾波內說他們認為坑內礦工可能還活著，儘管謠言滿天飛，說礦工們已被一陣毀滅性的坍方壓死，但是沒有任何損毀車輛，或是死亡屍體能證明這點。而且從礦坑內的日常作息可以猜測，當塌陷開始時，礦工們都在底層，至少有些人會在被封鎖的坑道內。

「我們知道礦工們有足夠的飲水，因為採礦時他們會需要大量的水車，麻煩的是氧氣。」戈爾波內說：「通風井一倒塌，我們真的感到氣餒與無力，我們通知家屬我們無法進行傳統的救援工作（從礦口進入）……我不想給他們錯誤的希望，我要求自己告訴他們真相，我不希望引起無謂的謠言，在這種情況下大家都會議論紛紛，甚至會聽到有人說他們都死了。」

戈爾波內對親屬陳述這殘酷的事實，他告訴他們救援行動暫時停止，說明時他在那些親屬面前泣不成聲：「這不是好消息。」救難人員開始打包離場，消防隊員、攀岩人員，以及 GOPE 特勤組員也都離開山頂，塞古拉和涅古奇歐非常洩氣愧疚，他們以為自己一定能夠救出那些受困人員。

「當我看見那些 GOPE 隊員離開，那些救難人員也走了，我們認為一定是因為那些人已經死了，他們才離開，我哭了，我們所有人都哭了。」卡羅琳娜羅伯斯說。

「我覺得非常無助，所有人都起來抗議，砸東西洩憤，拿木棍對抗礦場經理，還連成一道人牆，不讓任何人離開礦場，憤怒與沮喪之下，我還推了警察一把……我知道這樣做不對，但是沮喪之下，你什麼事都做得出來，這是人之常情，不過我們真的不知道發生了什麼事。」莉莉蓮拉米雷茲說。

聖荷西礦場的值班經理巴勃羅拉米雷茲（Pablo Ramírez）也同樣在抗議。他是第一批志願進去搜救的人員之一，他堅持他們必須持續搜尋這些礦工，拉米雷茲肯定地認為當他深入礦坑時，曾經聽到車子的喇叭聲，他的同伴嘲笑他：「沒有人相信我，他們說那是遇難礦工的靈魂蠱惑著我。」

第三章

困在地獄

八月五日，星期四，下午。

巴勃羅羅哈斯（Pablo Rojas）那天早上帶著宿醉頭痛抵達聖荷西礦場，所以當他與伙伴們完成強化坑壁與增高坑頂的工作後，他就到靠近礦場底部、六百八十五公尺深的避難所，暫時安靜的躺下休息。羅哈斯的父親幾天前過世，早在昨晚出去前，他的頭就已經很痛。龐大的坍塌聲驚醒了渾身濕透的羅哈斯，但是一時之間還無法了解這場災難的規模。

克勞迪奧亞涅斯（Claudio Yañez）正在準備埋設炸藥，坍塌引起的氣爆幾乎將他撞倒，他是幾位先行到達避難所的人員之一，隨著礦坑不斷地動盪移位，眼見其他的礦工也掙扎的走進來。「他們三三兩兩的跑進來，想要打電話，但是電話不通，只能喪氣地互相對看，不敢相信發生了什麼事。」

礦山坍塌時，勞烏布托斯（Raúl Bustos）正在避難所上方坑道的修車間忙碌，他後來寫給太太的信中，描述當時的情況：「氣爆將我們全部撞翻過去！」

避難所內，大家都急著尋找自己的親朋好友，三十一歲的佛羅倫西歐阿瓦洛斯找到二十七歲的弟弟雷南，覺得對他有父兄的責任，是他鼓勵這位弟弟來聖荷西工作，雖然他們兩個都不認為這是他們的未來，但是與在阿根廷邊界的山間小鎮從事季節性的採收葡萄工作相比，這裡簡直就是一座金礦。

埃斯特萬羅哈斯和他的三位堂兄弟互相擁抱在一起，感謝彼此都還活著。佩德羅科特茲（Pedro Cortés）與卡洛斯布赫涅（Carlos Bugueño）這兩位好友也互相慶祝死裡逃生，他們從小就是鄰居，互不分離，而且也在同一天到礦場工作。

然而富蘭克林羅伯斯卻很黯然，他駕駛著最後一輛車進入礦坑，和勞烏維葉加斯往上走的卡車在坑道內相互交錯，依據他估算的礦山坍塌時間，以及勞烏卡車所在的位置，羅伯斯害怕這位老友已經凶多吉少，他的腦海中幾乎可以看見那輛卡車被壓毀的情景，這麼龐大的坍塌災難，這座被詛咒的礦坑無疑地奪去了另一位同伴的性命。

羅伯斯熟悉避難所，他的眾多工作之一就是補充避難所庫存，他向來就不喜歡在礦坑內工作，他上一次在礦場工作的時候，就曾經被困在一層厚重的濃煙中，被迫退守到礦底的避難所內以免窒息。羅伯斯和他的同伴們在那裡困守了八個小時，家人都守候在外面，他們曾經懷疑自己是否能有重生的機會，而現在羅伯斯則希望能有第三次。

所有三十三個人都從這場龐大的災變中活了下來，有些人受到瘀傷，有些人流血，但是沒有人骨折，也沒有人失蹤。

避難所中，礦坑內職位最高的經理烏蘇瓦正在想辦法組織這群人。做為值班經理，他不需要親身參加體力工作，而是在他的指揮下帶領、督促，同時激發他們的工作效率。在智利礦場階級分明的世界中，值班經理是絕對的領導者，他的指令和部隊的紀律一樣，如果對經理的指令有任何質疑，就會受到處分或被開除。「適者生存的道理在這個環境中絕對需要。」智利衛生部長海梅馬涅利奇（Jaime Mañalich）說：「需要經過很多考驗，才能坐上值班經理的位置。」

烏蘇瓦體格結實，目光柔和，領導風格並不基於強悍的個性，而是基於正確的判斷。他的礦場經驗超過二十年，資歷足以率領這支隊伍。但是他才來聖荷西礦場還不到三個月的事實，使他在這個骯髒擁擠的避難所中備受質疑，大家懷疑他救災應變的能力，為什麼他是領導者？他了解這座礦場嗎？烏蘇瓦建議大家留守避難所內，相信救援行動會解救他們，但是他的主張並沒有獲得太多支持。災難開始的幾個小時內，大家爭論不休、火氣爆發，烏蘇瓦開始失去控制。

困在避難所內的塞普維達心平氣和的慢慢踱步，他早就預測過這種災難會發生，曾經多次和科皮亞波的勞工安全督導爭論，花了好幾天的時間，不只是鼓勵、遊說，甚至開罵，要他們去調查聖荷西礦場違反安全措施的行為。塞普維達也曾嘗試要和同伴們組成工會，但是當他發現國家的工會——中央聯合工會（Central Unitaria de Trabajadores 簡稱 CUT）的代表們只會圖利自我後，沮喪的放棄了這項舉動。他和同伴們對於工會是否能為他們爭取福利，已經喪失信心。

塞普維達是位身材短小、頭頂已禿的男子，笑起來一口歪牙，不但是位工作狂，愛好體力活動，而且意志力堅強。對他的同伴來說，他既是智利俗語中的「好傢伙」（El Perry），也是「瘋子」（El Loco），礦坑中的地下小丑。他經常會用犀利的語言嘲弄礦場管理階層，不過他的急智型幽默，會讓受嘲弄的對象也忍俊不住。每天工作結束後，礦工們坐上卡車，以每小時十六公里的速度，二十五分鐘的車程從礦底駛出的路途上，那些疲累不堪的同伴們，是他最好的觀眾，他的單口相聲與即興故事，總會讓他們笑得人仰馬翻，誰能跟這位好傢伙一樣，在下班的巴士上表演鋼管舞？他是天生的模仿家，魅力十足。然而塞普維達個性中過動的因子，使他對眼前這個狀況倍感壓迫，迫切需要尋找出路。

塞普維達和戈麥茲將礦工們分成三批，各有不同的任務。雖然礦山還在咆哮，灰塵還瀰漫在他們身邊，但是這些人已經開始尋找坑道內可能的逃生之路。食物、空氣，以及飲水都很有限，而且礦山持續在嘶吼，代表可能會有另一場浩大的塌陷，如果不馬上行動，他們一定會死。

礦場內主要的通道是一條崎嶇的坑道，坑壁凹凸不平，在貨車大燈的照耀下黑影重重，像是迷離鬼域的幽冥腸道。邊道、洞穴，以及儲藏室，似乎都是隨意挖掘出來。巨大的水車，每輛裝載多達六千公升的水，儲存在礦山各地，以供礦內探鑽機器所用，如果這些人能看到礦場的橫切面，就會看到坑道彷彿像有許多蟻丘攀附在上面。

礦場的深度是依海平面為基準，以公尺為單位往上按層計算，礦坑入口處大約高於海平面八百公尺，最低處被稱作第四十五層，這些礦工聚集的避難所是第九十層。這三十三位礦工幾乎被困在這座龐大礦場內的最底處。

礦工們深信救援隊伍應該已經開始行動，所以他們也一定要發出訊號，讓他們知道他們還活著。有人開始收集貨車輪胎以及骯髒的濾油紙。二十七歲的修車工理查比利亞羅埃（Richard Villarroel）是礦場的二手包商，他被派去開貨車上坑道，他到達第三百五十層時，坑道被落石堵住，理查找到岩石縫隙，將輪胎與濾油紙塞在其中點火燃燒，濃厚的烏煙籠罩坑道，他希望煙霧往上盤旋，能夠提醒救援人員他們所在的位置。

第二組礦工收集炸藥管並點燃引爆，希望救援人員能夠聽到這種獨特的短暫聲響。其他的人員則仔細的搜尋礦山各個角落，希望能找到空氣入口。

烏蘇瓦是訓練有素的地形測量師，他開始手繪地圖，簡單地勾勒出這個新環境的空間，利用一輛白色卡車做為他的臨時辦公室，烏蘇瓦在那裡認真的繪製地圖。

雖然有些礦工仍然尊重烏蘇瓦的領導，但是也有明顯的例外，五十二歲的二手包商胡安伊亞內斯（Juan Illanes），曾經是位士兵，在巴塔哥尼亞高原的散兵坑內度過將近兩年的時光，這種經歷使他勇氣倍增，認為自己不屬於烏蘇瓦的管轄範圍之內。他和其他四位工人是被礦場雇來維修並操作貨車，所以不是礦場的員工，照智利礦場的規則來說，他們是二級員工，化外之民。

沒有燈光，就沒有白天與夜晚的區別，各項常規都會被打破、消除，或是徹底改變。他們的頭燈電池逐漸耗盡，於是他們謹慎小心節制使用。步入這個掠奪知覺的虛弱世界，加上瀕臨死亡的情緒波動，礦工們逐漸失去對時間的概念。同時經驗老到的礦工也非常清楚，想要鑿穿數百公尺的堅硬岩石，是項技術層面的辛苦挑戰，對他們來說，救援行動就算發生了，也是一場複雜而且充滿未知的行動。

心理學家認為在這樣的情況下，求生本能壓過一切個人優點，當腎上腺素進入腦部，體內求生意志應運而生，會發揮出驚人的體能，但是也會蒙蔽他們的心神，使他們無法理解需要稍停片刻，構思整體計畫的重要。於是幾個小時過後，這三十三位礦工像是一群漫無目的的飢餓困獸，在這狹小的世界內隨意便溺，無視於整體團結的呼聲，各自在坑內尋找角落棲身，第一個晚上，沒有幾個人能闔上雙眼睡覺。

第一天：八月六日，星期五。

為了保持乾燥，並躲避那些尖銳的落石，礦工們整個晚上都瑟縮在硬紙箱片下面，但是醒來後仍然又濕又焦躁。荷西恩立奎（José Henríquez）建議集體禱告，希望大家能夠帶著希望，展開新的一天。這位五十四歲、圓臉樂觀的礦工，在礦場內操作重型機械，被稱為「機械手」（jumbero），是礦場內工資最高的職位之一。不過這只是他日常的工作，他還熱心地在智利南方的泰卡（Talca）市教區內，宣揚耶穌基督的福音。他召集所有人聚集到避難所，開始簡短的禱告，希望這樣一來，這些人可以放鬆心情，好讓烏蘇瓦與塞普維達分派任務。克勞迪奧亞涅斯戴著卡西歐手錶，大家可以知道自己的任務與時間表。不過塞普維達說：「在這裡我不需要手錶，你知道什麼最準確嗎？我的肚子。我可以從想要吃什麼，知道現在幾點。你的胃口對牛排的反應，早上七點和晚上七點絕對不會一樣。」

許多礦工認為他們應該留守在避難所內，等待救援，塞普維達用開放、高亢，而且強烈的語氣，一句話就說出他的想法：「簡直就是自殺。」他不但希望、認為必須，更下令馬上採取行動。他的個性充滿活力並且主動，整個人生從童年開始，就是一場力求生存的生死之戰，他的母親在他出生時過世，父親對他棄之不理，年輕的塞普維達與六位兄弟姐妹，同睡在一張床上長大，有的時候甚至和牲畜一起睡在穀倉裡，甚至還吃動物食糧維生。「我非常非常的窮，而他們對待我比動物還不如。」塞普維達說。對於現年三十九歲，位居中產階級，擁有嬌妻與兩個小孩的他來說，逃出礦坑是他的必要使命，他的一生似乎都在為這種時刻做準備。

礦工們被分成不同小組。一組人員利用重型機械製造噪音，儘管坍塌嚴重，但是他們仍然還有很多車輛機械可供使用，從一般貨車到鑽孔車（Jumbo），這是一輛九公尺長的卡車，前方裝有鑽孔機，可以在坑頂挖出孔洞埋設炸藥。他們將所有的車輛都移到坑道最高點，齊集在堵住的石塊旁，開始製造一連串刺耳的聲響，包括狂按喇叭，引爆炸藥，敲打推土機鐵板。炸藥的爆炸聲與鐵板的撞擊聲，迴盪在整座坑道內，但是這樣他們就會聽到嗎？救難人員中至少會有一個人聽到嗎？這些人又繼續用鑽孔車攻擊坑頂，像是一隻瘋狂的啄木鳥，不停的用力啄洞，形成一片地獄式的場景。

「我們用卡車去撞牆壁，將卡車的喇叭連上通往上面的圓管，希望這樣可以被聽到，我們輪流對著這些管子喊叫……我們快要絕望。」杉莫阿瓦洛斯說。

亞歷克斯希望沿著斷裂的石縫往上爬，他認為這是一條逃生之路，可以直達地面，但是他們的頭燈電力有限，而且可能需要整天往上攀爬，也沒有辦法攜帶足夠的飲水支撐。「我們害怕被落石砸中，還有可能會被困住。」他說。

第二組礦工們由塞普維達與勞烏布斯托帶領，從通風井探索逃生之路，這口直井大約高達二十四公尺，礦坑內大約有一打這樣的通風井，維持礦內僅供呼吸的空氣。「我們開始尋找其他的方式，利用垂下來的吊梯往上爬了三十公尺，到達兩百一十層，但是那裡也被堵住，那裡也有一座通風井，但是沒有吊梯。」布斯托後來寫給太太的信中說道。

智利多數的礦場內，通風井會是乾淨的圓柱，直立向上，對下一層的坑道來說，像座天窗，並配有各種安全設備，從吊梯到逃生燈應有盡有。通風井除了保持礦內空氣流通外，也設計用來做為第二條逃生通路，以防坑道塌陷。但是聖荷西礦場的第二條逃生通路不僅沒有燈光，同時吊梯老舊，而且更糟的是，通風井連結主要坑道通路，因此只要一次塌陷，就可能同時會堵住兩條逃生道路，這是哈維葉卡斯帝猷所領導的智利工會，一再譴責的基本錯誤，被困的礦工們現在開始了解他的邏輯。

塞普維達偵查通風井地勢，認為往上走固然危險，但是可行。一陣落石正往下落，還好他戴著頭盔。調整頭上的燈光朝上後，他開始慢慢往上爬。通風井的吊梯設計是為逃生而用，但是數十年來的濕氣已經腐蝕了階梯，他一步步地往上爬，感覺腳下梯蹬逐步鬆脫，部分金屬梯蹬甚至不見。到了這個地步，塞普維達只好自己想辦法。通風井約一公尺寬，兩隻腳沒有辦法往兩邊撐開頂住，所以他只好抓著通風井邊的塑膠管，拼命在濕滑的石壁上尋找搭腳的地方，落石碎片不斷地敲打在他頭上，礦山依然在呻吟解體中。塞普維達下定決心，爬也要爬出去。他緊繃全身肌肉，雙手向上抓緊，拉動身體往上不至下滑，就在這時，一塊落石撞擊他的臉龐，劃破嘴唇，撞掉一顆牙。另一顆碎石，大小像顆網球，從他身邊呼嘯而過，逃離死神不過幾公分而已，然後又一塊落石從他身邊掠過，沒有傷到他，塞普維達認為這是一個預兆，是該撤退的時候。

「我覺得像是個十二歲的孩子，強而有力，精神充沛，不覺得疲倦，我只希望趕快出去。」塞普維達說。他用離奇的說法描述他的經驗：「在通風井內時，我感覺聖靈在我身旁……頸子後面的毛髮都豎了起來，似乎有人在對我說：我與你同在。」

往下離開通風井時，塞普維達心中充滿莫名的喜悅和信心：「我回來對他們說，沒有人會死在這裡，他們相信也好，不信也罷，但是如果你真的相信，那麼緊握住上帝和我的手，我們會一起出去。」

面對改變生命的重大遭遇時，每個人的反應都不一樣，取決於每個人的個性。聖荷西礦災這種突如其來的災難，心理學家定義為「極端封閉」的情況，有些受災者會在其中萎縮，有些人則會崛起，對塞普維達來說，他的整個人生似乎都在等待這種挑戰。

他高興地承擔新的角色：這群人的首領。

第二天：八月七日，星期六。

完全沒有任何外在救援行動的消息，這群人又度過了一個憂慮無眠的夜晚。早上起來後，他們同意再次與恩立奎一起禱告，這份日後的常規，至少能讓他們集合在一起。可是沮喪的心情逐漸侵蝕，食物逐漸短缺，十公升的飲水完全不夠，於是他們開始飲用水車中五千公升的水。這種水是儲備做為探鑽機械之用，不但放了好幾個月，而且裡面充滿灰塵與污泥，「喝起來像油。」理查比利亞羅埃說。

克勞迪奧亞涅斯一直在喝這種髒水，一天七公升。他知道水內充滿礦物殘渣，水味像似柴油與灰塵，並且放了近半年，但是口渴的欲望促使他繼續喝。

「礦內階級觀念幾乎立刻消失，」亞歷克斯維加說，他是修車工，將近十年的工作經驗使他對礦場非常熟悉：「我們三十三個人團結一致，開始實行民主制度，最有道理的意見就是最好的意見，大家共同遵守。」

幾乎所有重要事情都由大家投票決定，中午時分他們會舉行集體會議，結合新英格蘭市鎮會議認真辯論的民主精神，與英國國會式的幽默，所提出來的各種意見，不是馬上被消遣至死，就是公開充分討論，每個人都有權發言，意見的衡量標準基於本身價值，而非身分，管你是高高在上的值班經理，還是最低階層的助理。

礦工們在地下已將近整整兩天，他們的提燈電池即將耗盡，手機也沒電，雖然這裡沒有訊號，但是他們用手機當手電筒、時鐘，或是擴音器，並聽音樂以抒解深沉的寂靜虛無。

比較年輕，沒有經驗的礦工逐漸慌張失措。其中最年輕的礦工，十九歲的希米桑切斯開始產生幻覺。他夢見他的母親到礦場深處來看他，夢中帶來新鮮的「餡餅」（empanadas），這是一種包著洋蔥與鮮肉的智利餡餅，外加一顆黑橄欖，當成中午點心。這種小點和智利多數食物一樣，並不稀奇且容易忽視，但是現在在這麼深的地底，這麼生動的記憶，對希米與他的同伴來說，像是神賜的恩物。

有的礦工無法面對情緒上的煎熬，精神呆滯。「他們整天躺在床上不起來。」比利亞羅埃說。對這些人來說，光陰漫漫，苦痛難熬，無邊的寂靜填滿空間。沒有探鑽聲，沒有炸藥聲，上面什麼聲音也沒有，只有永無止盡的滴水聲，還有打鼓般的落石聲，不斷地折磨著他們。

這些人反覆地走上幾百公尺的斜坡，經過曲折的坑道，沮喪的看著那些巨大的岩石。雖然他們很肯定救難人員一定正在上面，但是無盡的沉默依然使人恐懼，並會隱約產生懼意：救援能夠到達這裡嗎？

他們會詛咒那些石頭：該死的石頭，你媽的X！其他礦工也會暫時振作精神，高喊「智利萬歲」，然後沮喪的回到避難所——依然無消無息。

這些人需要奇蹟，以及食物。不過才兩天而已，他們的身體已經逐漸萎縮，臉龐也因為缺乏精力，逐漸憔悴，長出髒亂的鬍鬚，頭髮也黏結成塊，向外微翹。彼此說話時，原先的禮貌已經逐漸瓦解。隨著結合汗水與濕度的味道越來越重，他們逐漸離開避難所，睡在外面崎嶇不平的坑道地上。

他們分成幾組人馬，會為了搶奪紙箱發生糾紛。親戚或是好友，為生存而群聚成組。他們的首腦，包括塞普維達和烏蘇瓦，安頓在一百零五公尺高的坑道轉折處，他們馬上被稱為是「一〇五組」，或是就叫他們「一〇五」。和其他兩組人員比較起來，那裡的空氣最好，地面較乾，活動空間也較大。在他們下面，另外一組人馬移進避難所，稱他們自己為「難民組」（Refugio）。裡面的陶磚地板堅硬，睡得並不舒服，但是屋頂用螺栓鐵絲網拴住，加強防護落石。

剩下的第三組人馬就靠他們自己，埃斯特萬羅哈斯（Esteban Rojas）與巴勃羅羅哈斯（Pablo Rojas）這兩位堂兄弟，外加他們的姻親亞里耶提科那（Ariel Ticona）自成一派，安頓在最危險的地區，就在避難所外面的主要坑道上，被稱為是「坡道組」（Rampa）。這塊地方比較沒有那麼封閉，還有微風輕輕吹過，但是缺點顯而易見——地面潮濕。這些人幾乎無法入睡，經常需要築起獨木舟般的隔牆，將流水擋在外面。

用紙箱對抗潮濕，起不了太大作用，水分持續不斷增加，他們不但沒有辦法睡覺，也無法保持乾燥。有些人開始睡在卡車裡面，「我們對於迅速脫險並不抱太大希望，只能在沉默中開始無盡的等待，不知道我們身上會發生什麼事。」亞歷克斯維加說。

第三天：八月八號，星期日。

第三天早上六點三十分，礦工起來準備禱告，恩立奎興致高昂，承諾他們上帝一定會對他們的禱告有所反應。隨著日子一天天的過去，他的佈道與禱告像是一條生命線，緊緊的抓住並維繫他們，無論救援行動是否將近，礦工們保持信心等待，他們開始稱呼耶穌為「第三十四位礦工」。

禱告過後，馬利歐塞普維達督促大家舉行集體會議，他熱心積極的個人風格為這些礦工注入活力，也不違反礦內的階級意識。他諄諄教誨這些人要尊重烏蘇瓦，如果領導者不想領導，那麼他會樂意代替，用他連哄帶騙、威逼利誘的方式，積極地鼓勵大家。

雖然每個人的體力都萎靡不堪，但是個人能力還是能派上用場。勞烏布斯托是大地震的生還者，他徵召年輕的玻利維亞人馬馬尼，協助他修築一連串小河道，將流過營地的污水排出。愛迪頌皮涅亞（Edison Peña）也利用車內電池，拼湊出一套照明設備，特別是那座像推土機一樣的「鏟斗車」（被稱為 scoop），機箱馬達內蓄有兩百二十伏特的電力，使他們可以不再依賴間歇性的燈光，與逐漸耗盡的提燈，皮涅亞的設計讓他們得到經常性的照明光束。胡安伊亞內斯同時還設計了一個方式，將頭燈連接到車內電池充電。他們甚至還可以喝熱茶，發動車輛，把半公升水瓶插在排氣管邊，雖然塑膠瓶非常燙手，但是沒有融化，於是熱水配上他們找到的幾包茶袋，足以暫時溫暖他們。他們也把潮濕的靴子與衣衫放在車上，利用引擎的熱氣吹乾。

他們還在鄰近的泥坑當中即興洗澡，雖然沒有肥皂、洗髮精，與牙膏這些基本衛生配備。他們也利用空油桶做為便器，快滿的時候，就把泥土以及碎石鋪在上面，然後放在營地下游的地方，鋪上更多的碎石。然而難聞的臭味依然陣陣飄來，維克托薩莫拉無法忍受這種味道，離開避難所，睡在外面的坑道上。對薩莫拉來說，被困在這裡就是：「一場噩夢……我們不知道會不會活著出去。」為了逃避每天的恐懼心情，他開始寫日記，將他的感想記錄下來，他的文學興趣不斷激增，並且開始寫詩，這些樂觀與求生的短句直到墨水用完才停止。

避難所的食物被嚴格管制，只有烏蘇瓦與塞普維達有權拿取。他們採取嚴格的口糧分配方式，這種方式很快地經由民主方式通過：投票。烏蘇瓦說：「十六加一就是多數，我們每件事情都投票表決。」他們同意一天只吃一次，每次一小份。「我們會吃一匙鮪魚，份量大約只有寶特瓶蓋一半，這就是我們的食物，大家的身體逐漸衰弱。」理查比利亞羅埃說。

避難所剩下的一點食物，也快速消失。一半牛奶早就過了期限，濕熱使得裡面的牛奶結成香蕉味的腐臭塊狀。

克勞迪奧阿庫尼亞聞了聞牛奶後說：「聞起來還好！」然後毫不遲疑的吞下成塊的牛奶。

杉莫阿瓦洛斯走遍礦山尋找食物殘渣：「我把垃圾桶都翻過來找，但是只有礦場的碎紙與報告。」他發現六瓶可口可樂，底部還留下一點殘汁，還找到橘子皮，很高興的吃下去。

戈麥茲這位經驗老道的礦工與過去的海上販子，不斷鼓勵他們堅持下去。他描述年輕時在巴西貨船內偷渡的經驗，當時的戈麥茲躲入一艘救生船，靠著雨水和一點食物捱過了十一天。「我們會活下來的。」戈麥茲激勵其他人。戈麥茲資深的地位在礦內毫無異議，打從一九六四年開始，早在其他礦工出生之前，他就在聖荷西礦場工作，眼看著這座礦場從拿著鐵鍬，推著礦車的小型礦場，成長到今日的規模。他失去的手指也是他個人傳奇的一部分，這個粗短的傷疤毫無傷感之意，這代表多年來與這座魔鬼礦場的奮鬥，是他奉獻一生的證據：「就像勳章一樣。」他會說。

「我們的士氣低落，偶爾彼此會開口相罵，我們只是想離開這裡。」巴勃羅羅哈斯說，他屬於第三代礦工，辛勤工作沉默寡言。「每個人都有自己的個性，」而且每個人也都有自己的嗜好，除了菸草之外，許多人也對酒精上癮，對他們來說，被困在這裡等於是強制戒除，戒除癮頭的情緒波動加上沮喪絕望，使他們的痛苦更加椎心。

三天過去了，這些人被困在這裡已經七十二個小時，超過任何一位礦工在地下的紀錄。儘管他們已經做了各種努力，嘗試引起注意，但是依然沒有接觸到任何救援小組。食物稀少，飲水惡劣，在石塊碎裂滑動的迴響過後，是一片全然的死寂，彷彿是在提醒他們，他們仍然是被吞噬、圍困在這頭巨獸的肚腹之內，遠離文明。

礦工們愈來愈絕望，儘管他們不願去想這個問題，但是一個簡單的事實擺在眼前：他們能夠活著出去嗎？

第四章

速度 VS 精確

第三天：八月八日，星期日。

智利科皮亞波的周邊環繞著未開發的海灘，廣袤的沙漠，與蘊含豐富金、銀與銅產的荒涼礦山，價值數千萬，甚至上億美元。這些埋在地下的寶藏從一七〇七年就已經開始挖掘。當時科皮亞波的居民只有九百九十位。不過到現在這座城市的人口規模也只是中等，包含衛星城鎮在內，大約有十二萬五千人，可是當地機場的生意卻非常繁榮，從這裡到聖地牙哥，每天來回有十四趟航班，通常全部客滿。許多礦業工程師、地質學家，與調查人員，不斷湧入科皮亞波。每當飛機落地後，乘客會順著一條陡峭的金屬階梯走下飛機，在沒有人招呼的情況下，自行穿過機坪——經常會有人走錯到行李停放區——前往小型出口，那裡的小販會賣蛤蠣、蟹爪或是智利鮑魚（locos），這是一種好吃的當地白色貝類，肉質結實，美味可口，有點像龍蝦。

這些專業人員是一整團企業家們的前哨部隊，希望能從近年來全世界的銅產熱潮中尋找利潤。這陣狂潮從二〇〇二年開始，到了二〇一〇年，還沒有退卻的跡象。由於中國產業對銅產以及其他礦物的胃納幾乎無窮無盡，因此智利的礦業繼續蓬勃發展。智利每天出口將近約七千萬美元的銅產，每隔幾個月，就會頒布一項耗資數百萬的新礦業計畫。智利北部的這個地區也是全世界高科技採礦設備的大本營之一，眾多機器集中在這裡，或敲、或鑽、或磨，鑿穿深達地下數百公尺的堅固岩石。

聖荷西礦場災變四天後，智利總統皮涅拉像個粗野的前線作戰指揮官，調動大批採礦機械入場，不聽幕僚謹慎的勸告，運用全副資源努力救災，並且親上前線以保證救援任務一定成功。這項舉動引起核心幕僚的恐慌，認為總統和那群自願在高度危險的礦坑內工作的礦工一樣，都是神風特攻隊員。

皮涅拉第一件要做的事就是：找到救援任務總管。皮涅拉長久以來習慣聘用會說多國語言的企管碩士專才做為他的核心幕僚，礦業不是他的專長。礦業部長勞倫斯戈爾波內，是二〇一〇年三月，他剛當上總統時聘請的外才，對礦業也是個外行，他之所以會當上礦業的首要人物，是借重他在管理方面的才華，他是年營業額一百一十億美元的連鎖店與南美高級超級市場「聖客世」（Cencosud）的總裁。可是智利礦業界的人士對這位瀟灑、喜歡在他的iPhone中播放搖滾樂的經營管理者並不信服，而戈爾波內對他們的憂慮，回答得也毫無助益。他們質問他該如何克服沒有經驗的事實時，他輕描淡寫的說：「我學得很快。」

皮涅拉與戈爾波內對於地下採礦作業的了解不過皮毛，對於如何組織救援隊伍、營救被困在地下的受難者更是有限，於是他們轉向「科代爾克」求救，這是國家礦業集團，每年的銅產量約占世界百分之十一。八月九日，政府相關部門與「科代爾克」的高層，經過一連串的通話與緊急會議後，皮涅拉總統找到了救援行動的總管，不過卻沒人費心去通知這位毫不知情的主角。

八月九日晚上，當他們終於通知這個人的時候，安德烈蘇加略特（André Sougarret）正在床上準備就寢，電話鈴響：「董事會決定要你自己找一組人馬……協助那些負責救援的人。」科代爾克的老闆對他說。這位四十六歲、沉穩的工程師，臉上永遠帶著笑意，專心的聽著這個訊息，但是沒有特別留意。他對太太提起這通電話，然後就上床睡覺，他的家位於聖地牙哥南邊的蘭卡窪。

安德烈蘇加略特從二十多歲開始就進入礦業界，慢慢爬上智利礦業領導高層的階梯，一路不忘結交好友，他的專長是地下礦場作業，現在是「上尉礦場」總經理，這座世界上最大的地下礦場，擁有長達二千四百公里（一千五百英里）的坑道，一萬五千名員工。二〇〇九年這座礦場生產四十萬噸的銅，如果這座礦場是一個獨立國家的話，將會在世界銅產量上名列十二。

蘇加略特當然知道聖荷西礦場的倒塌災難，但是從來沒想過這會是國營礦業的事，這場意外發生在九百六十五公里（六百英里）外的私人礦業公司中，這是一場災難，但是這是別人家的災難。

第四天：八月九日，星期一。

上午十點，蘇加略特接到另一通電話，這次十分緊急：立刻前往總統府。「我以為他們一定搞錯了，他們為什麼要我去莫內達宮（La Moneda）呢？」他收拾好一個小背包，拿著他的礦場頭盔，開了九十分鐘的車，抵達莫內達宮。他曾經開車經過這裡好幾百次，但是從來沒有進去過。他匆忙地被帶到二樓，總統以及他的高級幕僚工作的地方，什麼都沒說，只叫他在那裡等待。

莫內達宮是一個處處可見歷史創痕的地方，蘇加略特應該會注意到牆上已被填平的數百顆彈孔，這是無法磨滅的歷史陰影。一九七三年九月十一日智利發生軍事政變，將當時的總統薩爾瓦多阿連德（Salvador Allende）轟出總統寶座。阿連德是位貴族出身的醫生，懷抱著社會主義革命的忠貞熱情，堅決反抗軍隊入侵，舉起一把機關槍——據說是卡斯楚所送的禮物，從二樓窗口開槍回擊。圍攻結束後，他們找到阿連德的屍體，一槍正中頭部，許多歷史學家認為他是自殺。接下來的十七年間，奧古斯托皮諾切特將軍統治智利，一方面像中世紀的西班牙宗教法庭一樣，用酷刑手段打擊異議分子，一方面重新整頓智利經濟，讓它步入現代化。三千名智利人死在軍隊手上，然而持續的經濟成長，使智利成為拉丁美洲經濟最穩定的國家，這種雙面政策使已故的將軍在往後的數十年間，擁有大批的忠心支持者，與仇恨的敵對者。

在皮諾切特的高壓統治下，酷刑與槍決的血腥回憶，使下一代的智利人堅決反對右翼政府。從一九九〇到二〇〇九年間，智利由幾位漸進式的總統所統治，他們改善貧窮，投資基礎建設，推行個人自由，同時還與許多國家簽屬自由貿易協定。二〇一〇年皮涅拉的當選，埋葬了皮諾切特時代所殘留的陰影，他是來自右翼黨派「改革聯盟」（Renovación Nacional）的中間路線政客，促使大家接受一個新型態的政府與一批尚待證明的技術官僚。皮涅拉的核心幕僚了解他們被視為一個智利的右翼政府，代表他們永遠停留在假釋期間，如果他們萬一治理智利失敗，很可能還要再過一個世代的時間，他們之中的任何一個人才會有第二次機會。

安德烈蘇加略特很不自在地處在莫內達宮內，他穿著隨意的藍牛仔褲，加上礦工頭盔與背包，和周圍川流不息的西裝領帶與時髦服裝比較起來，顯得格格不入。大群記者圍在大廳裡，顯然有大事將要發生。可是兩個小時內，幾乎沒人對他說上一句話，他感覺更加焦躁。

最後終於有人通知他：「走吧！」蘇加略特被護送到地下室，登上總統車隊，兩旁有車輛護送，每輛車都有特勤人員手持烏茲衝鋒槍，在標準程序下，蘇加略特匆忙橫越聖地牙哥，進入機場，車隊無視於客機閘門，直接來到空軍十號，總統專機基地。仍然沒有人對蘇加略特做簡報，也沒人跟他說他的任務以及目的地。登上飛機以後，皮涅拉總統傳喚他至私人艙內，拿出速寫本，粗略地畫出礦場地形與避難所在，然後直接下達指令：把他們救出來。皮涅拉總統要求這位依然處在困惑中的工程師提出一份最好的救援計畫，同時強調，救援行動會得到政府所有資源與全力支持。

這個時候蘇加略特才知道他被徵召來領導這項任務，三十三條生命在他的手上，但是卻沒有人問他是否可以、願意，或是有能力來執行這項任務。蘇加略特後來形容整個過程像是被綁架一樣。

來到天色逐漸陰暗的營地後，蘇加略特更是毫無頭緒。他從來沒有拜訪過聖荷西礦場，然後皮涅拉總統面對著一擁而上的媒體宣布：我帶來了一位「專家」，會承擔救援的責任。又在毫無預警的狀況下，加重了他的責任。

「當時我想，這下好了，事情愈來愈複雜。」蘇加略特後來接受智利新聞《水星報》（El Mercurio）的訪問時說：「然後我們朝向營地走去，家屬在那裡，我很驚訝的看到他們憤怒的臉……那裡有將近五十個人，我注意到很多憂愁的臉孔，甚至沮喪絕望，還有不安。我記得他們對總統說了些難聽的話，因為他先與媒體談話，然後才轉向他們。這是一個我們永遠必須遵守的承諾，先與家屬談話，然後再轉向新聞記者，這件事一直縈繞在我心中。然後總統對他說他和這些專家一起來，會解決這件事，並且會動用到所有可能的資源，對我來說，這是關鍵時刻，是所有事情的開始。我開始意識到我負責這次行動，然後總統走了，留下了我，孤單一個人。」

蘇加略特不需要那些傷心的家屬提醒他礦災的後果，當初他在「上尉礦場」擔任高層經理的時候，就曾發生智利史上最致命的礦災，被稱為「黑煙之災」（Tragedia del Humo）。一九四五年上尉礦場的黑煙之災，是由儲藏坑內的火勢所引發，隨著油桶一一燃燒，掀起一層暗無天日的濃厚黑煙，將一千多名礦工圍困在黑煙之後。煙霧很快瀰漫C坑道內所有裂縫與角落，礦工們打著濕布蓋住臉龐，但是這項簡陋的措施效果不大，幾個小時內礦工相繼倒下。礦場的安全設備並不完備，緊急出口並沒有標示清楚。

礦坑內冒出滾滾濃煙，英勇的救援行動隨即展開，外面的礦工們奮不顧身地衝入火海，拖著半昏迷的同事，沉重地穿過地獄回到地面。最後，六百位礦工獲救，但是三百五十五位礦工葬身火海。

「黑煙之災」引起全國各界對礦場安全的廣泛辯論，導致設立了礦業安全部，通令管理決策必須有防範災難的概念，同時實行的非常徹底，因此上尉礦場連續十四年獲得國際最佳安全獎。所以皮涅拉總統的幕僚，了解聖荷西礦場老闆無法應對這麼複雜的救援行動，動員全智利最專業、最具有安全意識，且由蘇加略特所領導的上尉礦場團隊營救，絕非偶然。

蘇加略特首當其衝的挑戰就是協調現場的探鑽行動。礦場坍塌後的四天內，智利礦業團體動員了各種機械車隊前來這裡，包括重型推土機、水車、起重機與探鑽機。其中的探鑽機能夠鑿穿數百公尺深的岩石，鑿出被稱為「探孔」（boreholes）的直立井道。現場的工程師很快地得出結論，從入口處進行救援行動太過危險，鑽出「探井」才是與被困的礦工們連接上的最有效方式。

用來鑿出探井的機械齊集一堂，一連串冒著蒸氣、不斷嘶鳴的高塔，看起來像是探鑽油田的作業，智利國旗在其中飄揚。這些容易運送的探鑽機並不是現代的產品，打從五〇年代開始，它們就被或拖、或運地送到全球各個角落，以便鑿穿地殼外層。

這些機械有助於尋找地下原料，從蓄水層到含鋅礦床，推動了半世紀以來的工業熱潮，現在則挑起這項搜索救援的重責大任。一個大約九公分寬的鑽頭，往下對準將近一公里下的一圈坑道：像是一根針，踏上七百公尺的穿鑿之旅，尋找一條礦山內的道路。

蘇加略特到達的時候，已經有六組不同的鑽頭急速地往下探鑽，現場一團混亂。「他們鑿出不同的探井，但是沒有任何計畫或策略，於是我們後來計畫三組探鑽作業……同時進行，但是目地不同：有的要快，有的要準。我們在和時間賽跑。如果我們想要精確，就需要更多時間。如果想要快速，就可能會偏離軌道。」蘇加略特計算探井一天可以下鑽一百公尺，想要接近礦工們被困的所在，最快至少也要一個星期。

探鑽作業人員被迫依據礦場的手繪圖形，估計礦底避難所的位置，猜測生還的礦工們可能會在那裡。不過，那些人可能已經安全地抵達那裡了嗎？還是會在修車間？還是已被埋在瓦礫中？像是那些徒手搜尋井道的救難人員一樣，這些大量僅憑猜測的工作，是習慣精準計算的工程師們最害怕的變數。

探鑽工程通常是針對地下龐大的油田或是蓄水層，現在的目標則極為微小，避難所的大小像是後院的游泳池，只要工程人員開始開鑿的探孔方位差了兩度，到達七百公尺下避難所的地層位置時，探井就會偏差幾百公尺，「當我們抵達礦場時，他們要求我們將鑽頭直接從避難所頂上往下鑽。」愛德華多胡塔多（Eduardo Hurtado）說，他是專門穿鑿地層的智利公司「泰瑞服務」（Terraservice）的探鑽主管。「推土機先幫探鑽機剷出一塊平台，測量人員進入計算，然後薩爾瓦多礦場來的地質學家荷西托羅（José Toro）再進來，他很了解這個地區，叫我們移開機器，他們很擔心整座礦山還會繼續塌陷。」

第五天：八月十日，星期二。

儘管尋找受難礦工的工作面對巨大的挑戰，但是探鑽的聲音傳到「希望營區」（Camp Hope）後，為所有人帶來了希望。如果有人生還的話，這些遙遠的嗡嗡聲，應該會提醒他們救援行動已經開始。「我知道他們能夠感覺到鑽頭鑿穿岩石的每一次震動，會給他們帶來基本需要的氧氣、食物與水。」皮涅拉總統說：「我希望這六組探鑽機日以繼夜的工作，能夠帶來快樂的結果。但是我要告訴大家，這項工作非常艱苦，目前的情況也非常複雜，礦坑仍然持續在坍塌，這座礦山有地質上的弱點，就像礦工們說的，礦山活了過來，使得救援工作極端艱難。」就在總統與他的團隊計算著救援計畫的各種細節時，數以百計的當地居民湧入這座礦場。

八月十日是智利的「礦工日」（Dia del Minero），受困礦工的家屬與親友以及同事，都集合在聖荷西礦場，準備進行一場肅穆的典禮。平常的「礦工日」是一個歡樂的節日，總會有 asados（戶外烤肉野餐）、跳舞、祈福等節目。大家都認同就是這項職業，讓智利擠身世界經濟體系，維持了這個國家的富裕繁榮。

二〇一〇年「礦工日」所有的慶祝活動全部取消，聖荷西礦場舉行了一場黯然的大遊行，將近兩千人組成一支隊伍，進行短暫、令人心痛的朝聖之旅。智利國家電視台 TVN 在這個遙遠的地區進行實況轉播，全國觀眾在電視機前注視著受難者家屬慢慢地往前走，淚水從他們的臉上落下，一組人搖搖晃晃地抬著礦工的守護神——聖羅倫佐的雕像，救援行動以祂為名。其他人則在肩膀上扛著坎德拉里亞聖母像（Virgin of Candelaria），她也是保護礦工們的象徵，置放在附近坎德拉里亞礦場的神龕內，由於聖荷西礦工家屬們的懇求請願，聖母神像取消回程留在這裡，這裡需要她的力量。加斯帕金塔納主教（Bishop Gaspar Quintana）以卡車後面的平台做為臨時祭壇，要求親屬們保持堅強，譴責政府官員縱容不合安全標準的工作場所，並直接祈求上帝給他們好消息：「請給我們一些徵兆，」他祈求著：「而且要快。」

當地市長希曼娜麥塔斯（Ximena Matas）了解這種集體的悲傷情緒，並經由當地政府官員召集的一組心理師幫助抒解。她的團隊闖入當地反毒辦公室的心理部門，並從聖地牙哥找來其他心理諮商師，協助輔導這些家庭。「我們了解這些日子對你們來說非常痛苦難熬，我們都看到這樣的生活有多難過，但是我們同樣看到你們彼此之間的支援與幫助，還有你們在等待中所顯示的力量。」麥塔斯說。然後她概略地說明了與政府所召集的心理專業諮商師分享這些情緒的重要性。

第六天：八月十一日，星期三。

兩百位家屬醒過來後，面對另一場沙漠的意外之災：傾盆大雨。不尋常的風暴襲擊阿塔卡馬沙漠，將塵土遍布的營區，變成寒冷潮濕的泥道。有些家庭整天坐在車子裡，打開暖氣，關上窗戶。「我們不會離開我們的兄弟。」珍妮特維加說，她的弟弟亞歷克斯被困在裡面。「只要他還在那裡，沒有人會離開，管它是下雨、寒冷，還是出大太陽。」家屬們整天互相瑟縮在睡袋內，從保溫瓶中喝茶或咖啡，利用乾淨的油布覆蓋營帳避雨。這時軍隊蒞臨，建起一塊範圍較大的平坦休憩區，可以容納多個帳棚，這塊區域能讓家屬們遠離那些經常來往的卡車與機械。到了晚上，溫度下降到攝氏二度，家屬們圍在營火旁，當地的葡萄園捐出從葡萄老枝上剪除的桔梗，這些堅硬糾結的木頭燃燒的很慢，保持熱氣火光，直到破曉，睡眠已不再是日常生活的一部分了。

第七天：八月十二日，星期四。

一個星期過去，受難的礦工仍然沒有生還的消息。救難人員眼見他們的機會愈來愈渺茫，礦山仍然不斷在滑動，通風井塌陷，埋葬了快速救援的希望。智利礦業組織送來許多救援人員、高科技搜尋設備，還有很多探鑽頭，但是受難人員依然無消無息。

「這不是洩氣的時刻，我的同伴們說不定會聽到鑽頭的聲音，就能鼓舞他們的心情。」奇諾科特茲說。這位在聖荷西礦場工作的礦工，五個星期前，就在這座礦坑內，因為一塊巨石落下，導致左腿被截斷。「這些都是堅強的礦工，我們都知道在這裡工作的危險，所以心理上多少都有準備。」

下午兩點（大約一個星期前的坍塌時刻），警報器、喇叭聲，以及教堂鐘聲紛紛響起，然而接下來的沉寂，讓人心碎。一個禮拜過去，還沒有任何消息，親人們陸續移居到山麓旁邊，把照片放在岩石上，並在石塊上塗上親人的名字，他們安頓下來，撐起帳棚，懇求救難人員不要放棄受困的人，這塊「希望營區」（Camp Hope）成為生動活躍的聖壇。

「希望營區」順理成章地立刻成為一個關係緊密的社區，因為大多數的礦工都是當地居民，不是鄰居，就是親人；不是堂兄弟，就是兄弟，如雷南與佛羅倫西歐阿瓦洛斯。這些礦工都是拓荒家族的後代，這些家庭通常有六位、八位，或甚至是十位子女，而且來自不同父親。受困的礦工赫黑加勒依洛斯和達里奧分別來自擁有十三個手足的家庭，一個礦工家庭平均擁有八位子女，這是智利一般家庭的兩倍到三倍。這件事實，正好反映在這個新興的營區中。

為了配合「希望營區」愈來愈多的人口，智利軍隊被調來運送流動廁所，並供應食物。野地廚房開張，一天供應四餐，第四餐被稱作 once，智利每天下午六點的點心，相當於英國的下午茶。智利警察伊凡亞拉那斯（Ivan Viveros Aranas）在營區工作，對於大量的外援非常感動。「拋開宗教以及社會階層不談，整個國家顯示了一種團結的力量。」他說他已經不再巡邏整個營區，而是花很多時間與家屬交談，或是與愈來愈多的小朋友在營區內踢足球。「你會看到許多人來到這裡當志工，他們和這些受難的家屬毫無關連。」

蘇加略特的作業範圍擴大，聖荷西礦場入口處的山麓邊，擠滿了各式各樣的臨時設施：貨櫃箱改裝成辦公室，簡陋的遮陽棚被撐起來，協助工程師們抵擋沙漠炙熱的驕陽。一小群新聞人員駐守在兩輛拖車內，這個隊伍逐漸擴大。數打戴著頭盔，穿著反光工作服的工人，在現場等候指令。包括消防車、推土機，與救護車在內的車隊來到現場，拖運車頭吃力地繞過最後彎道，後面總是拖著一排高端設備，等待不同的工程小組們馬不停蹄地設計解決之道，雖然對於前景的預測並不樂觀，但是營區的生活依然朝氣蓬勃。每隔幾個小時，遠處會傳來喇叭聲，顯示另一堆免費的補給或是救援設施的到來。

枯燥的馬達聲，成為希望營區的基礎節奏，像是都會中的交通聲一樣，柴油引擎的呻吟最終成為自然的節奏，宛如風聲或是潮水聲。營區上方，是一片無邊無際的天空，繁星點點，星光閃爍。再次證明全球頂尖的天文學家們投資數十億元，在南美洲這塊角落建立天文台觀察星相，是完全正確的選擇。研究星星的學生們認為阿塔卡馬沙漠地區是地球探索外星世界最好的鏡頭。對於希望營區的居住者來說，他們的祈禱往上直達天際，但是他們的絲絲牽掛卻直接往下，直入地心。

礦業部長戈爾波內現在感到睡眠是種奢侈的享受。這位新手政客必須接受一連串來自總統的命令，連綿不斷。他拋棄太太還有六個小孩，專心一致，只有一個目的：那三十三個人的命運。但是救援行動才開始一個星期，戈爾波內已倍覺困擾，政府內部的研究顯示情況非常悲觀，一份調查報告認為這些人存活的可能性只有百分之二。在極端沮喪的情況下，他秘密地請教一位靈媒。他告訴部長他看到這些人中有十六位還活著，有一個腿部嚴重受傷。拜訪過後，戈爾波內不能確定哪一件事更不可思議，是這些人可能還活著呢？還是一位政府部長前去請教一位江湖術士？

各式各樣的建議湧入戈爾波內的辦公室，包括想法、捐助，以及理論。有一間公司提議利用鑿出的探井，放入一千隻老鼠，每一隻老鼠背上都綁著信號器，一旦放出去後，這些老鼠會四散奔跑進入山腹，受困礦工只要能抓到一隻並摁按鈕，信號一響，救援人員就知道還有人活著。

八月十二日，戈爾波內面對公眾說出他的疑慮：「找到他們生存的希望非常渺茫。」話出口後，他被排山倒海而來的批評壓得透不過氣來，受難者家屬非常沮喪，保持信心是他們維持情緒穩定的動力，戈爾波內的這種疑慮等同背叛。一天過後，皮涅拉總統被迫步入戰場對外聲明：「政府的信心比先前更加充沛。」皮涅拉的樂觀來自內部消息：探鑽速度比預計還要快兩倍，兩天不到，其中一個鑽頭已經下達三百公尺，照這個速度，四十八小時後就應該有消息，也就是八月十四日。然而，就算這個探井能夠到達修車間，或是坑道，或是避難所，也不過就是個蘋果般大小的洞口，然後呢？

第八天：八月十三日，星期五。

「科代爾克」公司的工程師們搜尋世界各個角落，求取最新技術，加強探鑽行動，而且如果礦工們還存活的話，為遙遠的他們提供食物與醫療。不過解決之道來自科皮亞波當地「海事大學」（Universidad del Mar）的物理教授米格爾伏特（Miguel Fortt），他曾經在智利或國外，參加過十二次類似的救援行動，而且都身處生死存亡的礦災最前線。他也是位前任礦工，結合了在礦內生活的實際經驗，與不同救援行動的技術經驗，構思出一套系統。他利用三公尺長的PVC塑膠排水管，在這些管內裝入瓶裝水與食物，利用繩索垂到礦底，這是個大膽又樂觀的主意，馬上進行測試，這項智利的發明被稱為「信鴿使者」（paloma mensajero），後來簡稱為「信鴿」（la paloma）。伏特別具心思的設計即將呈現在全球觀眾眼前。

在政府官員廣泛號召所需的設備與專業人員，進行複雜的救援工作時，其中缺少了兩個聲音：兩位礦場老闆。從災變那天開始，他們未能即時通知家屬，到未能提供正確的礦場地形圖，馬塞洛凱梅尼亞（Marcelo Kemeny）與亞歷杭卓伯恩（Alejandro Bohn）這兩位礦場老闆的態度飽受抨擊。

對礦工家屬來說，這兩位老闆拒絕負責通知家屬礦災的消息，簡直就是罪犯，關在監獄還算便宜了他們。「希望營區」的親屬認為，處罰這座危險礦場老闆的最好方式，就是讓他們服「礦刑」，謠言傳說在中國，礦場老闆如果確認怠忽職責，就會被判在地下礦內服刑，想辦法解決造成他們員工死亡的安全問題。

就在災變發生之前，聖荷西礦場老闆還欠智利政府兩百多萬美元，整個公司財務狀況不穩，債台高築下安全紀錄同樣不好，儘管每天生產大約兩千七百五十公斤的銅（約值二萬二千美元），黃金的蘊藏量預估接近一萬七千公斤（二〇一〇年的價格接近十億美元），礦場老闆依然瀕臨絕望。二〇〇九的年度報告中有一張紙，上面用斗大的字寫著：

情況報告：

繼續營業會造成問題，

關閉礦場，

賣掉。

智利的司法程序通常很慢，常會被對方律師提起的訴訟程序問題破壞，然而媒體強烈關注聖荷西礦場的塌陷事件，因此至少有三組獨立團隊已經同時展開調查：包括智利國會，政府檢察官，以及代表家屬的一個私人律師團隊。皮涅拉總統對那些主事者公開聲明：「不會有任何豁免權。」然後懲罰政府負責礦業安全部門「Sernageomin」的領導者，開除了三位高階長官。聖荷西礦場所屬的「聖埃斯特萬第一公司」辦公室內的文件被沒收，而且政府也質疑，為什麼這座災難連連的礦場，在發生一連串致命的意外後，仍然能夠重新開業？政府的檢察官們懷疑有些礦工已經喪命，因此籌畫的控訴策略中包括以謀殺罪名起訴他們。

※※※

第九天：八月十四日，星期六。

蘇加略特深怕他所負責的救援行動，最後會以運送遺體結束，所以下令更改技術，停止最深入的兩個鑽頭，整個鑽頭被拉出地面。正是他所擔心的，在速度對抗精準下，這些快速下鑽的探井已經脫離軌道。新的探鑽零件從美國與澳洲運來，雖然利用這些儀器會使速度大為減緩，但是蘇加略特深信可以保持鑽頭在正確的軌道上，於是利用新科技重新校正過後，鑽頭重新啟動。

山麓邊，九組不同的探鑽小組，展開一場友善的競爭，這些經驗老到的探鑽人員屬於同一群人，他們分別代表英美資源集團、科代爾克，以及其他億萬投資企業，踏遍智利北方，進行各種探鑽工作，聖荷西礦場這裡和現代礦業的開採標準比較起來，簡直就是史前時代的工業技術。他們在帳棚食堂下一起吃東西，互相交換企業消息，這些探鑽人員非常清楚這項任務的歷史性與獨特性，可是他們搜尋石油、天然氣，與含水層的技能，在這場搜尋受困礦工的任務中，只能派上小部分的用場：「我們探鑽礦物時，常會脫離軌道達百分之七，這很正常而且是預料中的事。」

來自「泰瑞服務」公司的胡塔多說，這間探鑽公司捐獻了設備與人員，協助搜救這些礦工。

第十二天：八月十七日，星期二。

一架探鑽機終於鑽過六百公尺的標的，但是由於大量漏油，逐漸失去動力。「這架探鑽機無法校正，它的目標對準了三處坑道。」戈爾波內部長告訴媒體：「它可能會鑿穿一座坑道，也可能會從中間穿過。它有三次機會，可能會鑿穿，也可能會錯過。」像是高爾夫球的長距離揮桿，探鑽機是以平滑的拋物線方式往下鑽，目的是沿途至少鑿穿一座坑道。當被問到有關礦場老闆的責任時，戈爾波內說這些事情可以等：「我們現在專心在最重要的目標上——和那些受困者取得聯絡，首要目標就是要找到他們。我們有很多人志願前來辛苦地工作，讓我們專注在這些積極的目標上。所有開銷與責任都有時間可以處理，我們在地下的同伴們沒有。」

第十三天：八月十八日，星期三。

戈爾波內的警告具有先見之明，那台最靠近疑似受困者位置的探鑽機，經過了三處坑道——錯過了每一個。工程人員不安地看著探鑽機保持平順的速度往下鑽，探鑽機如果撞擊到空洞的地方會有明顯的徵兆，可是它持續往下直鑽，沒有絲毫停頓的現象。到達七百三十公尺時，整個作業叫停，熱切盼望的接觸計畫暫告取消，蘇加略特通知家屬，失望的心情瀰漫空中。「這座礦場並沒有一般基礎工程需要的標準設備，一間礦場需要呈交每月最新狀況報告，與所有工作區域的藍圖，現在這些都沒有，這就是為什麼計畫的藍圖與實際狀況不合，地形數據並不準確。」他說。

對蘇加略特來說，面對這群傷心的太太是最難過的事。他知道那些前來苦苦哀求他設法解救危難的女人很可能會變成寡婦，可是要在七百公尺下拯救這三十三位男人，是前所未有的事。從來沒有動員過這麼大規模的救援行動，他們每天面臨的挑戰包括要創新，要執行，還要臨場發揮。其他許多礦工認為探鑽是不必要的行動，他們建議採用最古老、最能承受時間洗禮的傳統方式，一邊挖，一邊炸，強行進入被封住的坑道。就算政府用圖解說明堵住礦坑入口處的巨石厚度與大小，也未能說服他們。

一群當地礦工，一群願意整天拿著鐵鎬挖掘的壯漢，在焦急的家屬支持下，抗議政府的決定，他們堅持吶喊：「讓我們試試。」家屬們也集結支持這項新行動。在時間延誤，探鑽錯失，與逐漸絕望的心情下，哪怕是不成熟的意見也值得探索，但是戈爾波內不同意。於是抗議的礦工們開始聚集，朝礦坑入口處走去，但是一群鎮暴警察擋住了他們的去路，害怕引發動亂，三十多名警察緊急增援，帶來鎮暴設備，包括一輛武裝卡車，可以發射催淚瓦斯，配置在車頂的調節式強力噴水管，也可以射出加壓水柱。這種車小名為「大駝」（El Guanaco），來自於曾經盤踞這座沙漠類似羊駝的動物，很會噴口水。智利人都很熟悉這種車，水柱的力道可以將成人打倒在地，催淚瓦斯的氣味可以使嬰兒窒息，武裝卡車的車身上還留有上次戰鬥的凹裂痕跡。

政府官員要求蘇加略特讓這些鄉野大隊前進，無論公開支持這些無望的舉動，或是睜一隻眼閉一隻眼都行，但是蘇加略特堅持他的立場，任何會讓救援人員可能受困，或是遇難的行為，都會促使他辭去這項任務。這時一位老礦工趨前對蘇加略特說，他的兒子被困在礦場下，如果他自己願意冒著生命危險去救他兒子的話，為什麼不可以呢？

「他來問我，如果這是我兒子的話。我會怎麼做？他的話打動了我，讓我久久難以忘懷。」蘇加略特說。

第五章

寂靜的十七天

第四天：八月九日，星期一。

塞普維達和任何軍事將領一樣，了解要有忠心的部隊，必須先填飽他們的肚子，然後大腦才會有所反應。他的部隊現在處於飢餓、沮喪，並且分化的狀態中，塞普維達決心要化腐朽為神奇。他除去濾油器的蓋子，將它反扣過來，哈！一個煮菜鍋，拿出罐子裡的鮪魚加上水，煮出一鍋鮪魚水湯，算不上是一頓正餐，但是這讓他們嚐到魚的味道，還有食物的感覺，於是他們一起吃飯、禱告，用荷西恩立奎的手機拍照（這是最後一部可用的手機），然後休息。在這場昏天暗地的災難中，得到暫時的慰藉。幾位礦工後來回憶到，這也是塞普維達晉身首領的關鍵時刻。

四天過後，塵埃稍定，他們依然心神不寧，開始探尋礦場內各個隱密角落。搜索逃生井，檢查礦內各處藏水。那些水車自上次被加滿後，已經過了好幾個月。圓胖禿頂的荷西奧赫達患有複雜的糖尿病，他描述這些被嚴重污染的液體令人作嘔，於是選擇另一種方式：喝自己的尿。「我喝了自己的尿，我跟其他人說，他們說我瘋了。但是，我知道那些烏拉圭人也是這樣。」他說。

礦工們提到的「那些烏拉圭人」，其實是他們談話間的一種代號，避免言中他們內心最深層的恐懼：恐懼即將被迫以吃人肉為生。一九七二年，一群年輕的烏拉圭小伙子，從烏拉圭的首都蒙特維多（Montevideo）飛到智利的聖地牙哥參加一場橄欖隊比賽。飛機失事墜落在安地斯山脈，在阿根廷與智利交界的偏遠地區。一些隊員奇蹟似地生還下來，經過多日的饑寒交迫後，他們開始吃死於失事與隨後雪崩中的同伴屍體，剛開始只是啃食凍硬的肉塊，接著利用飛機殘骸中的金屬片，加熱解凍屍體煮食。其中兩位生還者南多普拉多（Nando Parrado）與羅伯托卡內薩（Roberto Canessa），在雪山內走了十天，才被智利巡山員發現。這個故事震驚了全世界，對智利人來說，這次的烏拉圭人事件，並不只是一樁不幸的歷史反常事件，而是令人毛骨悚然的真實事件，就發生在自家的邊境地帶。於是在礦坑內，那道食人的陰影，從感覺飢餓的那一天開始，就籠罩在這些人的心頭。

維克托薩莫拉這位頭髮蓬鬆，滿腦淨是巴布馬利雷鬼樂，臂膀內側刺著大麻葉的礦工，從被困在礦坑中的那一刻開始，就認為自己進了地獄。他向來沒有宗教信仰，但是現在面臨這個新困境，放手將他的命運交給上帝。他經常會開玩笑，同時只祈求一件事：如果這就是結束的話，能有一個平靜的結束。「我們只有一項選擇：不是被救，就是會死。」他說。

值班經理烏蘇瓦每天雖然忙著組織工作，但是也同樣被動地接受命運，他對礦工們說：「如果他們能夠找到我們，當然最好，如果找不到，也就這樣了。」烏蘇瓦溫和的態度與和緩的語氣，不像他的地位，也不像一般礦場經理的個性，他的風格正好與塞普維達強硬、積極主動的領導風格，形成鮮明的對比。

烏蘇瓦與塞普維達兩人很快地被賦予最高的權力：控制日漸稀少的食物。他們估計自己會被困上許多天，所以從一開始，每人每十二小時才吃一次份量稀少的食物，但是一個星期還沒結束，塞普維達與烏蘇瓦又將次數減為每二十四小時吃一次。這些應急食物均分成非常小的份量，一匙鮪魚配上半杯牛奶或果汁，外加一片餅乾。他們會聚在一起，等到所有三十三個人的食物都分配完畢後，再一起吃他們可憐的一餐。

儘管馬利歐戈麥茲理智的建議與經驗廣受尊重，但是決定權並不在烏蘇瓦、塞普維達，或是戈麥茲任何一個人的手上。日子一天天過去，礦工們在各項事務上進行辯論並投票，總在聆聽各方意見與尋求解決辦法後，才會得出集體共識或協議。塞普維達是會議中非正式的把關人，經常用他的話語介入協調，巧妙地與個人及整個團體維持良好的關係。塞普維達說：「我在他們面前保持堅強，但是當他們睡了之後，我開始哭泣，我希望能有一根魔棒，能夠變出一張床，或是一些食物。」

隨著民主制度的出現，礦工們建立起基本秩序，每日照常工作並執行任務。塞普維達依據每個人的專長指派特殊任務。他們有修車工、電工、技師，以及重型機械操作手，塞普維達完全知道如何利用這些豐沛的資源：「我只是對亞里耶提科那和佩德羅科特茲說，你們倆要負責技術，我給這些人一些工作去做，這是我的主意。」

儘管塞普維達指揮一切，但是礦工們依然尊重烏蘇瓦的地位，不會看輕這位值班經理，證明社會秩序依然存在。「對礦工來說，值班經理權威而且神聖，他們永遠不會想要換掉他，這是一條刻在石頭上的定律，礦工生涯中的誡條。」智利海軍醫官安德烈亞烈納（Dr Andrés Llarena）

說：「烏蘇瓦是這個方面的領導者，而且已經領導了許多年，深受同行敬重。」

這些人每天靠著嚴格的生活機制活了下來，包括祈禱與集體會議，同時除非必要，體力活動減到最低。不過有項工作絕對必要，那就是維護坑頂安全。礦工們必須挖開坑頂鬆動的石頭，讓它掉落地面，以免同伴們不小心被落石「剷平」。他們愈是努力做事，愈有文明的感覺，得以團結成一支隊伍。靠著愛迪頌皮涅亞自行設計架設的基本照明設備，與可以充電的頭燈，讓他們每十二小時就熄燈，以區分白天與夜晚。燈光也使他們的生存較不極端，在這個恍若隔世的環境中，能有一絲接近正常的感覺。燈光也讓他們比較像一支團隊，能在每天下午一點舉行會議，共同決定大小事務。

下午一點的集體聚會過後，這群人開始祈禱，無論你是天主教、基督教或是無神論者，大家都團結在一起，在荷西恩立奎的帶領下，為一個希望而禱告，他現在被大家稱為「牧師」，他的禱詞由維克托塞戈維亞（Víctor Segovia）記錄下來，他被公推為「記事人」，將每天的工作，與他們所面對的挑戰記錄下來。「我操作推土機，駕駛座內有紙跟筆，還是乾的，因此我就成為寫手了。」塞戈維亞解釋道。幾年前他曾經差點被一群石頭壓扁，那次意外導致他的身體裝上支架好幾個星期。現在塞戈維亞的筆記本成為礦工們日常活動的日記，像是航海日誌一樣。

「這些人並不是去洞穴觀光的遊客，他們是被困在自己的辦公室內，他們知道會發生什麼事，而且也知道該如何應變。」亞烈納醫生說。「他們通常會花上十到十二個小時的時間，在地下悶熱與潮濕的地方工作，現在也是在這種環境中，雖然這是一份很長的長班，但是仍然在上班。」

米格爾伏特，一位對礦災具有豐富經驗的智利人，強調這些礦工在礦山倒塌之前就已經形成一個隊伍：「這就好像遭受船難一樣，他們必須組織起來，保障更多的人能得到生存，這種本能存在我們的基因中，強大的求生本能，非常驚人。」

空氣雖然稀薄，但是足夠呼吸，還有大量的水，所以礦工們最擔心的就是食物。每天的份量，大約是二十五卡路里的鮪魚，以及七十五卡路里的牛奶，遠低於這些人的維生所需。從他們能夠無限制的攝取水來說，他們大約可存活四到六個星期，也可能更短，因為人們通常是遭受感染而死，總是在最虛弱的時候受到感染。持續的燠熱，迫使身體揮發大量卡路里以降溫，同時不停的出汗揮發體內的水分。

許多礦工的體重過重，也是一件優勢，因為身體被迫將每一磅肥肉轉化成大約三千六百卡路里。塊頭比較大的人，像是狩獵季節的海豹，身體會揮發儲存的肥油。但是剛開始的日子會極端難過，因為饑餓感會不斷攻擊他們的腸胃。對比較瘦的人來說，肥肉轉化成卡路里的過程很快地就會進行到另一個精力的泉源：肌肉。

他們的肌肉開始萎縮後，這些人注意到身體開始長出不尋常的東西，前胸與腳上的肌膚出現條塊狀的污斑。持續的高溫與潮濕是黴菌理想的生長環境，會在他們身上生存發展，他們的嘴裡也開始裂出口瘡，顯示這種人類難以生存的環境，正是易受感染的溫床。

「小赫尼」赫尼巴里歐斯（Yonni 'Chico Yonni' Barrios）很自然地成為這個團體的醫生，這位體格瘦小，看起來很單薄的男人，花了多年的時間飽覽醫學文字與水彩圖解。災變當天他不應該在礦場內，他已經上了七天的班正準備要休息一天，但是當他們願付他雙倍薪水要他繼續工作時，他改變主意留下。不過他在礦坑內也沒空嘆息自己的運氣多舛，因為他們的各種毛病都來請教他。

「他一直想成為一位醫生，他讀這麼多書，而且真的知道有關醫學的事。」他的太太瑪塔賽琳娜斯（Marta Salinas）說：「他會幫他的母親打針，而且經常閱讀。」他會為礦工們檢查症狀建議對策，同時也不斷鼓舞他們，所以他們給巴里歐斯取了一個新的外號，稱他為「豪斯醫生」。

不是所有人都能接受日常的任務。礦災後被困的第一天，巴勃羅羅哈斯正從惡劣的頭痛中回復過來，現在忙著與他腦海中的惡魔對抗，他是位圓臉的男人，隨和的態度中有著穩重的感覺。他照顧生病酗酒的父親已有十年，直到礦災發生前一個星期父親過世為止，他不但還在守喪期間——父親一輩子都是位礦工，過世後的文書手續也還沒有辦完，任何事都無法將他父親的印象從他心中抹滅，對羅哈斯來說，被困在這裡就是場折磨。

羅哈斯搜遍礦內洞穴找東西吃：「這裡沒有蟲也沒有老鼠，否則我們二話不說，一定吃了它們。」羅哈斯對礦場始終沒有安全感，老是感覺災難一觸即發。二〇〇五年當這種感覺達到巔峰的時候，羅哈斯辭去了他在聖荷西礦場的工作，但是二〇一〇年受到高薪的誘惑，他又回來工作。現在他十分憤怒，對礦場老闆，對礦場，也對自己。為什麼會發生這種事？當這件早就知道會發生的災難真的發生時，他又為什麼會這麼笨的待在礦場內呢？

第五天：八月十日，星期二。

被困的第五天，遠處傳來微弱的震動聲。

遠處迴盪的聲響，每位礦工都非常熟悉，不會聽錯：那是朝他們而來的探鑽機聲。有些人後來寫說那是八月八號，受困的第三天，他們聽到這個聲音，其他人則說是在九號。所有可供參考的東西，包括日月星辰，都被淹埋在將近七百公尺的堅固岩石下，所以礦工們對於時間的記憶並不十分正確，不過時間的計算對遠處探鑽機所引起的興奮希望來說，完全無足輕重。

亞歷克斯維加拿起一截空心竹筒按在牆上，將聲音放大，並清楚地顯示探鑽工程正在他們的頭頂，朝他們而來。但是他的興奮之情很快地就洩了氣，因為他發現在這個長達兩公里的坑道中，無論把竹筒放在哪一個地方，都會聽到類似的聲音。他們當中只有兩個人曾經駕馭過探井探鑽機，他們都非常清楚這項工程充滿失敗的可能。「我跟他們說剛開始的五十公尺會進行的很快，但是後面就會慢下來。」荷黑加葉伊約斯與荷西奧赫達兩人對長距離的探鑽工作程序，具有第一手的經驗。

荷黑加葉伊約斯的警告話音，和探鑽聲同樣沉重地迴盪在空氣中，探鑽機的震動不但揪心也令人疑慮。救援行動已經開始，但是聲音如此微弱遙遠。這些人了解在七百公尺深的地方，要挖出任何坑道都會需要好幾個星期的時間，而且還要非常精準。就算石塊柔軟，這些機器每天很少會下掘超過七十六公尺，而且他們都知道這些礦山具有他們所遇到過的，世界上最堅硬的石頭，比花崗岩還要硬上兩倍。儘管他們激起短暫的熱情，但是饑餓與恐懼仍然無法被探鑽聲撫平，這個聲音對他們現在的實際需要來說，像是來自另一個星球，遙不可及。

到了晚上，有些人會從他們的睡夢中跳起來，對著鑽聲大喊：「來吧！混蛋，你什麼時候才能鑽透，這些該死的混蛋！」然後他們會生氣的回去躺下，兩個小時後再爬起來，對著牆壁詛咒。

到了第九天，食物份量再度減少，他們決定從每二十四小時改成每三十六小時吃一次，食物的份量非常少，身體甚至沒辦法感覺到已經吃了東西。飢餓感與虛弱，使得礦工們的體能動作降到最低，整天睡在紙板上，保持最後的精力，食物如此稀少，這些人的五臟六腑全都縮了起來。

「上帝給我力量，對抗我們所遭受的憂慮還有飢餓。」勞烏布斯托後來在寫給他太太卡羅萊娜的信中說：「我們在下面幾乎昏倒，我不但祈禱，同時也為大家祈求，如果面臨死亡，我們能夠平靜地接受！」

到了第十一天，塞普維達崩潰了，再也無法承受加諸在自己身上的壓力與沮喪，這項任務的領隊現在倒在自己簡陋的床上哭泣。

其他人連忙上前安慰他，重建塞普維達的精神，對這個團體的生存來說，至關重要。

「你不能放棄，馬利歐，沒有你，我們沒辦法支持下去。」維克托薩莫拉哀求著。

「我們像是一家人，有人倒下的話，你會把他扶起來，但是他放棄了，完全崩潰，全面投降。我們知道他所承受的壓力，但是我們也要讓他知道，他不能放棄這艘船，他是我們選出來的領袖。」

他們為他打氣，薩莫拉跟他說笑話，阿瓦洛斯陪伴著他長時間的散步，「我對他說，派瑞，別再鬧了，我們一定要出去。」

塞普維達回過神來，這個團體再度團結在一起，比先前更欣賞他們這位特殊的領導者。亞歷克斯維加說：「就算在他陷入瘋狂的時候，馬利歐也救了我們。」

三十三位礦工被困在倒塌的礦坑內，被迫參與這場殘酷的實驗。這種特殊的心理挑戰，很少有人能夠經歷。他們生活在與世隔絕的坑道內，沒有自然的光線，除了汩汩的流水聲外，也沒有自然的聲音。迴盪在耳邊的是礦山無法預測又持續哀嚎咆哮的石塊聲中，這些人和這座礦山一樣，都活在龐大的壓力下。

「很多事情在礦坑內一起發生，加深了折磨的痛苦。他們被阻隔在地下是其一，被籠罩在黑暗裡是其二，沒有食物是其三，水質惡劣……這些事情單一來看，並不足為奇，但是加在一起，就是潛在性精神崩潰的最好配方。」英國作家多明尼克史塔菲爾德（Dominic Streatfeild）說，他是「洗腦」（Brainwash）這本書的作者，一本深入研究心智控制實驗與審問技巧的著作。「審問者的黃金法則就是塑造未知的環境，害怕未知的死亡，失去時間的概念，剝奪知覺，沒有規律，這些事會擾亂人們的心智，使他們失去信心。現在這些狀況都出現在礦坑內。」

「這三十三人」（Los 33，是他們對自己的稱呼）中最年輕的是十九歲的希米桑切斯，他開始產生幻覺，同時噩夢連連。他想像逝去礦工的靈魂附著在洞穴中。孤獨的水手，迷失的探險家，與孤單的漁夫普遍會產生幻覺，這種幻覺甚至會昇華為傳說或神話。風情萬種的海中美人魚，正是這種深層渴望的最佳抒解，已故礦工的靈魂可能也是同樣脆弱心靈下的產物。高溫逐漸將他們體內的水分與精力榨乾，許多人開始尋求上帝的引導。

馬利歐塞普維達則與魔鬼進行了一場對話：「我通常會走到一個非常孤獨的角落禱告，那裡也是奇諾科特茲失去小腿的地方。有一次禱告的時候，我的聲音很大，一塊巨石掉在我的身邊，我知道那不是上帝，而是魔鬼，它正對我而來。我身上所有的毛髮都站了起來。」塞普維達對著石塊大吼：「要多久你才會了解？你不過也是上帝的兒子，謙虛點！」經過這次的當面對質後，魔鬼放過了塞普維達，再也沒來打擾他。

礦工們常會在礦內各處看到一些陰影與形體出現又消逝。他們稱這些幻影為「小礦工」（mineros chicos）。「礦內有許多非自然的現象。」塞普維達以信徒的口吻堅定的說道。他們不再稱呼自己為「三十三人」，開始稱呼「三十四人」，上帝也是他們其中之一，祂是第三十四位礦工，甚至無神論者也開始祈禱。

維克托薩莫拉開始描述那些夢想中的豐盛食物——牛排外帶番茄還有一瓶啤酒。只有亞歷克斯維加舒服的坐下來，他是少數幾個有床的人之一，他把卡車上的坐墊拆下來，擺平在洞穴內，成為坑中最好的睡眠工具。另外一位礦工在一輛車內發現安全警示三角架，切割後像骨牌一樣排成一列。礦工們分成不同的小組，互相傾訴心頭恐懼，分享夢想，同時花很長的時間漫步，像對對伴侶，步入沉寂的黑暗中。

亞里耶提科那正承受著私事的煎熬，他要當爸爸了，大女兒卡羅萊娜即將出生，還是已經出生了呢？生產的過程順利嗎？她的媽媽還好嗎？當其他的礦工活在被救難人員救出來的那一天中，亞里耶提科那卻活在不同的日期中，他的生活壓縮到只剩下一個單一的日子：九月二十號，女兒卡羅萊娜的誕生日。「十五天沒吃東西我還撐得住，只要有足夠的水填飽肚子就可以。」他說：「為了這一刻，我準備再撐一個月。」

「我已經準備投降去死了。」理查比利亞羅埃說，他也將第一次當爸爸，不過時間不到一個月了：「我瘦了二十八磅，很怕見不到我的寶貝，我們都很瘦……看看四周同伴們，大家看起來都很糟，讓我非常害怕。」

但是比利亞羅埃仍然打起精神協助同伴呼救：「我不知道哪裡來的力氣，我覺得頭還好，但是從床上坐起來後，頭就開始打轉，頭暈目眩，身子前後搖晃……但是我還是會往下走到第九十層，揀一些管子的碎片，然後走到另一層坑道，把這些碎片堆高，把油灑在上面，放火燃燒，希望黑煙的訊號能夠傳出去。」

礦坑高處，比利亞羅埃可以看到寫在牆上的簡陋訊息「三十三人」，旁邊畫上橙色的箭頭並寫著「避難所」。災變剛發生的前幾天，他們以為救難人員會迅速出現，所以用噴漆塗在牆上，標示出避難所的位置。這些字眼現在看起來，像是早期的象形文字。

他們躺在地上，不斷地說話，緩慢地等死，塞普維達注意到這些人活在同樣的夢想裡，那是一種烏托邦式的幻想，幻想著如果上帝和那些探鑽的救難人員互相配合，給了他們重生機會的話，他們往後的日子該怎麼過。探鑽機的聲音越來越近，但他們的精神渙散，這個夢恐怕撐不了多久。

「我們苦中作樂，說了很多笑話，快樂地過。」塞普維達說：「有一次我們還說，當我們出去之後，他們說不定會邀請我們搭飛機，來趟旅行，飛機會出事，但是我們全部會再度生還下來，三十三個礦工再度死裡逃生，我們總是拿這件事開玩笑。」

同為重大災難下的受害者，前足球明星羅伯斯開始談到要和同伴們共同組織一個非營利性的基金會，將他們集體的想法付諸行動，他們將集中收入，為推廣全球勞工合理的工資，與適當的工作環境而努力。他們夢想一個永不終止的協議，三十三劍客——我為人人，人人為我。

處在極端狀況下的人，會激發出積極向上、改變生命的態度，宗教大師們向來了解這點，因此他們刻意齋戒苦行。對這些受困的礦工來說，和平團結的集體夢想來得容易，但是要實現卻沒有那麼簡單。家庭關係構成不同的礦工圈，無論叔侄、堂兄弟以至兄弟，皆是由血緣關係與家傳的礦工生涯所組成。這群人中有二十五個人住在距離礦區不到兩小時的車程範圍內，他們具有沙漠的共通語言，那是一種強悍、求生者的態度，其中的用字遣詞、語氣，連同價值觀，共同形成了一道文化護城河，擋住了外界人士。

於是，當這三十三個人共同決定事情、共同祈禱、共進食物的時候，這個團體中的次團體：總共五位非正式聘僱的二手包商，被推到了一邊：「像是次等公民。」一位政府官員說。這些資深的礦工和這些新來的人彼此之間，無論是在文化上或是地域上，都沒有太大關聯。

雖然避難所是安全的睡覺所在，但是燠熱難耐，臭味難聞，像是運動員的更衣室內放了好幾個禮拜沒洗的臭毛巾。這種異味實在難以忍受，所以奧瑪芮加達斯啟動沉重的起重機，將大門摧毀。這片曾經為這些人遮擋塵埃與泥土的門板，現在已經不再發生作用。芮加達斯把整座牆拆毀，碎片丟在遠處的下層坑道。避難所雖然還是充斥著十位骯髒礦工的汗水味，但是現在偶爾會出現一股清風，使它較可忍受，對富蘭克林羅伯斯來說，這股清風更像是一陣甜美的香水。

第十四天：八月十九，星期四。

每個人開始為自己的睡覺區域制訂規則，公共活動區域也有規定。然而到了危急時刻，不同的規範會被更為強烈的求生本能所壓制。第十四天，礦工深信探鑽機將找到他們，但是夠快嗎？他們制訂了一個複雜的應對計畫，一旦探鑽機將要鑿穿坑頂，他們會四散到坑道各個角落，每個人拿著手寫的紙條與清楚的說明，貼在鑽頭上，他們也配備了測量人員常用的橙色噴漆罐，準備噴在鑽頭上，提醒搜救人員，在這個坑道深處，儘管像野獸一樣被困，至少還有一個人活著。重型機械也準備好了，如果需要的話，他們準備用被稱為「鑽孔車」的鑿孔機，將坑道鑿得更寬，以便接觸到探鑽機。另外類似推土機的巨型機械，叫做「鏟斗車」，也準備好用來清除碎石。

探鑽機一寸寸地接近，礦內興奮的心情越來越高漲。

他們喜歡聽到探鑽機的聲音，一連二十四個小時，他們興奮不停的談論警示救難人員他們還活著的紙條和計畫。這些人可以感覺到撞擊的鎚動聲，就在他們的頭頂上，救世主降臨了。

然而，警覺的意識，像水波一樣，掠過這群人的心頭。

探鑽聲音依然繼續，但是聲音現在卻在他們下方，鑽頭往下鑽了七百公尺，直對他們而來，卻錯過了他們。他們連忙趕往下一層，但是又經歷了一場期望與絕望的心情起伏，在距離他們下面二十五公尺的地方，探鑽停止。上下坑道，一片死寂。而當所有鑽頭中最大聲的探鑽機又忽然停止後，這些人更是驚慌失措，寂靜令人寒毛豎立。愛迪頌皮涅亞開始大叫他們全部都會死在這裡，荷西恩立奎叫他們要相信上帝。

「他們逐漸開始失去時間的概念，沮喪之心取而代之。像克勞迪奧亞涅斯這些人，他們整天什麼事都不做，就是睡覺。我感到百分之七十的人都被這種情緒感染，我哭了又哭，但是從來沒讓他們看到，死亡的圈子愈縮愈小，終將結束。」杉莫阿瓦洛斯說。「看到這些事讓我很難過，理查比利亞羅埃的太太懷孕了，奧斯曼阿拉亞的孩子還小，雖然我也有一個幼齡的小孩，但是至少其他小孩年齡比較大，我認為我不會重見天日，但是我更擔心我的同伴們，他們有小嬰兒，懷孕的太太，讓我真的很難過……看見我的同伴們哭了又哭，真是他媽的傷心。看到這樣子的情形，就算是鐵漢也會崩潰，任何人都會。」

「這真是最黑暗的時刻，等我們到最底層的坑道時，可以感覺到鑽頭已經錯過。」亞歷克斯維加說：「許多人決心等死，他們開始寫遺書，維克托薩莫拉是第一個，然後是維克托塞戈維亞，再來就是馬利歐塞普維達。」

「我們處在等待死亡的房間內，我很平靜的等待死亡。我知道燈光隨時會熄滅，這將會是一場很有尊嚴的死亡。我整理好我的頭盔，我的東西，把我的皮帶捲起來，同時也擺好我的礦靴，我希望死得像個礦工。如果他們找到我的屍首，他們會發現我帶著尊嚴，我的頭抬的很高。」馬利歐塞普維達說。

對克勞迪奧亞涅斯來說，接近死亡的念頭並非如此平靜，幾天以來他的同伴不斷在暗示，到了該採取非常的手段的時候，該吃那位瘦小新人了。亞涅斯在礦災發生時才在礦場工作了三天，雖然覺得他們是在開玩笑，可是總是無法將身為肉排的現實排除腦後，第一個死去的人很可能會慢慢地被烹調成食物，以供其他人享用。

丹尼爾山德森（Daniel Sanderson），一位在聖荷西礦場工作的年輕礦工，致命的那天他並未在礦場工作，後來成為幾位礦工傾訴的對象，他們寫信給他描述面對餓死的可能：「他們認為他們可能會吃掉對方。」他說。

第十五天，這些人只剩下最後的一點食物，荷西恩立奎要求大家手拉著手，禱告最後的兩罐鮪魚能夠重複再生，他們順從地手牽著手圍在食物旁，他們已經沒有什麼可以失去的，而且每個人都認同荷西恩立奎是他們的救星與團結他們的力量。他們向上帝祈求出現更多鮪魚，有些人臉上帶著微笑並開起玩笑。

第十六天，八月二十一日，馬利歐塞普維達相信自己會死。

他已經兩天沒有吃東西，不斷吐出那些受污染的水，他寫下最後一封信，給他的十三歲兒子弗蘭西斯柯：「要記得《梅爾吉勃遜之英雄本色》這部電影，那位戰士保護自己的家園，這就是你要做的事，照顧並且保護你的母親，還有你的姐妹……你現在是家中的男人。」

第六章

鴻運當頭

第十六天：八月二十一日，星期六。

在聖荷西礦場入口處上方大約八百公尺處，一塊岩石遍布的荒涼斜坡上，胡塔多和他的六人小組正不停地往下挖掘。從他們開鑿的地方可以看到棄置的礦場辦公室，兩間像鬼鎮中的簡單木造小屋，捕捉住當時落荒而逃的景象——抽屜大開，檔案散落桌上。自礦災發生以來，地板就蒙上一層沙漠塵土，拉開的木製百葉窗，每當陣風揚起時，就會懶洋洋的微微搧動。這種風對於在炙熱驕陽下辛勤工作的胡塔多與他的小組來說遠遠不夠。只有到了晚上，當天空繁星密布，溫度下降到凍人地步時，清涼陣風才會出現。黎明時分，從太平洋海面襲來一層舌樣濃霧，貪婪地捲過整個村落，添上另一層刺骨寒意，可是沒人抱怨，氣候不在他們操心的範圍內，他們穩住鑽頭的角度，一心一意，朝向地下七百公尺的目標前進。

探鑽小組二十四小時馬不停蹄的持續作業，只有每天早上八點與晚上八點才停工維修，添加油料並檢查液壓流體。他們是九組探鑽作業中的一組，九組不同的人馬分別朝受困礦工的方位，挖掘九組不同的探井，全由安德烈蘇加略特協調指揮。每一個小組有七位工作人員，每個作業的方向與使用的探鑽機都不同，蘇加略特利用不同的探鑽技術試探運氣。在 10B 探井，使用一種被稱為「反向探鑽」（reverse air）的技術，一天內可以往下鑽兩百四十四公尺，但是如果偏離軌道的話，難以重新校正方向。另一種被稱為「金剛石探鑽」（diamond drilling）的技術，比較慢但是比較精準，可以在挖掘中一路調整方位。

九組探井從上往下，好像穿透光線一般，鑽出條條井道，希望能到達任何坑道，或修車間，甚至避難所。礦場地形圖不斷地唬弄工程人員，不但標示出不存在的結構，也沒有註明坑內加強支撐的金屬柱，這些金屬柱可以在瞬間破壞鑽頭，使他們一個星期的辛苦前功盡棄。平常一項七百公尺深的探鑽作業，如果不講究速度的話，鑽道通常會偏離百分之七，抵達目標八十公尺內。但是對這件工作來說，目標不過是這間不到十公尺長，整體只有五十坪大小的避難所。

吃飯的時間都很寶貴，而且山下食堂還有不必要的干擾，每隔幾天就會送來一個裝了一百個三明治以及瓶裝水的盒子，由鄰近的聖塔菲鐵礦場老闆捐贈。救難人員將剩下的食物餵給一種活在石頭間的藍綠色蜥蜴：「通常我們會有烤肉或是烤雞，但是現在不是吃烤肉的時候，我們非常煩悶。」胡塔多說。

五十三歲的胡塔多，具有將近二十年的探鑽經驗，對於時間非常執著。他努力持續操作探鑽機，日子都混在一起，這個最近開挖的洞口已經五天了嗎？還是七天？像是倒數計時的炸彈一樣，每一秒鐘過去，（如果還活著的礦工）就更接近死亡一步。對山丘下眾多救難人員來說，往下挖掘七百公尺的探鑽作業，是一項嚴苛而且無法想像的工程，胡塔多的小組人員對這項挑戰都有精確的認知，他們在礦災發生後四十八小時之內就趕到現場，接下來的這個星期內一路工作，幾乎沒有闔眼：「我們所有人對時間都有種執著，甚至仇恨的情緒，我認為如果我們接下來幾天內沒有辦法找到他們的話，一定會發現他們已經死了。」胡塔多說。

第十六天：礦坑內。

只剩下最後兩罐鮪魚罐頭，礦工們被迫下了另一項痛苦的決定，從每兩天吃一次，延長為每三天才能吃一次。他們個個筋疲力竭，就連往上走三十公尺去廁所的斜坡，都成為一樁辛苦的差事。往常那些經常能上十二小時的班，一邊揮汗一邊抽菸，不斷敲擊這座礦山的健壯工人們，現在毫無生氣，求生的意志被飢餓與被遺棄的感覺消磨殆盡。保留體力是必要的身體機能，亞歷克斯維加躺在潮濕的岩石斜坡上環顧四周，他的同伴們全部擺平，還在說話但是無法站立。「我們就是躺在那裡，沒有力氣走動。」他說。

這些人的身體狀況迅速惡化，已經瀕臨墜入被稱為死亡漩渦的邊緣。依據負責監督這些人的健康與營養的智利醫生金恩羅曼諾利（Jean Romagnoli）的說法：「如果他們的健康還在這裡，」他的手舉高，「那麼再過兩天，他們會下降到這裡。」羅曼諾利的手切到底部，像是上了斷頭台。就連造成腹瀉的輕微感染，都可能是潛在的催命符。八月二十一日，維克托薩莫拉在他的訣別信中寫道：「我沒有辦法再撐下去了，我對太太和小孩唯一能說的是：我很抱歉。」

多部探鑽機朝向他們，鑽磨的聲音此起彼落，但是經過礦內不停地震動與迴盪，掩蓋了這些探鑽機的正確位置。聽起來好像是朝向他們而來的嗡嗡聲，有可能已經偏離了幾十公尺。由於好幾次的鑽洞聲音聽起來好像正中目標，最終卻錯過他們，使他們不再樂觀，不過仍然保持高度警覺，一旦鑽頭鑿穿坑頂，他們知道該如何反應，他們已經計畫並演練過非常多次，集體動員前就排練過兩次，不過現在他們開始懷疑，會有最後的機會嗎？

第十六天：救援行動。

八月二十一日，星期六下午，10B探井已經到達六百四十公尺，距離目標不到四十八公尺，探鑽人員迫不及待的心情足見這項工程規模的浩大，在許多救援行動中，鑿穿四十八公尺的堅固岩石會是項挑戰，但是現在不過是最後階段而已。胡塔多與他的小組成員知道，只要再鑽十二個小時，他們就會到達目標深度，他們也知道探井稍微偏離了軌道。

領頭的操作人員納爾遜佛洛雷斯（Nelson Flores），努力引導探鑽機依照一組精確的GPS座標前進，這是一個先進的世界級軟體名為「火神」（Vulcan）所計算出來的。利用精準的數位地圖，疊上探鑽機的行進曲線，「火神」得以計算出探鑽機的拋物線曲度，引導工程人員挖掘探井，朝最後目標前進。此外，佛洛雷斯也祈求上蒼庇佑，每天當他抵達探鑽場後，他都會小心地打開口袋，從裡面拿出一串念珠，溫柔地掛在儀表板上。這串念珠是他十六歲女兒的遺物，她前年過世，當他開始往下鑽時，這串念珠也會輕微地震動。

胡塔多率領的小組前進迅速，軌道幾乎正確。然而預測出探井略有偏差，在剩下的距離中，可能會錯過所設定的座標。蘇加略特說：「我們沒有太大的信心能鑽穿……我們需要直接往下，然後改變方向。最後的一段正是這種狀況，是最困難的部分。」蘇加略特的努力需要結合奇蹟。

第十七天：地表上。

到達六百六十公尺深的時候，佛洛雷斯放慢了探鑽機的速度，平常每分鐘二十轉的機器，現在是每分鐘五轉，他們的目地不是穿透坑壁，而是要小心的鑿出一個整齊的洞孔。如果還是全速前進，鑽頭會將岩石鑿成碎片四處發射，這種攻勢可比導彈，會打傷甚至殺死礦工。

凌晨四點，一小群人開始聚集在10B的探井現場。這是一個安祥的夜晚，日常的寒風與濃霧也都幸運地消失不見。儘管最近其他的探鑽小組接二連三的錯失準頭，等待的情緒依然高漲，探照燈照亮探鑽場，彷佛是電影拍攝現場，也在相連的成排岩堆中投下深長的陰影，探鑽機的引擎聲不時停頓下來。

像是尋找水源的占卜棒，最後幾公尺不時地稍微更動穿鑿角度，經過兩個星期不停地被大自然打擊所有的苦心後，蘇加略特與胡塔多終於獲得了一點意外的收穫，探鑽機不知怎麼地，更正了自己的航道：「在探鑽時發生這種事，可說毫無技術邏輯可言，我相信是發生了某種事。」蘇加略特說，努力解釋最後關頭的修正。問他這是否代表奇蹟出現，他只是小心地說道：「我們很幸運……或有幫助。」

早上五點五十分，鑽頭鑽過六百八十八公尺，佛洛雷斯感覺整個鑽軸暫時落空，沒有任何阻力，往下四公尺，進入一個虛無空間。

第十七天：礦坑內。

礦工們已經幾乎毫無體力，早就放棄了整晚不睡，期待鑽頭降臨的空想。但是想睡也不容易，悶熱的空氣，潮濕的地面，封閉的環境，種種因素的組合向來是睡眠的大敵。於是他們整夜玩骨牌遊戲，減輕失眠的痛苦，並與害怕餓死的恐懼作戰。

凌晨五點五十分，鑽頭轉動的聲音，撞擊並磨碎岩石的噪音，撼動了整座寧靜濕滑的礦坑。「我已經醒了，正在玩骨牌。」理查比利亞羅埃說，當時他正在避難所的坑道內。「眼看著鑽頭鑿穿坑頂，對我們大家來說，是最不可思議的時刻，我們看著鑽頭發呆，花了點時間才知道重要的事終於出現，就在那一刻我們互相擁抱歡呼，開始相信眼前的事實，他們會救我們出去。」接著一團大亂：「大家都陷入瘋狂狀態，到處亂跑，我忙著找東西敲鑽管。」比利亞羅埃說。

第十七天：救援行動。

在救援現場的晨曦曙光中，救難人員高興的跳上跳下，互相擁抱大叫，同時等待胡塔多的指示，弗洛雷斯立刻關閉探鑽機。

他們沉默的聚集在探孔旁邊，探鑽行動助理加布里爾迪亞茲（Gabriel Diaz），已經準備好一把七公斤重的錘頭，在鑽軸上連敲三次，胡塔多立刻把耳朵貼在軸身，聽到地下傳來一陣有節奏的隱約聲響：「像是有人拿湯匙在敲管子。」胡塔多說。過了一會兒，一連串深沈的金屬撞擊聲從底下傳來，毫無疑問，這是生命的跡象。

底下傳來的聲音如此明顯，他們怎麼還會懷疑地底深處是否有人在敲擊鑽管呢？胡塔多和他的組員心情難以言喻，一個星期前他們在聖荷西礦場鑽出的一條探井具有同樣的狀況，當時他們下挖到五百公尺深時，探鑽人員也聽到有節奏的回應撞擊聲，於是他們把一台攝影機下垂到底處，然而每個人都被眼前的景象鎮住：沒有任何生命跡象，也沒有任何礦工。底下的生命跡象是他們的幻想嗎？還是礦山在作弄他們呢？

礦業部長戈爾波內和蘇加略特趕到探井現場，蘇加略特用聽診器放大遠處傳來的敲擊聲，像是醫生在傾聽脈動，的確有人在撞擊。戈爾波內開始擁抱救難人員，然後帶著驚異的表情，脫下頭盔走下山麓，決心成為第一位通知家屬的人。走過一頂頂帳棚，部長謹慎地傳達訊息：「請注意，今日將發布消息。」整座營區帶著期望甦醒過來，新聞記者圍繞著礦業部長要求新聞，他保持神秘，只說總統很快會抵達這裡。親人家屬從睡眠中醒來，開始揮舞著智利國旗高呼：「智利萬歲！」

第十七天：礦坑內。

礦工們從各個角落跑來看這座鑽頭，一群人拿著噴漆要噴這座鑽頭：「我們擔心它會升高離開，所以我們的行動要快。」亞歷克斯維加說，他說這群人忘記了演練已久的協定。「我們首先應該穩定這塊區域，確定坑頂鬆脫的岩石不會掉下來，然後再綁上我們的消息。但是這一切發生得太快，我們是倒過來做，每個人都忙著在鑽頭上做工，頭頂仍然非常危險。」

比利亞羅埃拿起一支球棒大小的沈重扳手，開始敲打鑽軸，坑道內迴盪著一陣深沈的裂聲，可是這陣迴響能傳到上面嗎？比利亞羅埃改用挖礦機內抽出的鐵管，用鐵管敲鐵管，發出的聲音像是一面重鑼，他們輪番上陣敲擊鑽管。

片片石塊仍然懸吊在他們的頭頂上，這些人連忙將他們的信與紙條綁在鑽軸上。馬利歐戈麥茲與荷西奧赫達將他們的訊息綁在上面——分別給太太與救難人員。其他的人手忙腳亂地將他們寫好的紙條綁在現在一動也不動的鑽軸上。馬利歐塞普維達把內褲上的鬆緊帶拔出來，用它把信綁在鑽軸上。

他們花了一個小時的時間敲擊鑽管，不斷噴漆直到噴光為止，然後鑽管慢慢往上升起，留下這些人再次孤立無援。不過坑道內現在散發著一股奇蹟重生的氣氛，他們從瀕臨餓死、害怕會吃人，與忍受死亡折磨的邊緣中回過神來，轉眼間不過是幾小時的光景，他們禱告的內容即將獲得回應：食物。

第十七天：救援行動。

在 10B 探井現場，胡塔多與他的小組人員開始辛苦地進行撤回鑽軸的任務，這條長達近七百公尺的鑽軸，是由一百一十四條金屬管連接而成，每段長六公尺，重一百八十公斤，光是拆卸這整組鑽軸就要花上六個小時的時間。

皮涅拉總統整個上午除了接受幕僚人員不停地彙報最新情勢外，也正面對另一項危急的情況：八十七歲的岳父愛德華多莫瑞爾辛紐（Eduardo Morel Chaigneau）即將離世，皮涅拉總統和他的太太西西莉雅莫瑞爾，在病床旁告訴這位垂死的老人，這些礦工有生還的跡象，空軍官員已將總統座機準備就緒。到了中午，莫瑞爾停止呼吸，一個小時過後，皮涅拉總統就到了聖地牙哥機場，在內政部長羅德里戈因茲派德（Rodrigo Hinzpeter）的陪同下，搭乘一架小飛機，飛到科皮亞波。

在皮涅拉抵達之前，最後一段鑽軸已被取出，胡塔多在泥濘不堪的軸身上，就在鑽頭上面，看見一塊橙色的污斑，一個訊息嗎？胡塔多拿起一桶一加侖的瓶裝水倒在鑽頭上洗去泥水，也灑到了戈爾波內身上：「部長，真抱歉。」胡塔多說。鑽頭經過清洗後，露出一塊粗陋的橘色污斑，「部長，這個標誌不是我們的，這是生命的跡象。」胡塔多說。

時間是下午兩點，戈爾波內視察鑽軸，聽到遠處的敲擊聲已經鼓舞了這位部長，而現在又有生還者手繪的痕跡。幾秒鐘過後，當探鑽機完全被拉上來後，他們看見一個黃色的塑膠袋被綁在鑽頭末端，用電纜與塞普維達內褲的鬆緊帶綁在電鑽上。工人們連忙拆下電纜，抹去爛爛的塑膠袋上的層層泥濘，戈爾波內像拆精巧的禮物一樣，小心地打開這片撕下來的小紙條，大聲唸出這些從記事本上撕下來的紙條內文，這是來自地底深處的消息：「鑽頭穿破第四十四層……在坑頂的角落，在右邊……有水流下來，我們在避難所……希望上帝帶給你光明，祝福你，馬利歐戈麥茲。」

反面有更多的字句，戈爾波內面對著鴉雀無聲的群眾，再次大聲唸出：「親愛的麗麗，耐心等待，我會很快離開這裡……」他沉默地看著紙條，接著宣布：「這是私人的信。」戈爾波內小心地把碎紙條收起來，準備和蘇加略特一起坐貨車下山，兩人心頭謹記事前的約定，決心要先告訴家屬，以免消息走漏。

法蘭西斯科波央科（Francisco Poyanco），負責鑽頭的技師，正忙著安放從探井內取出的鑽軸。最後一根軸管，正是戈爾波內發現紙條的那根軸管，還滴著從下面帶上來的泥水，波央科收起綁著戈麥茲紙條的塑膠袋與電纜，看見另一團膠帶半埋在這堆雜物中，波央科拿起來後，發現另外一個緊紮起來的小塑膠袋──受困礦工的另外一個訊息。波央科大為激動，以為這可能是可以帶回家的紀念品，但是當他把紙條打開之後，頓時覺得心頭一陣清涼：「我們在避難所都好，全部三十三個人。」（Estamos Bien En El Refugio Los 33）清楚的紅色字跡，每字間隔均等，顯然出自平靜的手筆，是生存的明證：所有人都還活著。

波央科跑向戈爾波內，手裡拿著那片從泥濘中發現的紙條，大聲叫著這些人都還活著。胡塔多聽見他的喊聲，戈爾波內也停了下來，看見波央科手上的紙條，要他大聲唸出來。這位三十歲的助理打開紙條大聲地唸出這幾個字：「我們在避難所都好，全部三十三個人。」探鑽現場爆出一片歡呼，像足球場上踢進一記妙球一樣，戴著頭盔的工程人員雙手向天，跳躍歡呼，高興地互相擁抱。

二十二歲的克利斯帝安岡薩雷斯（Cristian Gonzalez）身為礦場技工，為他的父親在聖荷西礦場工作，他的反應更是衝動，他跑下山麓，一口氣跑進「希望營區」，大聲叫道：「他們還活著，他們還活著，他們發了消息說他們都還好，但是沒辦法說太多！」後來他為自己違反協議的行動辯解道：「我認識這些礦工，我在礦場內工作了七個月，是他們的好朋友。而且我答應他們的家人，如果我聽到任何消息，一定會馬上告訴他們。」他說。

第十七天：礦坑內。

鑽頭撤走了，薩莫拉繼續負責強化坑頂的工作。這正是他在八月五日事發當時所完成的工作，當時他就已經感覺到崩塌不可避免，可是仍然接受命令繼續工作。薩莫拉帶著重新被喚起的熱情，清理坑頂的碎石。他們的救援就得依靠這個孤單小洞的完整，一次地震可能又把這個通道堵起來。坑道內的所有人，以及在地表上的救難人員都了解，距離這些礦工被救出來的任務還很遙遠。現在的首要任務就是將營養品與醫藥用品運送到礦底。

第十七天：救援行動。

下午兩點半，皮涅拉總統到達「希望營區」。為這個已經瘋狂的現場添上另一股推動力與期待感。在和家屬們短暫會面後，他步入新聞記者的浪潮中，受難親屬陪伴兩旁，還有前總統薩爾瓦多阿連德的女兒，伊莎貝爾阿連德（Isabel Allende）議員。皮涅拉總統高舉著一個清晰的塑膠袋，裡面是受困礦工荷西奧赫達所寫的紙條，他大聲的唸出上面的訊息：「『我們在避難所都好，全部三十三個人。』這是今天發現的消息，來自山內，礦場最深的地方。」總統說，沙漠耀眼的陽光使他的眼睛幾乎睜不開來。「這是我們的礦工傳來的消息，說他們都還活著，團結一致，等待看見光明的到來，能夠擁抱他們的家人。」

卡羅萊娜羅伯斯在過去的十七天中，每天晚上都倚著受困父親的黑白耐吉T恤睡覺，她說：「聽到他們都還活著的消息，我哭了……每個人都在叫喊：他們還活著，他們還活著，我非常地震驚，打電話對母親說：媽媽，他們還活著！再見……。我快樂的哭著，抱著克利斯蒂安雅恩（他是管理心理學家的政府官員），他是我所有淚水的手帕。」

「希望營區」交織著淚水、歡笑、擁抱、旗幟揮舞的歡樂景象。數百位家人親友不約而同地湧上山麓，站在三十三個旗杆邊，這些旗幟代表他們的信念，每面旗上都用手寫著一位礦工的名字，每個旗杆周邊也都圍著一圈融化的蠟燭，他們一起唱著智利國歌，皮涅拉總統也在其中，加入他們一起唱。

幾分鐘之內，這份消息傳遍整個智利，地鐵與街道上的陌生人互相擁抱，礦工們還活著！所有人都還活著！汽車駕駛鳴響喇叭，數千人湧上聖地牙哥街頭，去義大利廣場，這裡是歡慶足球的地方，整個國家好像贏了世界盃足球一樣，一種充滿歡樂、愛國心的聚會。

正當舉國歡騰的時候，救難人員正積極的規劃長期的行動。沒有人滿意與受困礦工的聯絡僅靠單一的「信鴿管」，他們需要三個不同的管道，或許更多，一次地震或是礦坑再度塌陷，很快地會將他們現在維持的這條微弱的管道阻塞起來，這種災難會將救援行動打回原點，而這些受困礦工必死無疑，因為他們已經沒有任何食物補給。「信鴿一號」很快的被賦予運送食物與飲水的任務。第二條管道將會運送加壓氧氣、清水，以及電力。氧氣管道將會被設計為壓縮清涼空氣進入洞穴，以降低令人窒息的高熱氣溫。也會輸送另一條光纖電纜，可以使這些人與他們親愛的家人面對面交談。第三條管道設計的位置，遠離這些人生活的地方，這條管道將是他們最後的逃生之所，雖然現在還不清楚這些人要如何被運送出來，但是有個方法是讓救難人員先鑽出一條探井，然後再將它加寬，大到可以讓這些人從裡面出來，這項選擇刻意的與其他日常功能區分開來。救難人員將救援通道的目標鎖定在修車間的坑頂，那裡是避難所上方三百六十五公尺的地方，目標較大，可以成為救援平台。然而儘管有了長期的計畫，每個人都很清楚他們距離精彩的最後一刻還很遙遠。

如果這些礦工是上一世代被困在這裡，他們之間的溝通將會被限於手寫的信件或是電話，但是現在工程人員小心翼翼的降下一台攝影機到坑道底端，以了解受困礦工的實際狀況。

第十七天：礦坑內。

這些人朝著那個洞口直望，等待來自上面的消息，他們的提燈照出一條潮濕的洞道，可是燈光很快地被黑暗吞噬，三公尺以上的地方什麼都看不見。他們聚在洞口下，水滴往下滴到他們身上，他們繼續往上瞧，一團冷空氣從洞口竄出，今天來自上面的第二道驚喜。所有人現在都團結在一起，互相擁抱，擦去汗水，從幾天前的驚慌與恐懼中慢慢回神，雖然食物還沒有出現，但是飢餓已經遠去，現在他們滿心喜悅盼望，他們的禱告已獲回應，再度充滿信心，他們將有重生的機會。

這些人開始猜測：什麼東西會先送下來？一頓熱餐？肥皂和洗髮精？一把新牙刷？求生指南？每個人都讓自己的想像力自由奔馳，就連從上面送下來最簡單的小東西，也能照亮這些人集體的情緒。

三個小時過後，一個小燈從上面垂下來，這件很小的東西垂到底下，這些人聚集在洞口旁邊往上看，懷疑這歷史性的東西到底是什麼？「我起初以為這是一個蓮蓬頭，」巴勃羅羅哈斯說。他形容那是一個管子，一端有一個燈球結構。這樣東西穿過坑頂，顯然是一件高科技的電子設備，但是沒有人見過像這樣的東西，這台迷你攝影機立刻降到地面，像是一隻機器蟲，鏡蓋自動打開，鏡頭自動旋轉升起，是一台遙控攝影機，但是聲音呢？這台機器聽得到嗎？

巴勃羅羅哈斯靠近攝影機：「這是什麼鬼東西？」他的臉貼近看清楚，旋轉的鏡頭現在從地面升起，經理烏蘇瓦開始對著機器說話：「如果你能夠聽得到，將攝影機升高。」烏蘇瓦說。

他們耐心地等著，攝影機卻往下降，這些人笑成一團，腎上腺素與興奮的結合下頭暈腦脹。攝影機不斷旋轉錄影了二十分鐘，然後慢慢升起，羅哈斯看著攝影機消失在洞口：「我希望抓著它，讓它拖我上去，但是洞口容不下我。」

第十七天：地面救援行動。

整個世界在智利礦工的故事中甦醒，而在礦場，工程師們正很努力的在修復攝影機的聲音。這台精巧的機器因為進了水，失去聲音功能。

傳回通信中心的影像怪誕詭異難以解讀。背景有微弱的燈光，顯然是聚集在攝影機旁的礦工們的頭燈，但是因為燈光微弱顆粒太粗，清晰度大減，救難人員只能用猜的，猜測他們看到的是誰的臉。但是儘管沒有聲音，這些人顯然是站在那裡而且可以移動。可是每回答一個問題，後面就有一大堆問題跟著浮現，他們受傷了嗎？有人被嚴重的壓傷嗎？十七天只靠少量的食物，他們染上具有生命危險的疾病嗎？

兩個小時過後，這段錄影投射在帳棚旁，播放給「希望營區」的家屬觀看。黑白影像很不清楚，映入視線中的一對眼睛角度奇怪，只能看到一部分的臉，那是阿瓦洛斯那對好奇詭異的眼睛？還是烏蘇瓦的？也可能是埃斯特萬羅哈斯？好幾組家人同時聲稱那對眼睛是他們的親人。事實上，黑暗模糊的影像太過普通，以致會瞬間浮現潛在意識，這是七百公尺下的羅夏墨漬測驗（Rorschach test）。

不過，疲憊沮喪的心情已暫時被歡欣鼓舞的情緒所取代，「希望營區」成為守望者的聖殿。營火熊熊，樂聲陣陣，「希望營區」朝氣蓬勃的舞動直到午夜過後。凌晨兩點，家屬們還在岩地上頓足慶祝的時候，志工們分發水煮蛋、香腸，以及烤雞。一位被稱為「瘦鬼」（El Flaco）的諧星保羅瓦斯奎茲（Paul Vásquez），表演了一場個人脫口秀，而另一位當地牧師胡安巴瑞薩（Juan Barraza）則在相鄰的帳棚舉行了一場禱告會。

巴瑞薩受到現場的鼓舞：「知道他們還活著，像是開啟了一台壓力鍋，使得很多人能夠抒發壓抑的情緒，現在每個人都說：『沒有他們，我們就不回去。』」

第七章

重新爬回生命

第十八天：八月二十三日，星期一。

剛開始的興奮過後，這些人緊接著準備要吃東西。多日來對多汁的牛排，新鮮的肉餡餅，與龐大盛宴的幻想，終於得以實現，他們期望能夠享受大餐。但是，剛開始送下來的液體份量卻刻意縮減，以便他們的身體能夠慢慢回復到正常狀態，「他們送下來一小個塑膠杯的葡萄糖水，像是給醫生驗尿那種大小。」維加說。

對克勞迪奧亞涅斯這麼瘦弱的人來說，十七天沒有進食，讓他瘦得只剩下一身皮包骨，面容憔悴。

「我們期待食物，但是只送下來液體。」克勞迪奧阿庫尼亞形容他們都很訝異剛開始的四十八小時內沒有任何固體食物。不過他們都遵從指令，服用藥物，並且間歇性地慢慢喝葡萄糖與瓶裝水。

塞普維達活在一種奇特的過渡狀態中。他的身體衰竭，飢餓的後果持續惡化，情緒又非常脆弱，從剛開始接觸的興奮，到能和他的太太凱蒂通話的期待，與鑽頭真正到來的驚喜，五味雜陳。他同時也對地下生活發展出熟悉的感覺：「泥濘與人體的味道開始可以接受，成為生活的一部分。」但是與上面的接觸並無助於地下的濕度：「我們的衣服都濕了，我們只穿著內衣到處走。」他說，到了晚上，他們一個個並排，一起睡在地面上。

聖荷西礦場入口處如此簡陋粗糙，礦工們經常祈禱他們能平安完成工作出來。

直到2010年8月這座金銅礦場塌陷之前，全世界都還不認識沙漠的這塊角落。路邊架起的這些小神龕（animatas），是為了引導路上受難者的靈魂，可見這條路的危險。

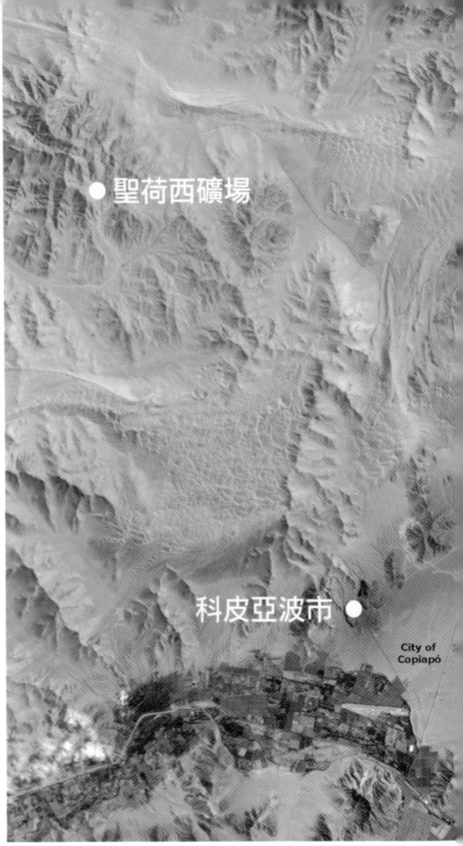

聖荷西礦場位於智利北邊荒涼的阿塔卡馬沙漠中
國太空總署的衛星地形圖所示。

這座礦場偏遠又陌生，因此特別為救難人員加上
標指示，其中手寫的文字意思是「力量」。

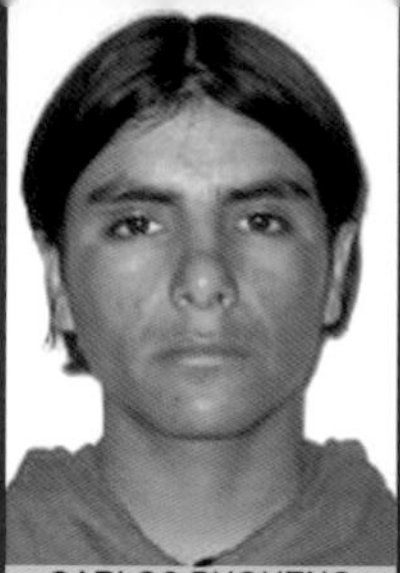
CARLOS BUGUENO
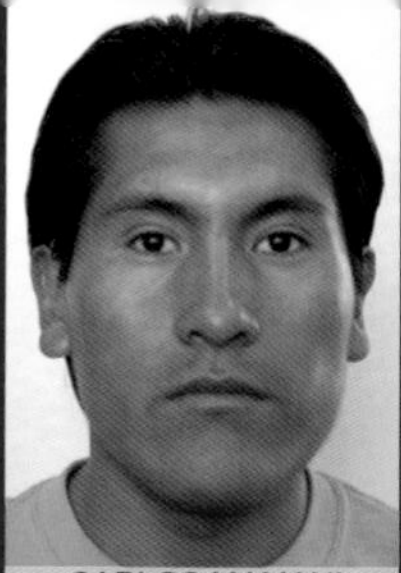
CARLOS MAMANI

CLAUDIO ACUNA

CLAUDIO YANEZ

ESTEBAN ROJAS

FLORENCIO AVALOS
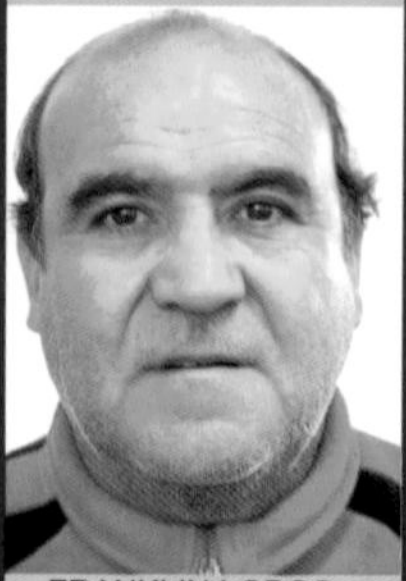
FRANKLIN LOBOS
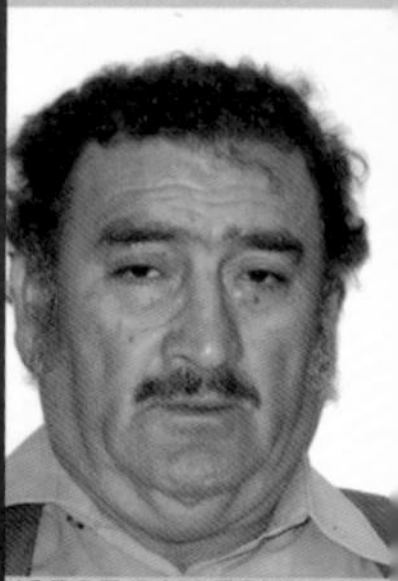
JORGE GALLEGUILLOS

JUAN ILLANES
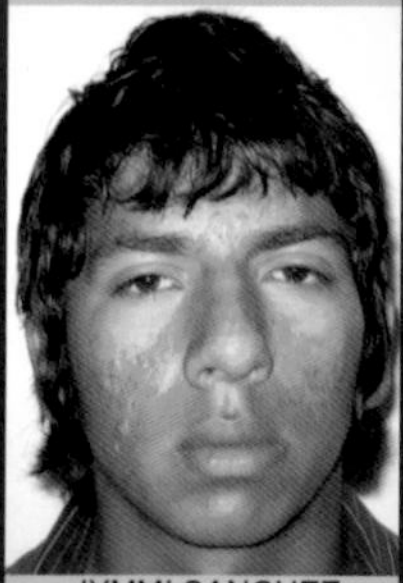
JYMMI SANCHEZ

LUIS URZUA

MARIO GOMEZ

PABLO ROJAS

PEDRO CORTEZ

RAUL BUSTOS

RENAN AVALOS
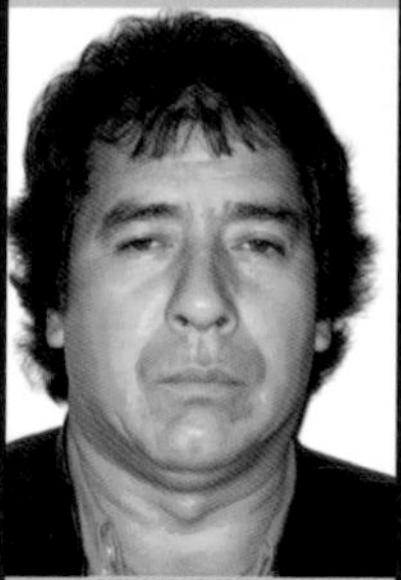
VICTOR SEGOVIA

VICTOR ZAMORA

YONNI BARRIOS

SAMUEL AVALOS

OMAR REYGADA

ALEX VEGA

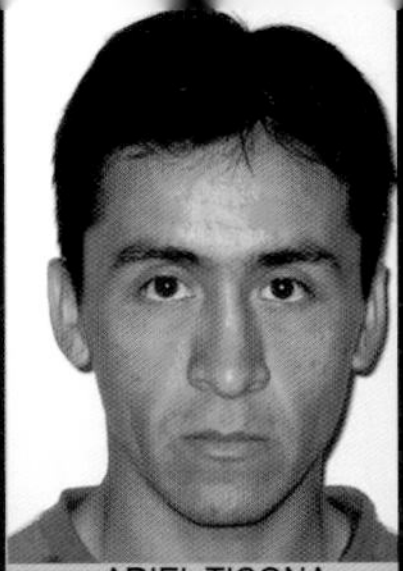
ARIEL TICONA

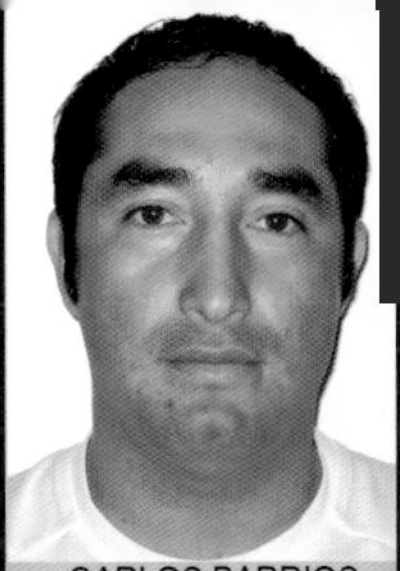
CARLOS BARRIOS

RICHARD VILLARROEL

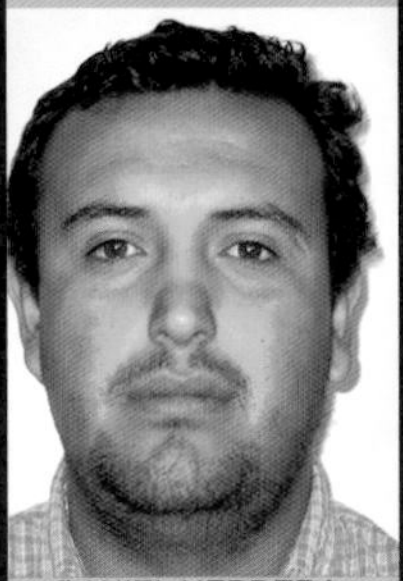
DANIEL HERRERA

DARIO SEGOVIA

EDISON PENA

MARIO SEPULVEDA

JOSE HENRIQUEZ

JOSE OJEDA

JUAN AGUILAR

33 位礦工的年齡差距頗大，其中年紀最輕的是 19 歲的希米桑切斯，最大的是 64 歲的馬利歐戈麥茲。路易斯烏蘇瓦是災變當天的值班經理，但是具有個人魅力又幽默的馬利歐塞普維達很快地取代了他的位置，成為這群人中的領導人物。赫尼巴里歐斯陷於地面上太太與情人間的紛爭，成為焦點人物，在被困期間權充這些人的臨時醫生，維持忙碌的工作。這些人掙扎地來到礦底的臨時避難所，最後終於得以獲救。

OSMAN ARAYA

（左上）8 月 5 日聖荷西礦坑坍塌之後，憂心的家屬在幾個小時之內立刻抵達礦場，礦場高級經理佩德羅西蒙諾維奇（Pedro Simonovic）對家屬報告最新情況。

（右上）礦業部長勞倫斯戈爾波內與家屬們保持誠實與迅速的對談，受到廣泛的好評。

（左）光禿的礦場工地只有成排的石頭，家屬在這裡等待消息，當地政府提供食物。

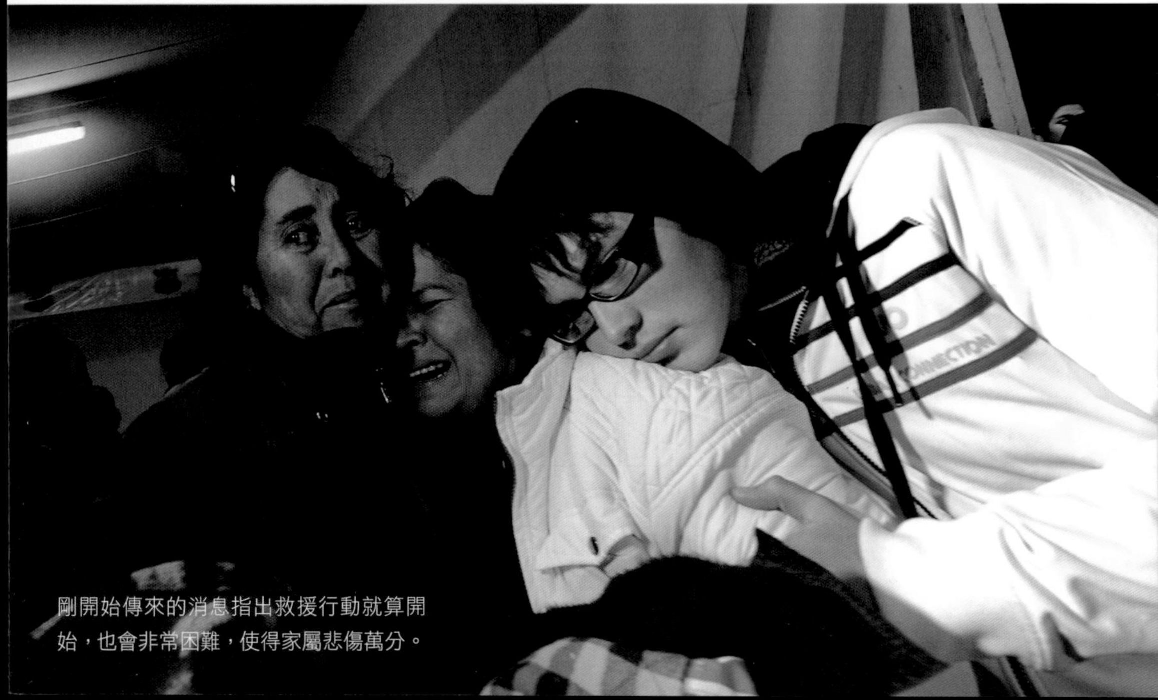

剛開始傳來的消息指出救援行動就算開始，也會非常困難，使得家屬悲傷萬分。

（左上）開始的救援行動是希望在坍塌現址上開鑿探井，以找到這些受困的人。可是由於礦山依然不斷塌陷，使得這項工作持續受阻，許多救難人員被迫氣餒地留守在礦場外面等待。

（右上）救難現場缺乏基礎救援設施，推土機只好在現場推出一塊平地，以供架設鑽井機。

（下）8 月 10 日，數百位受難者的親朋好友齊聚一起舉行一場祈福彌撒。就算沒發生災變，礦工社區也非常虔誠，災變之後，更是深信自己的信心會拯救這些人。

救難人員在寒冷的8月冬季，持續不斷地工作近兩個星期，鑽出一打多的洞道尋找被困的礦工。探鑽機的聲音不僅安慰了家屬，也安慰了受困的礦工，象徵救援行動仍然在不斷進行中。

利用點燃的蠟燭映照出通往礦場營區的路途，家屬們始終不放棄希望，認為探鑽機終將找到他們至愛的親人。

8月22日，在17天毫無消息後，智利總統皮涅拉宣布那些受困的人送出一張紙條：「我們在避難所都好，全部33個人。」

家屬聚在一起圍觀受困礦工們送上來的第一份錄影帶。經過幾個星期的焦灼等待後，傳上來的消息意外良好，沒有人在這次災變中身受重傷。

儘管生活狀況困難，而且還要等上好幾個月才能獲救出去，礦工們在送上來的錄影帶中仍然表現出勇敢團結一致的外表。政府相關單位嚴格的過濾所有送上來的錄影帶。

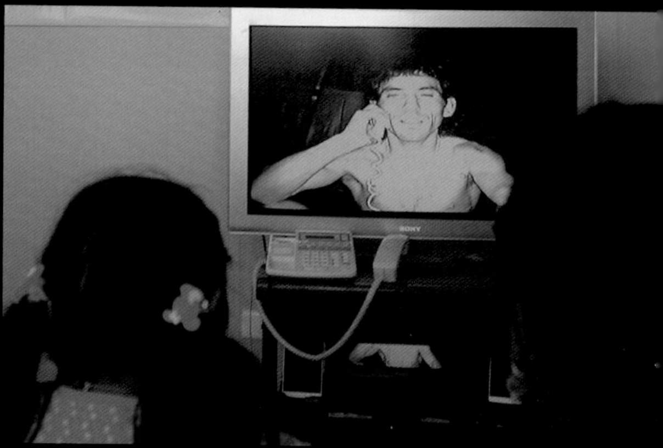

9 月初，政府架設起一套通信設備，使受困礦工與家屬們能夠面對面交談。

這些人承認他們緊密地捲曲在一起，睡在坑道地面上，引起有關性事的問題。這種集體入睡的安排，對某些人來說，正好引發他們豐富的好奇心，他們怎麼能在毫無性事的狀況下——不管他們的壓力與苦難——生活好幾個星期？塞普維達否認受困的十七天中有任何同性戀的行為，他說他們的精力僅足以維持散步或是說話。性，他說，離他們的心情遠得很。

塞普維達身為「鏟斗機」的操作員，經常必須腳踩踏板發動引擎，因此需要穿上和普通礦工不一樣的靴子。他的靴子比較厚實，整隻腳經常裹在濕氣裡，以致嚴重感染黴菌。塞普維達的前胸與後背也長出許多紅色斑點，黴菌和病菌一樣會感染整個身體，有的時候這些斑點內還會充滿液體，漲裂迸破，留下一些小疤痕。百分之九十五的濕度最適合這種令人發癢的黴菌生長，使他陷入半瘋狂狀態。他的口腔也受髒水與高濕的感染，和其他大部分礦工一樣，口臭嚴重。儘管他懷念地面上幾百種舒適的小東西，可是現在他的第一項要求非常簡單：一把牙刷。

第十八天：地表上。

佩德羅蓋猷（Pedro Gallo）祈禱他的發明能夠產生作用。經過兩個星期不停的修修改改，蓋猷的一人公司——貝爾電信（Bellcom），造好一具小型電話，可以裝入直徑不到九公分的信鴿管內，戈爾波內與其他的救援官員起初拒絕這位執著的企業晚輩與他的「蓋猷電話」。但是隨著一個個高科技通訊設備的失敗，蓋猷的機會來了。戈爾波內已經排出時間要與礦工通話，幕僚人員開始擔心，如果沒有能夠發生作用的電話，將會是一場噩夢。

在他的小東西被拒絕又被譏笑過後，蓋猷接獲指令要他將電話立刻準備好。他連忙跑回貨車，拿出簡陋的發明，「他們只給我兩小時的時間，」他說。這具電話小心的被包在信鴿管內，外加一條八百公尺長，由日本公司捐贈的光纖電纜，下垂到那些焦急的人手中。蓋猷則在山麓邊的簡陋桌子上，搗弄一台廉價的黃色塑膠電話，總統的幕僚人員與工程人員齊集在一旁等待。地底下則是由亞里耶提科那與卡洛斯布赫涅將那條日本電纜接到電話上。突然之間，蓋猷可以聽見聲音從礦底深處傳送到地面。他的發明才花不到十美元，現在成為與礦工們溝通的關鍵設備，他簡直高興透了。

過後不到一個小時，戈爾波內部長蒞臨，拿起通話筒。

「哈囉，」戈爾波內說，「哈，我聽到你了！」救難人員爆出一陣歡呼與鼓掌的聲音，又很快的平靜下來，傾聽話筒中傳來的聲音。

一個清楚沉穩的聲音說道：「我是值班經理烏蘇瓦……我們正在等待救援。」

「我們已經開始挖掘坑道，而且…」戈爾波內的話還沒說完，被另一陣歡呼聲淹沒，這次是來自受困的礦工們。接著談話繼續，礦工們著急地想知道胖子勞烏維葉加斯的命運，災變發生的時候，他正在坡道開車往上走。「他們逃了出來，都還活著。」戈爾波內說，一陣哭泣與熱烈的叫聲充斥洞內，也回應到救援隊伍心中。幾個星期以來，當整個世界都在為這些礦工擔心時，這些礦工們卻還掛念著這位胖子。

救援隊伍中的首席心理醫師亞貝托伊圖拉（Alberto Iturra），站在戈爾波內身後很認真的聆聽整個對話過程。身穿綠色反光背心，頭戴安全帽，伊圖拉修剪整齊的灰色鬍鬚上面容堅定，既未微笑也未歡呼。這位醫學專家了解各種密室幽閉症與恐慌症，甚至過去人類被困在密閉空間內數日的治療方法，但是被困數月呢？伊圖拉知道去哪裡請教專家，多年來他一直和一群專業人士保持聯絡，其中包括一組備受尊敬的心理學家，現在正是這個小組派上用場的時候，伊圖拉以私人名義發出求救信號。

要將礦工們從垂死的邊緣呵護至正常狀態，是一件相當精細的工作。飢餓已經改變了他們體內的化學組織，除了將體內的脂肪和肌肉轉化為能量之外，當食物不再供給時，人體會自動發展出一套生化優先次序，將心肺與腦部功能放在最前面，其他都是次要。

※※※

馬涅利奇醫生（Dr Mañalich），是一位雙下巴、熱情洋溢的衛生部長，發了一張問卷給被困的礦工們！他們瀕臨死亡嗎？沒有！他們因為飢餓以致體重下降嗎？當然！每個人到底失去多少體重還不知道，在一片運送基本生活所需的熱情中，要到幾天過後，磅秤才會被送下去，他們才會像市場上的魚一樣，雙腳離地，吊起秤重。問卷填好送上來後，裡面的答案也只是片段地顯示這些人的經歷，塞普維達在爬通風井的時候掉了一顆牙，維克托塞戈維亞歷經氣壓爆炸耳痛，馬利歐戈麥茲說他呼吸困難，灰塵將他已衰竭的肺堵塞起來。

已經存在的病情，包括荷西奧赫達的糖尿病，是很令人擔心的事。由於沒有紫外線的日光照射，受到感染與細菌散播的機會就算不是與時遽增，也是與日遽增，於是需要緊急接種疫苗，防止這些人感染白喉與肺炎。一顆受感染的牙齒，都可能致他們於死地。馬涅利奇博士開始求助醫學歷史，「我們開始翻閱過去的老醫學教科書，」他說：「在現代外科手術出現前，這些醫生如何治療內在感染，例如盲腸炎？」

赫黑迪亞茲醫生（Dr Jorge Díaz），ACHS的醫療主任說：「我們當然希望他們都還生存，但是我們以為可能會有人身受重傷，或是有人已經死了……我們知道這些礦工都很強悍，所以應該有些人還活著。」迪亞茲身為高海拔工作傷害與意外的專家，已經很習慣後勤作業的挑戰，不過他現在面對的是事業的挑戰：不在高海拔地區，而是要提供給深埋於地下的人一套有效的醫療措施。幸運的是迪亞茲服務礦工們已有三十二年的歷史，他了解他們的行話、傳統，還有這三十三位礦工現在居住的悲慘世界。

礦工們身體虛弱，僅靠污水度日，而且沒有食物，他們每個人平均失去二十磅。醫療小組拒絕給他們結實的食物，因為一頓全餐可能會殺了他們，這種症狀被稱為「再餵食症候群」

（re-feeding syndrome），也就是說給一個極端飢餓的人一份大餐，內含豐富的碳水化合物，會引發一連串化學反應，排出心臟所需的礦物質，導致心臟病與猝死。

於是這些人只能吸收水分，米格爾伏特的信鴿管內裝的都是瓶裝水，用電纜垂至地底。第一次運送就花了一個多小時，當橘色的PVC管被拉起後，管內已經空了，表示這套系統管用。信鴿管成為這三十三個人的維生系統，任何要被運送下去的東西，必須納入直徑九公分的圓管中。馬涅利奇博士用手圈出一個檸檬大小的圓圈說：「整個世界縮成這麼點大。」

媒體的報導瀰漫整個新聞頻道與網路，詳細報導這樁令人訝異的好消息，世人開始認識智利以及這些智利礦工，並學習一組新的詞彙，包含「信鴿」這個字，還有這句「這三十三」（los 33）。

大多數人對智利的印象，不是七〇年代間皮諾切特統治時期漠視人權的歷史，就是較為現代但是同樣膚淺的認知——生產好喝但是便宜的葡萄美酒。

不過現在，整個世界矚目的焦點，都落在這個先前被忽視的智利北部角落，飛機票與旅館房間都被訂滿，外國電視工作人員喜歡的營地房車的租金價格上升了百分之三百，整個地區的英文翻譯都已被聘僱一空，數以百計的新聞人員趕到現場，希望將全世界的焦點轉向這個既非血腥、亦非暴力的難得時刻。

智利人先完成了一項不可能的任務，就是在比艾菲爾鐵塔還要深二倍的地下找到這些人，現在他們要從事第二項不可能的任務：維持這些人的生存至少四個月的時間，直到聖誕節，這是預計中的挖掘救援時間。

留著鬍子、三十八歲的布蘭登費雪（Brandon Fisher）在美國賓州柏林市的辦公室內驚訝的看著電視螢幕，不能相信自己聽到的消息：三到四個月的時間？身為「中央岩石公司」（Center Rock Inc.）總裁，費雪負責設計、生產、運送造價高達一百萬美元的探鑽系統。他不認為這些岩石需要用鑿的，他的公司專門製造「氣鎚鑽頭」，一秒鐘內鎚打岩石二十次，有效地將石塊砸成碎片。

二〇〇二年，費雪加入魁溪（Quecreek）的礦災救援工作。兩億兩千七百萬公升的大水湧入一座位於賓州的礦場中，不斷上升的水位威脅到九名礦工，被困在裡面七十八個小時，費雪進行探鑽救援工作，救出被大水圍困的礦工們。現在他回想起魁溪的救災行動，同樣是礦坑倒塌、同樣是人員被困，同樣是救援鑽井行動，他認為中央岩石公司一定可以在其中發揮作用。於是他志願前去救援，開始尋找飛往智利的航班。

同一日的下午稍晚，一位百萬富翁開著那輛閃閃發亮的黃色悍馬吉普車來到希望營區，穿著訂製的義大利名牌西服、戴著袖釦，漂成金色的捲髮在肩頭飛揚，李奧納多法卡斯（Leonardo

Farkas）絕對不會被認錯。對智利人來說，這位四十三歲的礦場老闆，是一位指標性的生意人，他從來不會讓這種意外發生在他的任何一座礦場內，他所擁有的聖塔費與聖塔芭拉這兩座露天鐵礦場對礦工的安全、合理的工資，以及利益共享的計畫，被公認是礦場經營的首要重點。在他的公司內工作，就是對生活品質與退休福利的保證。「你需要等有人死了之後才能進去工作。」一位科皮亞波的計程車司機莫里斯開玩笑地說，他曾經應徵過法卡斯公司兩千個職位中的一個工作，但是未能錄取，「就像是一個大家庭，大家都想在裡面工作。」

法卡斯的隨興慈善行為，使他成為智利的傳奇人物。從捐獻百萬美元善款給「帶樂動」（Teletón），這是智利為行動不便者籌募基金的活動，到一天下午經過一個都是大學生的游泳池，提供一份獎賞給泳池內最快的游泳手，橫渡泳池第一名的人將會獲得一張一百萬披索的支票，相當於二千美元，他說運動也是教育非常重要的一部分。幾分鐘過後，他真的開出一張支票給那位吃驚的獲勝者愛德華多海爾斯。招待他的餐廳服務人員，也經常會收到上千美元的小費。

步出悍馬吉普車，甩動他的捲髮，一口閃亮的白牙，法卡斯看起來像是位拉斯維加斯的酒廊歌手，被電傳到這個莫名的沙漠中，他開始發送一個普通的白色信封給每一個家庭，裡面是一張五百萬智利披索的支票，大約是一萬美元。

「我的公司從第一天起，就在這裡幫忙，」他在簡短的聲明中說道，並暗示但是沒有明確的說出那些裝載三明治的紙箱，是他的公司定期送給救難人員的物資。「這麼冷的天氣我們帶來外套還有帽子，並不是我們所有的贈品都會公諸於世或是告訴新聞界。」法卡斯繼續宣布發起一項活動，要籌集一百萬美元給每一位礦工，要求每一位生意人與公民「伸入袋內掏錢」捐獻，希望確保這些人不必需要再工作。「我不希望看到這些人出來以後，還有經濟上的擔憂。」他說：「我不是來這裡提供他們一份工作，我來這裡希望提供他們比工作更好的事，每一個家庭都能有一百萬美元。」心存感激的家庭成員答應會將這張支票兌現，同時注意到法卡斯聰明的將這些支票抬頭直接寫給每位礦工，以免引起難看的紛爭。

正當費雪與法卡斯分別組織不同的行動，援助那些受困的礦工時，聖荷西礦場的合夥人之一亞歷杭卓伯恩，八月二十三日接受智利「聯合」（Cooperativa）廣播電台的訪問，宣稱他們公司對於礦災可能的法律制裁保持平常之心，引發了另一場輿論的攻擊。

「災難發生前，我們並未收到任何警訊，這些工人都已經受過訓練並擁有安全設備，所以他們能夠應付這種事件，他們也有必要的保護措施。」伯恩說。並且暗示公司可能不會再發薪水給這三十三位受困礦工，與另外三百位公司員工，「我們要與負責單位尋求讓公司繼續營運的解決之道，可是不幸的，目前他們和我們一樣，都在專心於救援的工作。」

問他是否計畫要對礦工以及他們的家屬正式道歉，他遲疑的說：「需要非常小心，需要調查是否事先能夠進行任何防備動作。」這位礦場老闆也拒絕在由智利國會所組織的調查委員會即將進行的聽證會中作證。

他的訪問播出後幾分鐘內，戈爾波內部長率先領軍，發起一場騎兵隊式的攻擊，討伐伯恩。「我覺得這些說法難以置信，聽到後非常訝異。」戈爾波內接著責怪聖荷西礦場老闆未能在通風井內安置逃生梯，「這場戲劇性的意外原本可以避免！」戈爾波內說，並強調這次意外顯示出礦場「極為忽視安全」。

亞伯托埃斯皮納（Alberto Espina）議員也痛批伯恩，並指控聖挨斯特萬公司的「管理疏失，未遵守勞工法，導致災變發生，而且最後還逃避責任，說我們沒有錢付薪水，真是不可思議。」「他們至少應該到調查委員會說明發生的事情。」國會代表法蘭克薩維包姆（Frank Sauerbaum）說。他說這些老闆們：「有條有理地拒絕承擔他們的責任。」薩維包姆還特別指出這些礦工能生還，要感謝專業人士與政府的持續努力：「如果是由礦場公司來處理的話，那麼情況可能會完全改觀。」

第二十天：八月二十五日，星期三。

烏蘇瓦比他過去這幾個星期都還要忙，地面上的相關單位為了強化他被削減的權力，策略性地將所有的訊息都傳送給這位值班經理。皮涅拉總統也傳喚烏蘇瓦，聽取這些人如何逃生的一手報告。「我們如何逃出這個地獄……那是非常令人害怕的一天。」烏蘇瓦對皮涅拉描述那些人最初逃離崩塌現場的狀況：「好像整座山塌在我們身上，而我們不知道發生了什麼事。」然後烏蘇瓦對皮涅拉請求道：「我們這三十三位被困在礦坑內的礦工，在排山倒海的岩層下，正等待整個智利把我們從地獄裡救出來。」

烏蘇瓦同意為政府拍攝一段影片，他們會將一台攝影機垂下來，讓這些人拍攝他們的生活狀況，並簡短地介紹他們這個不可思議的地下世界。隨著談話不斷地進行，這些礦工開始鬆懈下來，話語也比較隨性，他們要求總統送給他們一項特別的禮物，迎接即將來臨的九月十八日百年慶祝日：「一杯葡萄酒。」

第二十一天：八月二十六日，星期四。

礦工們準備睡覺的時候，智利政府對外釋出了這九分鐘的錄影帶，在星期五晚上的黃金時段播出。這些人的地下文明世界出現了一扇窗口，也是他們首度在電視上出現，這份新的影像穿梭在世界各地，掀起狂潮，整個世界為之震驚。

佛羅倫西歐阿瓦洛斯拿著攝影機，塞普維達慢慢地環繞整個狹小的洞穴，這是他們的避難天堂，粗糙不平的岩壁，生鏽的氧氣筒，龜裂的桶子當成裝水的盒子，破爛的藥箱比一個背包大不了多少，裡面的醫藥用品早已過期。

他們瑟縮捲曲地像受驚的動物，很少人正視攝影機。塞普維達企圖鼓舞他們，振奮這個團體的精神，不過只有幾個人回應，羅哈斯企圖說話但是聲音哽咽，其他人則趴在地上，躲避攝影機。避難所內充斥著一股疲憊的氣氛，疲倦的眼神望向空無的地方，他們看起來像是黑白古董照片裡面那些歷經劫難的士兵。

污泥與長出的亂髮使這些人批上一層受苦受難的共同形象。克勞迪奧亞涅斯胸前肋骨突出，看起來一副站不穩的樣子，他們像是一群疲乏的游擊戰士，散發出一股飽受創傷的氣息。陰魂不散的死亡氣氛，或是即將面臨的絕望之感，縈繞著這支錄影帶。

有些人還戴著橘色的礦場頭盔，很少人穿著上衣，汗珠從他們的身上流下，他們擠在這不到五十坪的避難所內看起來神情恍惚。塞普維達繼續他的啦啦隊長式演出，不時開些玩笑，說一個礦工找到了一盒新彈簧與床墊，同時半哄半拉這些人和他們親愛的家人說幾句話，薩莫拉打起精神，感謝他的家人：「我們知道你們在為我們奮鬥，」薩莫拉停下來拭去淚水：「我們非常感謝你們。」歡呼之聲非常短暫。

在錄影帶的最後，這些礦工開始同唱智利國歌，儘管他們顯然非常疲憊，但是歌聲依然迴盪空中。無論世界上的人從這些智利礦工的錄影帶中得到什麼印象，沒有人會懷疑他們的團結。

這段影片是他們秘密世界的虛擬之旅，正當許多礦工躺在地上羞澀地迴避攝影機時，塞普維達帶著他的幽默與口才散發信心，賣力地進行他一生中最重要的一段演出。他一個個地督促每位礦工和他們的家人打招呼，表達簡短的希望與問候，這段錄影是這群虛弱的礦工們，令人訝異的正面心聲，也是驕傲的生存聲明。

塞普維達的角色並不是幸運之神的眷顧，而是了解媒體下的策略，皮涅拉政府協調礦工們委派塞普維達為主持人：「我們要求這些礦工不要讓佛羅倫西歐阿瓦洛斯出現在電視上，而是用這位藝人塞普維達。」衛生部長馬涅利奇博士解釋說：「相當困難的協商。」皮涅拉政府希望將這些礦工當成英雄一樣展示給全世界，強調總統的啟發與企業家的精神。但是這項媒體策略需要揀選與小心的剪接，因此錄影帶經過小心的審查，那些人受黴菌感染的形象全部被剪掉，哭泣的礦工也沒有出現在鏡頭內。

第二十二天：八月二十七日，星期五。

信件如潮水般從地下湧上來，手寫的紙條詳細的描述了這些人奇特的地下世界。心理學家與親屬們現在可以拼湊出這個微型社會的生活秩序與規範。礦工們鉅細靡遺的描述他們三十三人分成三組，每組十一個人的規則秩序，透露每一組人員如何輪流上班八小時，持續努力在地下生存。「我們分成三組：避難所組、坡道組，還有105組。」奧瑪芮加達斯寫給家人的信中說：「我是避難小組的頭頭。」每一組都有一個隊長（capataz），直接向烏蘇瓦彙報。

這些人的體力逐漸恢復後，每天的工作時間表也規劃出來。救援領導人員害怕由於食物和飲水不再缺乏，如果沒有來自上面施加嚴格規範的話，這些人會終日無所事事，社會的結構性會逐漸解體，有如教科書上所言：「遊手好閒是魔鬼的樂園。」因此由隊長率領，每個小組每天都有任務，早上七點半醒來就開始早班，八點半早餐，然後幹早上的活，有些是依照地面工程師的指令，有些則是日常所需。

這些礦工們將過去十七天來的生存經驗，繼續延長為每天的規範，這讓智利與美國太空總署雙方的專業人員都很訝異。這些人不但沒有棄守他們自己的角色，反而能夠適應生存，利用本身具有的電機或是機械方面的技能，臨場發明對他們的生存至關重要的新設計。持續性的生活規律能夠避免他們產生無助的感覺：「我們的目的是要讓他們自己幫助自己，而不是把他們當成病人對待。」安德烈亞烈納醫生說。

體力重新恢復後，礦工們開始強化危險的牆壁，清除碎片雜物，同時將流經睡覺區域的流水引往他處。由於和這些礦工溝通的信鴿管用水潤滑，其中的泥水經常往下滴到他們居住的地方。他們所寫的信也經常被汗水以及褐色的泥水沾污——永遠提醒大家礦內的濕度高達百分之九十，溫度也高達攝氏三十三度。不過他們現在可以收到洗髮精、肥皂、牙膏，還有毛巾，和他們幾天以前的生活比較起來，簡直就是五星級的待遇。

這些人還組織安全巡邏隊，在他們睡覺以及起居的外圍巡視，小心注意各種坍塌跡象，以防這座惡名昭彰的聖荷西礦場還會塌陷，將他們困在一個範圍更小的空間內。他們擔心如果一撮岩石坍塌，會擴大到山崩，進一步造成整層塌陷，所以他們每天都要花好幾個小時，利用長柄鐵撬清除坑頂大塊岩石。

「只要石塊一有動靜，他們就會像老鼠一樣找個安全地方躲起來。」亞歷杭卓皮諾（Alejandro Pino）說，他是 ACHS 救難行動的領導者：「這些都是經驗老道的礦工，只要一有狀況，他們知道躲去哪裡。」信鴿管每四十分鐘運送物品一次，因此也為這些被困的人製造繁忙的工作。六位礦工被派為「信鴿使者」，這是一個智利新字，代表「捕捉鴿子的人」（palomeros）。這些信鴿使者的工作是接收這三公尺長的金屬管，將蓋子旋開，倒出或是搖出裡面的東西，再裝上最新的信件與消息，然後等這些像魚雷一樣的管子被拉上去，消失於眼前。

「我們只給他們很短的時間，他們必須在九十秒之內完成信鴿作業。」馬涅利奇醫生說：「其實可以放在那裡十分鐘，但是我們只給他們不到兩分鐘的時間完成任務……昨天他們還說，『我們這輩子從來沒有工作得這麼辛苦過。』這是非常好的現象，他們不能停下來，他們每天必須工作至少八小時。」

就算沒有輪到他們，這些礦工也開始在信鴿站等待，無論是等待接收牽掛的信，或者只是對那些送進來的設備、東西，以及毫無停止的包裹感到好奇。感謝那些愈來愈有效率的運送系統，在他們取得聯絡後的四天內，這些礦工就有了新的投影器，新的頭燈，還在避難所內儲存新鮮的飲水。救難人員要求這些人儲存足夠十四天的食物：「他們需要擁有防備性的庫存。」ACHS 的人說。

每天都花大部分的時間運送食物以及餐飲。午餐的運送開始於中午，要花上一個半小時才能送到：「當他們用完午餐後，他們就會集體開會，在會議中他們會禱告。」迪亞茲醫生說。

荷西恩立奎和平常一樣率領每日禱告，「荷西先生」現在是為耶穌基督以及每日的佈道而活。剛開始還只是一小群人參加的禱告團體，現在已經成為全副武裝的基督教佈道會，二十個人經常參加他的佈道會，有的時候更多。荷西恩立奎現在可以仰賴這個團體正式的攝影師佛羅倫西歐阿瓦洛斯，負責錄製他的佈道會。

佩德羅科特茲與卡洛斯布赫涅被指派為音響工程人員，負責維護電話線，為每天下午稍早的電話會議做準備。

十九歲的桑切斯成為「環境助理」，他和杉莫阿瓦洛斯兩人在洞穴內到處走動，手上拿著一個電腦化的儀器，測量氧氣、二氧化碳的指數，以及氣溫。桑切斯與阿瓦洛斯每天都從德爾格氣體檢測儀（Dräger X-am 5000）上取得指數，然後再報告給地面上的醫療小組。

生活上的基本要求，包括食物還有睡覺的地方現在都已安頓妥當，這些人開始分派組織制度以及文化上的職位。荷西奧赫達被正式指派為秘書，現在整個世界都知道那張有名的字條就是出自他的手筆。維克托塞戈維亞繼續成為這個團體正式的記錄者，將這些人辛苦的生活，每天持續記錄在日誌內。

取得聯繫後的數日內，救難官員便指派赫尼巴里歐斯做為這個團體的醫生。過去的十七天中，他已經自己承擔了這項任務，於是他很快地找丹尼爾埃雷拉（Daniel Herrera）幫忙，指派他為「急救助理」。

在所有維持這個團體正常運作的工作中，赫尼巴里歐斯的任務可能是最具關鍵性的，他為整個團體注射白喉、破傷風，以及肺炎等疫苗，同時由於這些礦工還有黴菌感染與牙齒發炎等症狀，赫尼巴里歐斯發現自己正處在史無前例的隔空醫學實驗中心。

除了每天的診療外，巴里歐斯每天下午還要與醫療小組進行一個小時的電話會議，接受指示。

「赫尼，你可以聽得到我嗎？」馬涅利奇博士透過七百公尺的電纜連接，在一次電話會議中說：「赫尼，你曾經拔過牙嗎？」

很遠的地方傳來巴里歐斯斷續不清的聲音：「有的……拔過自己的一顆牙。」

這些醫生驚訝地面面相覷，訝異這位礦工竟然真的有過這種經驗：「如果我們給你消毒好的工具要你拔牙，你能做到嗎？」馬涅利奇博士說，他會給他視頻解說，教他如何拔出受感染的牙齒，他也對赫尼善意的告誡：「記得告訴這些人，如果他們不持續刷牙的話，你很快會幫他們把牙齒拔掉。」

巴里歐斯另外還有一項非常重要的任務，「我們需要他量出這些人的身材大小，這樣才知道我們正在挖掘的救援坑道能不能容納他們。」達維斯卡斯特羅（Devis Castro）醫生說，一位對營養學深有研究的外科醫生。

地面上，巴里歐斯還有一項更為複雜的任務——維持他的太太與情人之間的距離。雙方為爭奪他而公開宣戰，媒體為之陷入瘋狂。地表下，這些人也沒讓巴里歐斯閒著，在他們緊密生活的世界中，幽默與玩笑永無休止，沒什麼事能逃過戲耍。他們無視於巴里歐斯兩面為難的狀況，不斷用它搾取一點笑容，並無惡意的調戲與嘲弄，只是為每天的談話尋求一點調劑。

第二十四天：八月二十九日，星期日。

佩德羅蓋猷的簡陋電話現在已成為與礦工們聯繫的主要管道，接觸開始後六天，來自下面的要求增加。礦工們希望，也需要，並懇求與他們的親人通話。救難官員在心理醫生伊圖拉的建議下，排出非常短的通話時間：每個家庭可以和他們的親人通話六十秒鐘。

礦工們都非常憤怒，他們和皮涅拉總統以及戈爾波內部長通話總共長達一個小時，現在卻只能集體共同擁有三十三分鐘的時間，進行他們最重要的通話？可是通話開始後，新一輪的問題也出現了。

「我正在講電話，伊圖拉卻喊停、停、停。我想，你說什麼？我還沒說到一分鐘，然後他就喊停，他說要不然我就把電話切斷。我覺得他就是個混蛋，讓我了解到這個人的個性。」杉莫阿瓦洛斯指控伊圖拉太過嚴格，且將礦工們據為己有：「他希望將他設下的規則加諸在我們這個團體上，我們絕對不會接受……我們是個團體，是個同甘共苦的家庭。」

一開始礦工們同意每天兩小時的電話會議，伊圖拉和醫生們可以問他們各種問題，以便建立這個團體以及每個人的心理健康檔案。當礦工們恢復體重與體力之後，開始反抗這項每天的任務。「他們說他們沒有生病，不希望跟醫生或是心理學家談話。」迪亞茲醫生說。

新的通話行為，也會為爭議和衝突播下種子。親人間在地面上的衝突，可能會在信件與談話中傳到地下，對這些礦工造成威脅，沒有人知道這些礦工還能承受多少心靈上的沮喪，只要其中一個人發瘋，潛在地會影響到整個團體。救難人員擔心恐慌症或是暴力行為會集體吞噬所有礦工，到了那個狀態，秩序與理智都將化為烏有。

由於每天雙方都有數打以上的信件互相往來，於是在伊圖拉的帶領下，心理小組制訂了嚴格的策略，礦工寫來的信件將會先行閱讀過後再交給家屬，同樣的，任何交給礦工的信件也會先由心理人員閱讀。他們花了很多天的時間閱讀成打緊密摺疊起來的手寫信件。

尼克卡納斯（Nick Kanas），美國太空總署的長期顧問，對這種「老大哥」式的審查制度相當不以為然：「我不會審查任何事……因為這是不信任的基礎，這些礦工會開始問：『他們還隱瞞了什麼？』他們會知道他們並沒有得到所有的消息，而且會希望知道這是為什麼。」

果真如此，緊張的情緒迅速升高，荷西奧赫達並不相信他的信掉了，或是遲了，這是政府對他的解釋。「這裡像是所監獄，他們什麼東西都審查。」他寫道：「在沒有接觸之前還比較好。」這封信並沒有轉給他的家人，而是被心理專家收了起來。

「有的時候他們會加幾個字，或是重寫這封信，我認得出我祖母的字跡。」卡洛斯巴里奧斯說，巴理奧斯開始呼籲罷工。礦工們會團結一致對抗上面看不見的指揮官，對巴里奧斯來說，整件事凸顯了心理學者伊圖拉強制的心態，這種心態團結了他們，「他們以為我們很無知，他們從不了解我們。」巴里奧斯說。

第八章

馬拉松式的奮戰

第二十六天：八月三十一日，星期二。

黑色房車穿過「希望營區」擁擠的記者與攝影師群，受困礦工的家屬排列在路的兩旁歡呼。美國太空總署的六位專家坐在車內，驚訝的看著外面的人潮，在美國太空計畫幾近與世隔絕且嚴格的官僚體系訓練下，看見數十位女人用西班牙文對著他們歡呼，還有數百位新聞記者爭先恐後地拍攝他們的照片，簡直像登陸了另一顆星球。

智利礦工在地底生存了十七天，以及智利專業人員利用設備鑿穿探井，並且與他們取得聯繫的消息，震驚了整個世界。然而現在由於這些人開始獲得正常食物與醫藥補給，一項全新的挑戰出現在眼前：維持他們的心理健康。救難小組的各級成員，在人類心理的未知領域中苦苦掙扎，皮涅拉總統在了解聖荷西礦場的特殊狀況後，派遣幕僚尋找有類似經驗的專家。他們帶回來兩項建議報告總統：太空人與潛艇作業人員。

智利的太空計畫只在智利空軍克勞斯馮斯托奇（Klaus von Storch）一個人身上，馮斯托奇是個極端樂觀主義者，耐心的在美國太空總署後備太空人名單中等待了十多年才放棄。

雖然阿塔卡馬沙漠位於世界天文學的最前線，但是基於這個國家現實的財政考量，載人的太空航行計畫還有光年般的遙遠距離。因此在沒有實際數據的支持下，美國華盛頓的智利大使館聯絡了美國太空總署的高級官員，他們非常樂意分享數十年來研究人類在封閉、充滿壓力的狀況下的行為。前來「希望營區」的小組包含愛爾荷蘭德（Al Holland）醫生，一位心理學家，從阿波羅外太空任務，到南極洲的極度冰凍空間，對生活在極端狀況下具有豐富的經驗。

美國太空總署的專家與智利新近組成的小組齊集一堂，包含心理學家、營養學家、礦場工程師，還有雷納托納瓦羅（Renato Navarro），他是智利潛艇艦隊的指揮官，被叫來分享他對管理封閉環境中人員的經驗。「潛艇外在有水，礦工們有高達七百公尺的岩石，這種密閉的感覺是一樣的。」他說。

由於三十三位礦工的生活狀況呈現許多後勤補給與心理健康的議題，以致於場現支援的人員膨脹到總共三百位專家，包括一位物理學教授，一位製圖者，還有一位雪崩的倖存者。另外還有一位廚師埃德蒙多拉米雷斯（Edmundo Ramírez），負責調製送給礦工們的餐點。從美國太空總署來的貴客，是最後一批來自外國的專家，但是儘管平均每一位受困礦工擁有十位專家幫忙，可是很多問題仍然無法獲得解答。

「這是史無前例的情況與工作。」美國太空總署的心理學家麥克鄧肯（Michael Duncan）在聖荷西礦場的一座帳棚內說：「根據我的認知，從來沒有人能在這麼深的地底被找到，他們經過了這麼久的時間還能生存下來，實在是不可思議。」

太空總署的官員們讚揚智利救援行動，同時對於現有的規則只有一些小小的建議，包含額外的維他命D，加強人工照明設備以刺激身體對於白天與夜晚的循環反應。太空總署小組也強調每天簡單活動的重要性，例如玩牌、閱讀，或看電影，可以避免單調的生活。太空總署的官員們拒絕透露他們最後五小時的會議細節，但是參與太空總署會議的人說，美國太空站特別強調組織這些礦工的重要性，要有一個嚴格，像是企業般的管理結構。過去十七天內的投票和群體決定固然很好，但是太空總署強調，現在他們需要準備面對不同階段的賽跑，套句太空總署的話來說：這是一場馬拉松式的奮鬥。

太空總署的官員們也告訴救難領導者要有面對反抗的準備，「他們說，在一次太空實驗室的任務中，太空人和他們的長官起了爭執，他們非常沮喪，所以切斷了和長官的通訊。」迪亞茲回憶道：「整整一天，這些太空人環繞地球軌道，而沒有任何人能夠聯絡到他們。」

智利心理專家菲格羅亞醫生（Dr Figueroa）同意他們的看法：「在被找到的興奮心情釋放過後，正常的心理反應會因為混合著疲勞與壓力而崩潰。」他解釋道。菲格羅亞博士被智利內政部長聘來評估針對這些礦工與家屬所提供的心理健康治療：「大約有將近百分之十五的礦工會發展出長期的心理障礙，因此政府致力於積極輔導這些人，避免這些長期的心理問題發生，最重要的就是展開溝通的管道，在計畫的時間內，讓這些礦工們可以傳達心情。」

對家屬與礦工雙方面來說，信件已被證明是極有效的心情抒發管道，礦工們首先要求的東西之一就是紙與筆，智利救難人員也逐步和礦工們用電話溝通，然後是視訊會議，但是開放通訊也意味著即將失去控制，如果一位太太要求與他的礦工先生離婚？還有，現在是爭執家庭帳單與財務狀況的時候嗎？

第二十七天：九月一日，星期三。

從遠處看聖荷西銅礦場的救援現場像是一處瘋狂的建築工地。巨大的起重機每天二十四小時不停咆哮，輕易地運送那些長度像是船艦桅杆的金屬管。水泥車、推土機、挖土機，還有機器人一樣的挖礦機器，像是各種小蟲一樣悄然站立在山麓邊。停車場內擺滿了各種補給用品，從大堆探鑽頭，到二十八個棧板，上面裝滿了木炭，將它放在油桶裡點燃，燃燒的木炭為夜間將近二十名在山坡邊駐守的警察，帶來了光線與溫暖。

戴著頭盔的人員輪流值班，過去四個星期來聚集了幾百位救難人員，他們骯髒的大手，難得露出笑容的臉龐，在在證明了這項任務的艱鉅。在帳棚食堂內，來自巴西、南非、美國與加拿大的人員和幾百位受過高度訓練的智利專業人員混在一起，這些救難人員錯過自己孩子的生日，離開他們的家庭，遠赴阿塔卡馬沙漠救援，志願輪班十二小時，企圖援救這些他們完全不認識，或許永遠也不會見到的人。

四輪驅動卡車帶著食物、機械與捐贈品來到現場。「我們來這裡表達對親屬以及孩子們的支持，每隔四到五天我們就會帶著牛奶和優格來這裡提供給一百八十個人。」史珀爾食品公司（Soprole foods）的分銷經理阿道夫杜蘭（Adolfo Duran），指著成箱的優格與牛奶說。「今年這種博愛的感覺盈溢在我們國家中，剛開始發生地震，現在又是這種災難，我感覺我們的國家今年變得強壯許多。」

山腳下，警察崗哨的後面，出現家庭糾紛，成為媒體焦點的一部分。數以百計的新聞記者被困在安全界線以外，沒有別的事可做，只能訪問家屬或者猜測現狀。有多少已婚的礦工有情人？被困的礦工有性行為嗎？救援的作業真的像皮涅拉政府所說的那樣順利嗎？

※※※

儘管有大量的支持與幫助，「希望營區」並非是表面看起來那樣充滿愛心的場景。家庭衝突爆發，淚水在憤怒中飛揚。「赫尼並不希望走出礦坑。」一位在「希望營區」工作的醫生開玩笑地說，描述赫尼卡在三角戀情中，像是困在第二層礦場。他的長期情人和太太繼續爭戰不休。一個又一個的家庭，故事都一樣，早就失去聯繫的女兒與兒子飛奔前來守候他們未盡職責的父親，證明一個痛苦卻令人感動的事實，儘管親情消磨，但是血濃於水，情感仍然牢繫於心中。

當地政府官員知道「希望營區」的人口會繼續增長，現在的人口是五百人，但是每週都會出現新的鄰居，因為新聞小組陸續前來，希望能在這個舉世矚目的事件中找到一些蛛絲馬跡，拼湊成故事。西元兩千年，當一架載有一百一十八名船員的俄羅斯潛艇庫爾斯克（Kursk）沉入海底後，世界媒體緊盯著被困的船員，看著他們緩慢的死去，故事終結於艇身傳出的微弱「撻、撻、撻」聲，這是摩斯密碼的聲訊。十年過後，直到今日，智利的礦場事件可說是世界上最重要的多媒體悲劇事件。隨著光纖電纜送達，先和這些人取得聯繫，再從信鴿管傳下數位錄影機與娛樂系統，包括一台放映機，以及MP3播放器，使得這三十三名礦工成為人類有史以來，配備最精良，最了解媒體的災難受害者。礦坑倒塌兩個月後在Google上搜尋「智利人」以及「礦工」的次數，達到兩千一百萬次。

智利礦工上演的這齣戲碼，很快的成為世界觀眾品味娛樂的食糧。

「希望營區」現在有兒童社區、公告牌，還有定期來回鄰近城市的穿梭巴士服務，同時也有基督教的佈道舞台，用沙啞的喇叭傳送禱告，距離國際新聞營區只有三公尺遠。所以當記者和製作人拍攝新聞報導時，背景通常會出現信仰的呼喊，救世的承諾，還有提醒不要忘記第三十四位礦工，耶穌基督的聲音。

儘管智利官員不斷提醒大家，要救出那些受困的人，技術與後勤補給困難重重，然而家屬們依然高興地歡笑，準備烤肉營火，只要知道這些礦工還活著，他們的心情就能獲得平靜。營火加上正面的積極能量，這個營區比較不像是個難民營，而像小型智利音樂節。處處都是現場表演，著名的智利鋼琴家羅伯托布勞沃（Roberto Bravo），被親屬圍在中間，自認演出一場畢生佳作。

「我現在比較能放輕鬆，沒有任何疑慮。」三十八歲的佩德羅塞戈維亞，他是礦工達里歐塞戈維亞的兄弟。「在這之前，我們並不知道這些機器是否會在七百公尺以下找到他們。」他一邊在檸檬上灑鹽吸食，一邊形容聖荷西礦場是一個死亡陷阱。「我在那裡工作了一年，那裡一直是個非常危險的地方，我們每一個進去的人都會懷疑，我們會活著出來嗎？有一次一個一百公斤重的石塊落在我頭上，幸好它在保護層上散成碎片，只傷到了我的背。」

佩德羅塞戈維亞和他的家人與朋友們輪流在家庭帳棚旁值班，這裡燃起一支蠟燭，映照出耶穌基督與聖母的影像，家人的警覺守護並不是害怕被搶，「希望營區」是那種失落的手機會物歸原主的地方，塞戈維亞家族的人保持一人清醒，是對達利歐的致敬，他還被困在他們身下的地底，他們怎麼可能全部睡覺呢？

與塞戈維亞相鄰的帳棚旁，一群小孩子在玩他們的祖父馬利歐戈麥茲神壇前的蠟燭，他們用鉛筆與蠟筆畫著簡單的車輛圖形，慎重地把這些圖畫放在他的照片旁邊，然後跑去妝點這座荒蕪山邊的陣陣石堆玩耍。

「希望營區」現在已經成為一個社區，雖然每個家庭有自己的擺設與生活習慣。但是共同的前景與目的，為這擁擠的生活帶來一種文明的氛圍。家庭成員之間很少能有秘密，充沛的自由時間，加上普遍的熱心，意味著新聞在這個小社區內傳播的非常快速。

勞烏布斯托的妻子卡羅萊娜奈艾茲（Carolina Narváez）對悲劇並不陌生，六個月前，位於八點八級大地震的震央地帶，奈艾茲與布斯托眼見一場海嘯摧毀了他所工作的船廠。來到聖荷西礦場工作只是暫時性的替補，直到布斯托的故鄉，位於南方一千兩百公里的塔爾卡瓦諾（Talcahuano）能夠重建為止。

「沒有人能夠在這麼深的地下活這麼久，我不能比他還弱。」奈艾茲說。她坐在岩石上抽菸，身後是一副海報，勞烏的臉龐在上面往外凝視，臉色嚴肅。奈艾茲對他們能從這場苦難中生存下來，不抱任何幻想：「我知道那位進去的勞烏，和那位出來的勞烏，將不會一樣。」

距離近二十公尺的臨近帳棚處，耐莉簡直就是在慶祝兒子維克托薩莫拉承受的遭遇。她過去對兒子每天衝動充滿壓力的生活總是諸多批判，不過她說這次災難迫使維克托自我反省，她帶著難以言喻的心情，一看再看兒子寫來的信，維克托是一位終身礦工，從來未曾顯示出這麼大膽與感性的寫作才華，這和她撫養長大，成為終身礦工的維克托，顯然不是同一個人。

「他在下面找到另一個自我，發現自己是位詩人，這麼美麗的情緒都是從哪裡來的呢？就這麼發芽了嗎？」她笑著說，無比自豪的神情掩蓋了瘦小的身軀：「我不希望他繼續在礦山中工作，他應該去寫歌，去寫詩。」

在這個孕育以詩作獲得諾貝爾文學獎的女詩人加夫列拉米斯特拉爾（Gabriela Mistral）與詩人巴勃羅聶魯達（Pablo Neruda）的國度，這些人會指派薩莫拉為正式詩人並不意外。薩莫拉富含韻腳的作品，通常是對救援人員整頁的致敬。交織著希望、感激與幽默的情緒，很快地成為地下送上來的訊息中，被傳閱最廣泛的作品。一位在信鴿站工作的急救人員佩德羅坎布塞諾（Pedro Campusano）數度閱讀他的詩，淚水盈滿眼眶：「當它送上來之後，我讀到一半就讀不下去……」他的眼睛充滿淚水：「當我讀它的時候，各種思緒湧上心頭。」

儘管滿懷著剛發現礦工們還活著的興奮心情，智利工程師們要將這些人從礦底拉上來，還是一項艱鉅的挑戰，他們稱這是「最後一擊」。要挖一條長達七百公尺深的井道，就需要三到四個月的時間，而且還需要設計一套救生系統，將這些人一個一個從避難所內拉上來。皮涅拉政府了解這是場史無前例的挑戰，因此刻意發展不同的營救策略，採用不同的技術，這兩組作業複雜的探鑽計畫，也有刻意簡化的名稱：A計畫和B計畫。

A計畫的設計重點集中在世界最大的鑽頭身上。這是一組複雜的澳洲旋轉鑽頭，被稱為「地層950」（Strata 950）向上鑽掘機，這台鑽掘機能夠鑽出直徑六十六公分的洞口，深入地下達三公里，每鑽一公尺的成本在三千到五千美元左右。世界上只有六台這樣的機器，所幸智利就有一台。營救計畫是將這台機器直接安放在被困礦工頭頂，往下直鑽到這些人現在的位置。這台機器會先鑽出一個四十六公分的導坑，隨後挖出另一個大一點的井道，可以利用救生艙將這些人拉上來。挖掘工程速度雖然緩慢，但是進行實在，四個月之內，到聖誕節時，這個井道就可以完成。專家們都認為「地層950」能夠達成這項任務。可是受困這麼久的時間，這些礦工們會發瘋嗎？還能活著嗎？

數百種援救建議湧入智利當局，他們毫不浪費任何時間，立刻採納原先援救賓州魁溪礦工的方案。這個計畫是利用一台美國製造的強力氣鎚鑽機，被稱為「施拉姆Schramm T-130」，將一個原先已被鑽出的探井加寬。這項B計畫預計可在兩個月內達成目標。然而，這項原先在七十公尺內有效的技術，無法保證能夠延伸至將近十倍以上的距離，順利救出這些受困的礦工。

第二十九天：九月三日，星期五。

布蘭登費雪前來「希望營區」，只有一個目地：協助帶領B計畫。這位毫不鬆懈的工程師現在與他八年前救出賓州鄉間礦工時的救難人員重新聚在一起。他還能再現奇蹟嗎？

詹姆斯史帝夫尼克（James Stefanic），美國智利合資公司「地質科技博耶爾兄弟」（Geotec Boyles Brothers）的智利總裁，在智利北邊的「多納伊涅斯柯雅華西」（Doña Ines de Collahuasi）礦場，找到曾經用於魁溪救援工作的同型探鑽機「施拉姆 Schramm T-130」，這台四萬五千三百五十公斤重的機器易於拆卸，配備五個管軸，容易運送，而且可以快速組裝，於是迅速安排將這台探鑽機運送到聖荷西礦場。

B計畫也可以被稱作「瞎子計畫」，因為鑽頭無法被導引，費雪是其中的關鍵人物，他的「中央岩石」工廠在賓州柏林市隨時待命，他與公司的八十位員工，共同構思了一個解決方式。費雪深信他的團隊能設計並生產出一種特殊鑽頭，頂部配上小型鑽鼻，緊貼入已鑽好的探井中，以便保持這個大型鑽頭在正確軌道上。

但是就許多方面來說，B計畫都只是項實驗。首先，鑽頭從來沒有在這麼深的地方進行救援工作。「探鑽最重要的事情之一，就是要精確地了解鑽頭將會有多重。」B計畫的工程人員米海伊普羅耶塔基斯（Mijail Proestakis）說：「它很容易往下鑽，但是你必須能夠把所有東西拉起來。」工程人員保持審慎樂觀的態度，認為這台機器能夠承擔整個鑽軸的重量，共約四十八噸。

位於華盛頓特區的智利大使館說服了總部設於喬治亞州沙泉的UPS貨運公司，協調龐大的緊急貨運工作，一萬兩千兩百公斤重的探鑽機器設備從賓州的貨運輸送帶上飛往遙遠的阿塔卡馬沙漠。UPS基金會——是這個每年營業總額達五百億美元的航運巨頭的一個慈善部門，負擔了所有費用。

但是B計畫仍然缺少一個關鍵部分：探鑽師。雖然探鑽系統的技術先進，又有GPS衛星定位，但是「施拉姆Schramm T-130」這台機器仍然需要一個隊長來帶領這項任務，史帝夫尼克非常清楚他要找的掌舵者是誰。

四十歲的傑夫哈特（Jeff Hart），來自美國科羅拉多州丹佛市的一位鑽油人員，身材高大，皮膚被太陽曬得黝黑，他是尋找地下寶藏的專家，經常飛往全球各個偏遠角落，帶領探鑽工作。

那個時候，哈特正在阿富汗為美國陸軍鑽井。在這片充滿礦物、石油與天然氣的大地上，哈特被聘來尋找地下最珍貴的寶藏：水源，阿富汗的最新金礦。

最初傳給哈特的訊息非常直接。南美洲一座礦坑倒塌，三十三個人還活著，但被埋在七百公尺深的地方，在金銅礦場的底部。他願意來鑽洞救他們嗎？哈特同意，然後就像是007電影的角色一樣，哈特從阿富汗遙遠的鄉下地區，被直接「提」出來飛到杜拜，經由阿姆斯特丹飛到智利，問他為什麼選擇哈特？史帝夫尼克毫不遲疑地說：「他是最棒的。」

有了哈特執掌B計畫，這兩個小組間的競爭開始升高，現場的工程師開始打賭哪一組救援隊伍能夠先接觸到礦工？A計畫的領隊格蘭法倫（Glen Fallon），一位高大的加拿大人，說他非常歡迎競爭：「這是全球性的救援行動，我每天都會接到電子郵件主動要求幫忙，志願飛到智利，甚至我的競爭對手都願意提供協助。在這場競賽當中，只有一支隊伍。」他說。

第三十五天：九月九日，星期四。

A計畫繼續緩慢的從山麓邊往下鑽。龐大的機器轉動磨碎一百五十公尺深的岩石。它會先鑽出一個導坑，然後將它擴大到可以容納一個人的身軀出入。A計畫是一隻烏龜，緩慢但是穩定地往下鑽出一條坑道，寬度保證足以救出這些人，而B計畫則比較快速。

同一時間內，哈特控制T 130機器像是在自家裡一樣輕鬆自在，他操作這種機器已有數千小時的經驗。利用手動槓桿以及腳踏板，哈特站著工作，很少取下臉上的黑色太陽眼鏡，耳朵包在球狀的黃色護耳內，頭盔的背後掛了一塊抹布，防止阿塔卡馬的驕陽曬傷他的頸部。橫跨半個地球來到這裡後，哈特在軌道上尋找他從事探鑽行業以來最有價值的目標：一群珍貴的人類。幾天以來，他很少離開B計畫的工作崗位，每天往下鑽十個小時，從凝結在他工作服上的油漬與泥土，就可以看出時間的痕跡，然而在九月九日，探鑽作業開始的第五天，B計畫停頓下來。

哈特困惑的看著機器，氣壓崩潰，鑽頭空轉，並未鑿入岩石。

在兩百六十八公尺的地方，作業不得不停下來，哈特無法了解從下方傳來的信息，工程人員沒有任何選擇，不得不停止探鑽，將整個鑽軸從井道中拉上來，一段接一段，直到他們可以檢查鑽鎚為止。證據顯示：鑽鎚毀壞，被扯出一塊足球大小的鎢鋼。他們垂下一台攝影機查看，發現失去的那塊鎢鋼卡在岩栓中，錯誤的地形圖導致工程人員設計的探鑽路線會經過一層用來強化礦場坑頂的鋼製頂盤岩栓，現在這些鋼製岩栓破壞了救援的井道。

第三十六日，九月十日，星期五。

工程人員垂下一塊巨大的磁鐵進入井道，希望能吸走這顆鋼塊，但是沒有成功。希望能撞擊鬆動這塊被卡住的金屬也未能成功。地下的岩栓緊緊的卡住部分鑽鎚鋼塊，像是被困在湖底的魚餌。

伊戈爾普羅耶塔基斯（Igor Proestakis）是一位二十四歲的智利工程人員，被帶領救援行動的工程師叔叔米海伊帶到救援現場。伊戈爾是救援現場中年輕一輩的工程人員，他聽見鑽鎚出現問題後，開始謀畫解決之道。他記得大學課程中曾經教過一種幾十年來的老方法，用來撿拾失落在礦坑深處的物件。將一個具有利齒，大口張開的金屬下顎，下垂到礦底目標的旁邊——也就是現在這塊鎢鋼。然後在這金屬巨顎上施加壓力，像是一隻大腳壓扁鋁罐一樣，從上面施加的壓力迫使鋒利的牙齒緩慢咬合，能夠緊緊的抓住「獵物」。這個東西被稱為「蜘蛛」（la Araña），技術雖然簡陋，但是挺得過時間的考驗。然而伊戈爾不斷要求使用「蜘蛛」的建議卻被忽略。

B計畫停頓下來後，A計畫液壓管漏油，需要馬上處理，也被迫停頓，救援領隊們更加驚慌。兩組探鑽機器現在都停頓下來，礦工們身處在最恐怖的夜曲當中：萬籟俱寂，沒有一輛機器朝他們前進。

第三十七天：九月十一日，星期六。

隨著A計畫推進的速度慢於預期，而B計畫又卡在可能是致命的事件上，一股悲觀恐懼的心情彌漫營區。這些礦工被詛咒了嗎？難道所有這些救援行動只是另一批礦工們不可避免的死亡前奏嗎？政府下定決心，要繼續推動救援行動，於是已經邀請了第三組救援人員來到聖荷西礦場，進行C計畫。

C計畫——規模浩大的石油探鑽設備入場，「希望營區」再次展開一場短暫的歡呼與揮舞旗幟的熱潮。新聞記者團本來已經對不能在最前線報導救援行動而感到失望，現在連忙直衝向前，拍攝車隊入內的景象。四十二輛卡車浩浩蕩蕩地在砂石路面前進，裝滿了圓管、塔架、發電機，還有很多機器，以致支撐這些機器的平台長達一百公尺，相當一座足球場大小。

探鑽機是由「精準探鑽公司」（Precision Drilling）所捐獻。這是一間加拿大公司，專門從事深井探鑽工程以尋找油田，這座探鑽機被放在科皮亞波一千六百公里以外的北邊港口城市伊基克（Iquique）的倉庫中，已經兩年。

由於廢銅現在已達一公斤六美元的天價，因此盜銅案在世界各地正不斷上升，美國部分地區，家庭主人開始在外面噴上警告訊息，防止潛在的小偷：「沒有銅，只有TVC」。具有生意頭腦的人，便熔化一九八四年之前鑄造的一分錢銅板，銅的價格遠高於一分錢的價值。因此金融時報刊登了一則文章名為：「熔化銅板可以賺現鈔」。

C計畫的工程師非常失望的發現小偷闖入伊基克的倉庫，拆開鑽頭中的電纜，偷走銅線與複雜的電路板，「回到智利有點沮喪……有些電線電纜被偷，」首席工程師蕭恩羅伯斯德（Shaun Robstad）說：「所有的電線都不見了，所以我的電工只好打電話訂購電纜，所有東西都在休士頓組合……許多人都在週末趕工，連夜將它完成。」

第三十八天：九月十二日，星期日。

第三十八天的黎明時分，戈爾波內與「科代爾克」小組人員開始考慮一件想都不敢想的事：放棄B計畫。

早先的救援計畫曾經鑽出三條不同的探井直達這些人，一條是讓信鴿管運送食物與補給，一條是為電話溝通所用，第三條是補給飲水與新鮮空氣。B計畫已經利用了其中一條探井加寬，迫使救援人員將電話通訊與飲水及新鮮空氣的補給管道合而為一。現在只剩下兩條探井，沒有任何工程人員願意冒著失去另一條探井的危險，去實現這些來自賓州外國佬的實驗計畫。如果這個鎢鋼鑽頭不能被移開，就要從頭開始另行鑿穿一條新井道，將會是一場盲目的探索，一個沒有探井引導的探鑽行動。

在B計畫的舵位上，傑夫哈特像隻熱鍋上的螞蟻，他飛越半個地球來協助這些受困的礦工，而現在才不過第三天，探鑽工作就停了。鑽鎚的碎塊緊緊地鉗在礦下，不斷的嘗試去拉、去挖，或是去拖都無功而返，哈特非常氣餒。腦中的鐘擺不停地擺動，每拖一天，這三十三位礦工就要多忍受一天。

就在這個時刻，安德烈蘇加略特持續努力，協調裝設C計畫，這套龐大的鑽油設備以破天荒的時間組合起來，平常需要八個星期，現在不到一半的時間就組合起來。儘管如此，對聖羅倫佐的救援行動來說，仍屬龜速。

時間不停地逝去，仍然找不到一個解決的方法。一天下午，伊戈爾連哄帶騙的獲得一個面見戈爾波內的機會，疲憊不堪的部長聆聽了年輕的工程師對於「蜘蛛」的描述，當場同意使用這個方式。「蜘蛛」被放下去，來自地上的壓力迫使它的利齒深深鉗入，然後蜘蛛慢慢的被拉上來。在地面上，一位金屬工用火炬噴槍直入「蜘蛛」的顎口中，將利齒一個一個拔除，一陣火星四射下，拔除了最後一顆利齒，「蜘蛛」鉗住的東西掉了出來，正是鎢鋼鎚頭，圍聚在一起的工程師一陣歡呼，B計畫可能還有一線成功的希望，它不必從頭開始，也不必擔心沒有一個探坑引導。不過B計畫還是失去了時間，而且敵人還不只是礦山而已，每個小時都計算在內。救援人員現在失去睡眠，長出滿臉鬍子。

在礦底深處，礦工們可以感覺到地面上的混亂。每當探鑽停止，寂靜降臨這個世界，恐懼的黑洞就會出現，他們不得不再度懷疑，自己是否能夠活著出去。

第九章

電視真人秀

第四十一天：九月十五日，星期三。

溫暖的食物，乾淨的衣服，高過地面的床架，一台小型放映機播放電視與電影等娛樂節目。這些人從掙扎求生的痛苦邊緣，轉移到一個較為朦朧的境界——無聊的等待前途，沒有明確終結的時刻。輸送清水的管路，每天運送一百二十公升的清水，每個小時就有一千兩百立方公尺的清涼空氣注入坑道，但是礦內的空氣依然毫無讓步的跡象，維持在攝氏三十二度的高溫，以及百分之九十五的高濕中。

食物運來的二十天過後，新的問題產生。「過去我們沒有垃圾，還期望尋找垃圾，現在剛好相反。」杉莫阿瓦洛斯說。他們用油桶裝廢棄物，然後用重型機械將油桶丟到礦底最低處。沒有適當的盥洗設備也成為一個愈來愈嚴重的問題。他們的生活空間內逐漸聞到底下傳來的輕微尿騷味，這種情況愈來愈嚴重，終於讓他們無法忍受，於是他們開始尿在空的塑膠水瓶內，再將瓶蓋拴緊，把裝好的瓶子丟在廢棄的油桶內，空氣的味道瞬時好了許多。

當救難工程人員與心理醫生通宵達旦地維持這些人繼續忙碌時，礦工們卻開始懈怠，沒人幹活，紀律也逐漸消失。

「真正糟糕的是電視，電視來臨之後破壞了溝通，這是很大的問題。」塞普維達說：「有些人只會盯著它，催眠似的整天看電視。」

礦工們開始看晚間新聞，發現他們的事件引起全球關注。塞普維達在首度錄影中活靈活現的動人解說，為他在地面上贏得數百萬名粉絲，但是在礦底，這種注意力燃起一陣暗暗發酵的嫉妒心。為了逃離這種壓力，塞普維達逐漸消失在他們共同的生活空間內，他會一個人在坑道內走上好幾個小時，不時停下來禱告。

「當人性失去控制時，我會獨自走向黑暗，我會尋找到我的角落，你很難想像獨自在那裡的感覺，我感覺非常平靜。」他說。

為了要看哪一個頻道，經常爆發衝突與爭論，烏蘇瓦對上面抱怨說：「電視摧毀了這個組織。」並且要求播放的內容限於新聞、足球比賽，還有偶爾的電影。

這些人在那苦難的十七天內所建立起來的一些規矩，現在逐漸減弱。食物與日常用品每日運送下來，使這些人在艱難時刻休戚與共的情緒開始瓦解。「過去在值班時間內的人，會經常去檢查那些在睡覺的人，把手放在他們的胸口，確定他們還在呼吸，因為礦內有二氧化碳，他們必須確定這些人還活著。」電話工程師佩德羅蓋猷說。他和這些人每天用電話聯絡：「他們被稱為守護天使……守護這些睡覺的人是他們的義務，可是當電視送來後，這些行為就停止了……他們情願去看電視。」

信件定時送達礦工，每個人每天都充滿希望的等待信鴿管傳送寫上他們名字的信件。但是他們很快發現並不是所有的信件都能即時送到：「我們不可能和他們對等談話，因為總是在四或五封信之後才出現回答。」克勞迪奧亞涅茲說。

家屬們開始懷疑那些被救難人員形容為「丟失」信件的命運。「有些信件就是揉起來丟掉，就在心理醫生工作的建築裡面。」羅曼諾利醫生說，清楚地表示他並不贊成這項措施。

更年輕的心理醫生們開始寫信給衛生部長，抗議他們所看到的不該有的審查行為。

在和家屬通話的時候，礦工們也抗議政府破壞他們的家庭關係。他們開始幻想將伊圖拉關進監獄。「他們問我信鴿管邊有沒有警察，可以逮捕伊圖拉，他們說會送給這些警察含有金子的礦石當作獎賞，我告訴他們：當然，就當作已經發生了。」羅曼諾利醫生詳細描述礦工們強烈地希望伊圖拉消失在他們的生活中，礦工們認為他們的計畫可能會成功：「所以他們送了石頭上來。」

礦工們多日來失去或遲收信件的沮喪感，終於累積到最高點。較為沉默又內向的亞歷克斯維加和伊圖拉談到有關審查時，終於按捺不住爆發出來。他生氣的謾罵侮辱伊圖拉，同時警告說為了要與他的家人溝通，他要從礦底爬上來。維加對同伴們表示，他想要沿著礦山邊爬過一連串落石與狹小裂縫，他們相信這條路能夠曲折蜿蜒地直達地面，但是他們也知道這項任務不過是自尋死路。沒有專業的攀岩設備、食物，還有長期的照明設備，最後就連維加自己也知道此路不通。

儘管在地面上有這些紛爭，伊圖拉仍然堅持繼續推行他備受爭議的獎勵與懲罰制度。「不應該給他們電視，這種東西應該交換某件事物。」這位蓄著鬍子的心理學家以沮喪的口吻說道。

當這些礦工們表現良好，他們就額外播放電視與好聽的心情音樂，其他的獎勵——例如地面世界的生動影像，都在保留的範圍內。礦工們是否該獲得獎賞，或是應該受到懲罰？伊圖拉都準備好用胡蘿蔔或是棍子對待。礦工們認為這是打壓式的待遇，於是開始反抗，為了表示他們的力量，他們開始拒絕參與每天的心理談話。

當一組以他們為名的皮杯骰子遊戲送下去後，這些人抗議骰子皮杯上三個人的名字拼錯，於是他們將骰子與皮杯一起回送上去，外帶一封憤怒的信。

「這些礦工像小孩子一樣。」心理醫師領隊迪亞茲說，在滿足他們最基本的需求，例如口腹之慾後，這些人開始往需求的食物鏈上攀升：「有了食物、飲水還有營養後，他們要求衣服，然後現在我們看到他們提升到第三層，要求食物的美味。那天他們把桃子點心退回來，因為其中有一個人不喜歡那種味道。」

伊圖拉的小組用更多的懲罰做為回應：「像這種情形發生的時候，我們就必須說：好，你們不想跟心理醫生對談？沒問題，那一天你們就沒有電視可看，也沒有音樂可聽，我們可以操控這些事。如果他們想要雜誌？那他們就必須跟我們說話，這是每天的角力戰！」迪亞茲醫生說：「太空總署的人說我們要成為他們的箭靶，以免他們彼此之間互相攻擊，所以我們必須挺身向前露出胸膛，讓他們針對我們這些醫生與心理學家吧！」

但是被請來觀察作業行為的菲格羅亞醫生則公開批評這項措施，他認為這是項挑釁的策略，指責心理健康小組對待礦工們像是對待實驗室的老鼠，他說他們先用特殊手段試探他們，然後再研究結果，和做實驗沒有兩樣。「在沒有取得礦工的同意下，實行心理性的干預，是非常危險的行為。」「他們干擾他們的生活……攻擊這些礦工的尊嚴……他們能夠生存下來這項事實，並不代表他們所向無敵或是特別抗壓……他們其實非常脆弱。」

伊圖拉對這些批評不為所動：「我們拿掉報紙的第一頁，這些礦工們表現瘋狂而且大叫。」這件新聞報導描述了科皮亞波地區的一樁礦災事件，四位礦工被意外的火藥引爆炸成碎片。伊圖拉為他的審查制度辯解著：「其中一位死去的礦工的姓氏與其中一位礦工相同，或許他們是親戚？我沒有時間去查明，但是我們不能讓他們從報紙上發現這些事。」

「消息不明與狀況未知，會嚴重引發人類的攻擊心理。」菲格羅亞在嚴格批評聖荷西心理團隊的文章中寫道。「正確、即時、誠實與可靠的消息傳達至關重要。害怕帶給他們壞消息而限制消息傳達的做法，並沒有任何證據足以支持，還會破壞他們對救援人員的信心。」不過菲格羅亞也指出伊圖拉肩負著「不可能的任務」，因為礦工們是最無法接受心理諮商的一種團體，他們傾向於隱藏弱點，菲格羅亞強調維持這個團體的心理健康是非常困難的事，他們不僅頑固地反抗伊圖拉，還包括他所代表的任何事。

和家屬們的視訊通話，原本面對面的愉快接觸，現在則因為心理醫生們防止正常的溝通，而蒙上了一層苦澀的陰影。薩莫拉的家人向他保證已寫了十五封信給他，但是他只收到一封，他開始懷疑家人對他隱瞞了一些事：「維克托對於他們沒有給他任何信非常沮喪。」薩莫拉的外甥說。「他快爆炸了，多麼令人討厭的事，沒有任何一封信送到他手上。」

媒體自然開始質疑這些審查行為，伊圖拉在接受智利新聞採訪的時候，為他的做法辯護：「他說家屬們的意見無關緊要，這些礦工是『他的孩子』。」佩德羅蓋猷轉述他的談話。

當天傍晚，十二位礦工聚在一起看夜間新聞。佩德羅和往常一樣，坐在監視器前和地下世界保持聯絡，將新聞傳送給這些受困的人。這些人對伊圖拉說法的反應令他震驚：「他們聽見伊圖拉在新聞報導中的說法，我看見他們的臉……然後電話鈴響。」

塞普維達非常憤怒，打電話上來要求與伊圖拉對話，他已經回家，可是蓋猷知道一場大戰迫在眉睫：「馬利歐並沒有對我說什麼，但我從他的聲音中就可以聽出他非常憤怒。」

蓋猷解釋道，伊圖拉打破了礦工們神聖的戒律：他侮辱了家人。

礦工們的一致性現在僅限於個人所需，如睡覺與輪班工作。雖然礦工們持續進行每天的聚會，包含祈禱與中午會議，但是現在很少人會參加。生存的條件現在已經由救援人員所提供的補給中得到慰藉，然而在關鍵時刻，例如拒絕審查制度這種事上，礦工們的聲音依然團結一致。

第四十二天：九月十六日，星期四。

塞普維達早上打電話上來，要求與伊圖拉說話，這是項緊急要求，伊圖拉來到電話線上。蓋猷再度身處前線，知道火花終將爆發。塞普維達指控伊圖拉違反礦工權利，伊圖拉委婉地解釋後，保持沉默。塞普維達繼續攻擊：「如果你持續在我們家撒野，我們就要廢掉你，這是你最後的機會。」塞普維達說。並且清楚表示，他會將這些事報告給礦業部長戈爾波內。

接下來整天不停地與政治人物電話溝通過後，礦工們發起反擊，「他對待我們像小孩一樣，我們當然會抗議這種審查制度。」亞歷克斯維加說。

礦工們才剛恢復體力，現在卻說他們將不接受任何食品與補給。「我們告訴他們，如果他們不停止這種審查制度，我們將不會從信鴿管內接受任何東西，將會停止進食。」巴里奧斯說：「每個人都反對這位心理學家，他糟糕透了，如果他不被換掉，我們將不會吃東西，我們會讓信鴿管內塞滿食物。」杉莫阿瓦洛斯說：「像團結的礦工一樣，我們要進行罷工。」

在瀕臨餓死邊緣後，這些人現在威脅要進行一場飢餓罷工。

礦工們向政府抱怨，但是政府卻無能為力。伊圖拉是礦工們的私人保險公司 ACHS 所聘僱：「我們想要開除伊圖拉，剷掉他。」一位不願具名的皮涅拉政府高級官員說：「可是他們威脅我們，說如果他們不控制心理諮商的話，那麼他們將不負擔救援的醫療費用，我們被卡在中間。」

對於他自己的角色，伊圖拉說他是宣洩的管道：「我對他們說，我將會是他們的父親，如果他們要對我生氣的話，那麼就生氣吧，但是我仍是他們的父親，而且不會拋棄他們，我會一直在這裡，而且值得信賴。」

與伊圖拉之間的緊張關係升高到無法控制的地步，迪亞茲醫生建議伊圖拉從緊密的日常工作中休假一個星期。伊圖拉已經在現場工作超過一個月，在與礦工緊張的角力下缺乏睡眠，肩負著衛護三十三位礦工心理健康的重責大任。他同意休假，並回到位於卡德拉（Caldera）的家中，那是一座漁港，從礦場開車不到一個小時的車程。

從聖地牙哥來的心理醫生克勞迪奧伊瓦涅斯，原先協助伊圖拉，現在則接掌了每天的輔導工作。面對礦工們的反叛情緒和權力重掌。這是段緊張的時期，往前還有好幾個星期，甚至可能好幾個月的時間才能脫困，因此維持這些人健康與平和的心情非常重要。救援的工程延宕拖曳，鑽頭前進但是遭受技術困難停頓。伊瓦涅斯是位隨和的人，對於他所謂的「正面心理學」有著深厚的背景。在他執掌之後規則顛覆，將審查制度降到最低，將不會在信鴿管內搜尋，或篡改信件。

由於限制取消，家人們開始在信鴿管內運送秘密禮物。對杉莫阿瓦洛斯來說這項改變真是一大福音，他熱愛閱讀，對於伊圖拉送下來的耶和華見證，以及自我感覺良好的心理教條，感到非常無聊，他需要戲劇的刺激，可以讓他忘記置身礦內：「我讀《帝拉的世界》（El Tila），這是聖地牙哥高級住宅區德埃薩（La Dehesa）一個變態殺手的自傳。真是太棒了，我連讀了三遍。」阿瓦洛斯說。

「我認為這是個錯誤，我贊成控制。」塞普維達的太太凱蒂瓦狄薇亞說：「有位女人塞了一封信給他礦內的一位秘密情人，說她懷孕了。然後被太太發現了，對每個人來說都非常緊張，這種消息不應該被送下去。」

由於規則鬆懈，不僅是信件被送到礦工手上，瓦狄薇亞解釋道：「有些家庭開始把香菸、藥丸，甚至毒品塞入信鴿管。真是不應該這麼自由，有的礦工開始生氣，開始發展出不好的情緒。」據說安非他命也被送到這些人的手上，根據瓦狄薇亞的說法，有些當局者知道這些違禁品被送下去，只是睜一隻眼閉一隻眼，然而與此同時，底下也發生大亂。「閘門開放，在礦坑底下這些男人之間製造了衝突，從嚴格地控管狀態，到完全沒有任何控制的情況下。」瓦狄薇亞說。

「在我們發現之前，有些家庭設法走私一些違禁品下去，這些礦工不允許擁有糖果，因為他們有牙齒問題，但是這些家庭仍然偷運薯片、巧克力與糖果。」羅曼諾利醫生說。

就連一點簡單的感染，例如薩莫拉發炎的牙齒，或是糖尿病患者奧赫達的胰島素標準出差錯，都可能會升格成一場危機，地面上的醫生們決心要防止出現他們最害怕的情況：「引導赫尼巴里奧斯進行外科手術。」但是這層顧慮一直存在，運送未經允許的食品更增加了這層顧慮。

阿瓦洛斯注意到有些同伴舉止可疑，他們會自成小圈圈離開團體，走到上廁所的地方，他懷疑他們可能去抽一隻大麻：「他們從來也沒有請我嚐一口，當你看到五個人一齊走向廁所的時候，你就知道他們要幹什麼好事。」阿瓦洛斯急需一管菸，以釋放他將近一個月在底下的情緒。「我們去這些人利用推土機的地方，我們知道他們在抽大麻，他們利用塑膠廂座保護他們，然後在裡面抽大麻，然後再抽香菸，沒有人會知道。我們到處尋找大麻菸蒂。」但是他們一根都沒找到。

這些人得以生存的關鍵要素在於保持團結與維護長期健康，那些提供短暫快樂的誘惑——酒精、古柯鹼、大麻，直接危害這個團體的需求。讓少量毒品在這個圈中流通，只會創造更多緊張情緒而非抒解，甚至煽動嫉妒，威脅改變共同生活的基本原則。智利政府官員們擔心會發生這種狀況，甚至討論要將緝毒犬放在信鴿站邊。「將這裡變成邊界。」一位官員半開玩笑的說。

但是這些人最大的需求無法放入管中：女人。由於身體健康迅速恢復，性行為成為礦工與救難小組談話的焦點，雖然他們距離恢復正常還很遙遠，但是性衝動開始逐漸恢復。「我很確定他們在我們的食物裡放了些東西，這些東西可以讓我們不去想性。」亞歷克斯維加說。然而事實上，醫療小組努力想要解決的是：如何滿足他們預期上升的性慾望。

「有個人想要提供充氣娃娃給這些人，不過他只有十個，我說除非是三十三個，否則就不要。因為他們會為充氣娃娃爭吵，現在該輪到誰？誰又被見到和誰的未婚妻在一起？你和我的充氣娃娃調情……」羅曼諾利博士說：「這本該是一個放鬆的工具……礦工們擁有一個特別的地方，可以和這些充氣娃娃進行性行為，所以他們要求我們提供四到五個娃娃與保險套，說他們可以輪流進行，都計畫好了。如果我們有三十三個娃娃就沒有問題，每個人可以跟他們自己的娃娃隨便做……但是我不能要求他們分享。」

這些娃娃從來沒有被送下去，反而是智利一間八卦小報《第四聲》（La Cuarta）提供他們色情雜誌與張貼式海報，這個小報以他們被稱為「幫浦4」（Bomba 4）的女郎聞名。當這些礦工們需要隱私的時候，他們就會用這些海報貼在攝影機鏡頭上，擋住政府的攝影。

第四十四天：九月十八日，星期六。

智利的獨立紀念日對救難人員、礦工及家屬來說，都是一個廣受歡迎的喘息時刻。今年的九月十八日正值期待已久的國家兩百年紀念日。拋開審查制度或是充氣娃娃的抗爭，礦工們同意配合政府所安排的表演：他們將會舉行一個節日儀式，享用特別準備的餐點，同時齊唱國歌。

這三十三人的災變為久盼的智利兩百年紀念日蒙上一層陰影。在地面上每天舉行例行新聞會的平敞廣場上，智利潛艇艦隊指揮官納瓦羅領導了一場象徵傳統的升旗典禮，以紀念這個歷史性的日子，一條印有這些人臉孔的橫幅被吊在旗幟旁邊。

七百公尺之下，一場簡單的儀式也正在進行，奧瑪芮加達斯將一面很小的智利國旗拴在一條繩子上，在坑道內盡可能地將旗幟升高，大約比他的頭還高一公尺，然後塞普維達一手拿著礦工頭盔，一手拿條白毛巾，開始跳他獨特的智利國舞「貴卡」舞（La cueca），帶著智利牛仔（huaso）的氣魄瀟灑地旋轉。這種智利國舞是一種求愛的舞蹈，通常是具有男性氣概的男人帶著一頂寬邊帽，銀色馬刺靴重重地踩在地上，而女人不斷旋轉，擺動著長髮和裙子形成誘惑的漩渦，她常會跳到一邊，並非躲避男人的求愛攻勢，而是一種鼓勵的動作。然而塞普維達所跳的是一支單人舞蹈。

礦工們搭建了一個小舞台，一塊橙色的塑膠油布掛在牆上，上面用粗糙的筆跡寫下他們的心聲：「我們在避難所都好，全部三十三個人。」一面智利國旗貼在油布正中央，坑頂上懸掛了多面智利國旗顏色的彩旗：藍色、白色與紅色。油布邊緣寫下三個團體的名字：難民組、坡道組、105組。貧脊的洞穴內點上明亮的燈光，像是間簡陋的戲院。塞普維達穿著塑膠底鞋，套著白長襪與多毛的腿，在尖銳的石塊間舞動，他的同伴在一旁顯然無動於衷。舞蹈的最後一段，他跪了下來，張開雙手向上，像是一位虔誠的朝聖者，喜悅地將能量往上傳送，穿越八百公尺的堅硬石塊。「感謝你們大家，我們親密的同伴們，你們在那裡為我們工作，我們非常感激你們所做的事，並且真心感謝你們。」塞普維達的聲音哽咽，可見做為一位領導者，他的心情負擔沉重。攝影機鏡頭掃過每一個人，他們的面容毫無表情，意興闌珊，感覺像是演員，而非礦災的犧牲者。

第四十六天：九月二十日，星期一。

在每日例行的新聞發布會上，礦業部長戈爾波內相當樂觀：「這三組計畫進行一如預期。」他說。A計畫也就是第一組作業，開始於八月二十九號，已經到達三百二十五公尺，幾乎是一半的距離。B計畫與C計畫現在以每小時一公尺的速度前進。

「希望營區」的媒體中心已經變成一個全副武裝的動物園，媒體專家亞歷杭卓皮諾（Alejandro Pino）設計了一項課程，幫助礦工們面對他們剛出爐的名人身分，六十七歲瘦高的皮諾身為一名新聞記者與公開演講專家，擁有五十年以上的經驗，他為這些人安排了一項有關媒體策略的五小時課程。這項簡略的課程，包含訪問的技巧，行銷的機會，如何處理棘手的問題，並通盤指導如何面對狗仔隊。

皮諾是資深的新聞記者也是ACHS區域分部的負責人，他並沒有收錢，也沒有義務提供媒體訓練，但是他覺得有責任照顧這些人的福祉，想要幫助他們應對即將迎面而來的麥克風與攝影機的攻擊。

皮諾下午稍早的課程，對於有關設計救援通道的技術性談話，或是沒用的心理輔導交談，是種愉快的解脫。礦工們齊集在臨時搭建的礦底平台。皮諾手持麥克風，在改建的貨櫃箱內，裡面有一個白色沙發，一些盆栽，還有一台大型電視螢幕，可以看見下面這些礦工。

他沒有警告這些礦工有關在媒體過度曝光的後果（這是許多人猜測的），皮諾直接命中賺錢要點：「如果你不直接看著攝影機，如果你的訪問很無聊，你將不會再被邀請受訪。」皮諾對這些人說：「這是一種機會，而且你必須學習使用身體語言，要有興奮感。」皮諾的精力充沛，聲音低沉有力，幾乎像是傳福音一樣，努力將這些害羞困惑的礦工，轉變成媒體明星。

礦工們對皮諾每日的演說逐漸產生興趣。雖然許多人並未在攝影機前出現，但是隨著他們對皮諾的信心日漸增長，他們也不斷投入問題、意見與評論。不過由於他們對伊圖拉的敵意與不信任，有些人還是拒絕接受皮諾，包括杉莫阿瓦洛斯在內：「在那些狗屎的心理醫生後，我們再也不要跟類似這樣的人說話，我們不喜歡這個主意。」阿瓦洛斯說。

但是其他的人急於說話，事實上他們接受皮諾做為他們的心理諮商師，在討論媒體策略中時，一位年紀較大的礦工脫離主題，開始對皮諾表白：「如果我在這裡學到任何事，那就是過去二十年都白活了……我上去之後，就要離婚。」

團體內開始出現分歧，烏蘇瓦對某些礦工拿到了一台錄影機，開始拍攝其他人很感冒，包括維克托薩莫拉在內。而當他們收到「Ya」雜誌，裡面有塞普維達的訪問，說他是這個團體的領導時，爭執進一步爆發。

「他們發生爭執還有小衝突，也愈來愈臭屁，口角不斷，但是沒有打架……沒人失去理智。」羅曼諾利醫生說。他說他最大的爭執是與地面上的工程師們：「我跟地面上的這些傢伙有問題，他們不了解心理輔導的重要性，他們可以有A計畫、B計畫、C計畫，管他什麼計畫，但是如果這些人死了呢？那麼所有的探鑽計畫都將成空。」

第四十七天：九月二十一日，星期二。

尼克卡納斯（Nick Kanas）教授研究太空人。他對於長時間被侷限在一個具有壓力的環境下所產生的行為模式具有深厚的了解。他稱之為「第三季度併發症」，被侷限的人對即將完成的任務，也就是現在的救援日，會愈來愈感到焦躁與不安。「經過六個星期後，他們開始變得具有領域性，彼此不再開玩笑或調侃對方，雖然他們會想如此。他們開始會形成小圈圈。六個星期過後，這種情況更加嚴峻緊繃，過去覺得離奇有趣的事，例如開同伴的玩笑，現在會變得煩躁與無聊。」卡納斯說，他在舊金山加州大學工作，也是美國太空總署的長期顧問。

這些人現在被困在地底已經長達四十七天，無論是礦工們轉開信鴿管拿出食物，或是揚起智利國旗唱國歌的景象，全部都被攝影機拍下來。電視記者多次企圖從信鴿管走私攝影機下去，以便讓礦工們拍攝地下生活的紀錄片。

智利警政調查部（PDI）的警探們，需要舉證細節，以便控告礦場老闆犯罪，於是他們教導這些礦工犯罪現場攝影的基本知識，接下來的一個星期內，這些礦工像電視影集「CSI 犯罪現場」的明星一樣，記錄並拍攝礦場內的不良安全設施。佛羅倫斯阿瓦洛斯來到礦場深處的角落，拍攝破裂的石壁，生鏽的管道，以及巨石盤踞在原來的主坑道，礦工們拍了將近四十個小時的犯罪證據，送上地表。

第四十八天：九月二十二日，星期三。鑽頭落下。

九月二十二日，一件意外的東西從天而降。當B計畫到達八十五公尺的時候，四顆鑽頭中的一顆斷裂，掉落探井，直落到礦坑底部，金屬大鎚一頭栽進泥巴裡，所幸無人受傷，可是B計畫叫停。

馬利歐塞普維達對救難人員喊道：「嗨，我想你們有件東西在這裡，」他揶揄的說：「我想這就是你們所謂的鑽頭，但是為什麼會在這裡呢？」

礦工胡安伊亞內斯將鑽頭從泥濘中拽出來。他們對於操作重型機械都非常有經驗，他們每天的生活就是和壞了的零件，和必須在最後一分鐘即興發揮的作業與困難的挫折奮鬥。但是現在這項情況令人難以接受，挫折感開始沸騰。「他們努力工作救你，但是出現了這種失敗，非常令人沮喪！」杉莫阿瓦洛斯說。「這表示還要再多兩天，或是再多五天，雖然我們可以從信鴿管內取得食物，但是我們是被侷限在這裡，被困在這裡！真是要我們的命！」

第四十九天：九月二十三日，星期四。

地下的緊張情緒持續升高。

心理醫師伊瓦涅斯（Ibañez）和礦工們保持良好的關係，很多礦工喜歡他和緩正面的態度，但是就連伊瓦涅斯也無法控制這個局面。地面上威權的瓦解、電視的干擾，還有毒品的偷運，所有這些事對多數礦工來說都是嚴重的錯誤。他們停止接受來自上面的勸告，開始自己找事做。

愛迪頌皮涅亞開始探索坑道，在災難發生之前，他就是一位運動愛好者，每天騎自行車一個小時，接著進行一段長跑。現在他開始繞著坑道慢跑五公里，長過膝蓋的堅硬礦靴會擦傷他的腿，因此他用剪電線的鉗子將靴子剪短，鋒利的岩石與不平的地面，仍會惡化他已經受傷的膝蓋，但是皮涅亞繼續慢跑，似乎這樣可以逃離坑內的恐懼或是腦海中的噩夢。巴勃羅羅哈斯、馬利歐塞普維達、富蘭克林羅伯斯，與卡洛斯馬馬尼都加入皮涅亞，他們喘氣出汗，停在坑內深處休息，身穿白色塑膠防護服，頭戴頭套與眼罩，看起來就像是太空人。

遊戲和書籍通過信鴿管傳下去。救難所內的這些人用馬拉松的方式玩骨牌與紙牌遊戲。從各個方面來看，紙牌遊戲不過是連續不斷地嘲謔、開玩笑、個人脫口秀，和雙關語的發揮。礦工之間無論是在遊戲桌上或是在會議上，要能夠說倒對方，才是建立尊重的基本要素，就算時有爭吵，也不至於打架，有些礦工說這種行為根本沒有。

「我必須用我的頭燈去敲泰科納的頭。」塞普維達承認，他說這樁身體暴力，不過是一起獨立事件。一位目睹整個爭執事件的礦工解釋道，因為泰科納涉嫌侮辱了塞普維達的母親。「如果我們讓暴力介入，最終我們將會死掉幾個人。」

當伊瓦涅斯企圖帶一位電視記者進入視訊會議採訪礦工時，引爆了另一場軒然大波。這位記者被護送進入山丘高處的小型貨櫃中，這是一個擁有救援出入證才可以進入的地區，伊瓦涅斯問這些礦工可不可以接受記者的採訪，烏蘇瓦、塞普維達，與其他人勃然大怒。地面上的電話鈴聲立刻響了又響，礦工們非常憤慨，蓋猷聽到了隨後的談話。

烏蘇瓦斥責伊瓦涅斯道：「嘿，不要再壓榨我們了好嗎？你為什麼搞了一個記者進來？我們這裡不歡迎任何新聞記者，我們不希望被看見，我們正在這裡受苦，所以不要接受訪問，我們要舉報，我們一定會揭發這件事。」

這些人要求與瑞內吉拉爾（Rene Aguilar）說話，他是救援小組的二號人物，也是蘇加略特的得力右手，是一位職業心理醫師，也是科爾代克的高級官員，吉拉爾位於前線已經好幾個星期，對這種情況怒不可遏，「他滿臉通紅，跑來對伊瓦涅斯說話，非常生氣。」蓋猷說，目睹了整個過程。

當前任心理專家伊圖拉回來重掌權力後，礦工們很快地團結一致。「現在是伊圖拉二點〇版，簡約版。」蓋猷說，他的任務也包含監視地下礦工的實況錄影傳送。「他帶著一個完全不同的態度進來，提供每天兩個小時心理諮商的服務，還說他們可以利用那段時間和他們的家人通話。」

馬利歐戈麥茲的兩位孫兒利瑟特與巴斯蒂安在「希望營區」山麓邊的旗幟旁玩耍。

受困礦工們的傳奇故事吸引了全球的目光，將近 2000 位新聞記者來到聖荷西礦場。

（左上）本書作者強納森富蘭克林擁有特殊通行證，得以進入救援行動前線，近距離觀察運送食物與藥品給受困礦工的程序。

（右上）礦業部長戈爾波內（蹲下者）與救難人員利用信鴿管，維持受困者生存數個星期，以便進行援救計畫。

（右中）地上與地下的往來通信皆是捲縮在這樣的小管內傳送。

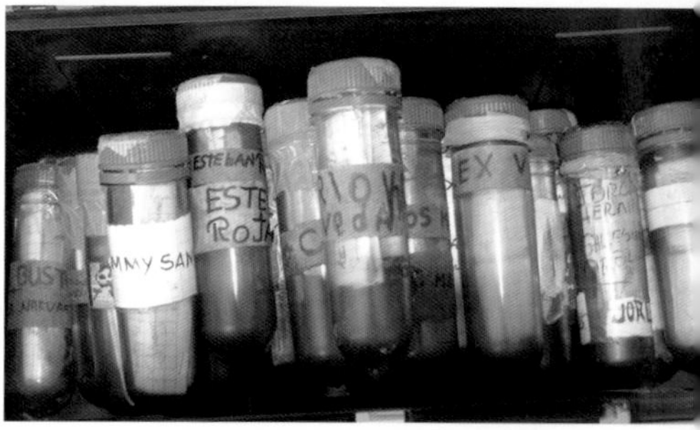

（右中）寫信給受困親人成為許多家屬最熱衷的活動。

（右下）在山麓岩石上所設立的一處集中聖壇，33 根蠟燭一起點燃。

（左下）站在聖荷西礦場外，玻利維亞籍的礦工馬馬尼的太太薇羅妮卡基絲裴手持丈夫的照片。

（上）心理醫師亞貝托伊圖拉從事一項極端艱難的任務，在礦工受困期間維持他們的團結。

（右上）救援行動總指揮安德烈蘇加略特每日召開記者會，說明挖掘深達700公尺的井道需要面對的困難與挑戰。

（右）強納森富蘭克林與皮涅拉總統交談。

清晨的濃霧籠罩著媒體大軍，顯現出鬼魅般的神祕陰影。

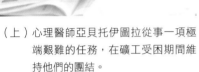

A 計畫「地層 950」的巨大探鑽機第一個月前進速度緩慢，到了 9 月政府開始考慮另一種探鑽方式可以早些抵達礦工受困處。

另一組龐大車隊運送探鑽設備抵達現場，其中包括塔形鑽油平台，很快地被稱為 C 計畫。

鑽穿數百公尺堅硬岩石的數個探鑽頭。

10 月初，當探鑽師傑夫哈特（後立者）成功地鑽穿井道時，作者強納森富蘭克林即在現場。

智利政府在 10 月初已經安排好 3 組不同的探鑽工程分別往下鑽井。

從阿富汗直接飛來這裡協助的探鑽師傑夫哈特，興奮地完成這項任務。

（左）聖荷西礦場救援行動入口處由智利警方把關，本書作者是少數能夠拿到特殊通行許可在前線採訪的新聞記者。

（上）礦業部長戈爾波內（左二）對皮涅拉總統（中間）與蘇加略特説明救援程序。

（右）赫黑迪亞茲醫生玩笑式地測量羅曼諾利醫生的體型，看他是否能夠擠入鳳凰號。

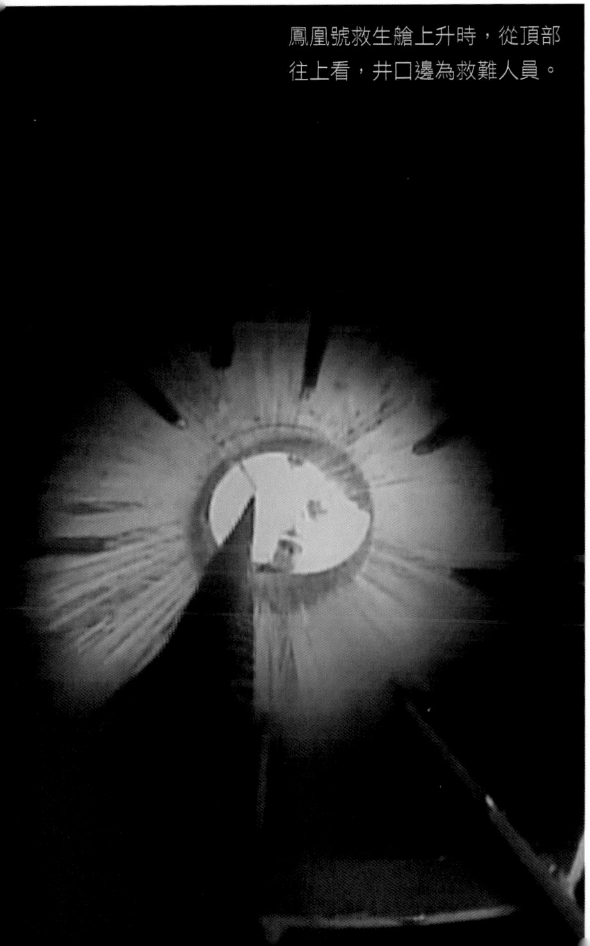

鳳凰號救生艙上升時，從頂部往上看，井口邊為救難人員。

鳳凰號救生艙在救難人員與政府官員的企盼下抵達現場。

（左）馬利歐塞普維達從救生艙中一路跳著出來，跳進世人心中，他被稱為「超級馬利歐」。

（下）理查比利亞羅埃在被救出後露出快樂的笑容，躺在擔架上被送入臨時醫院。

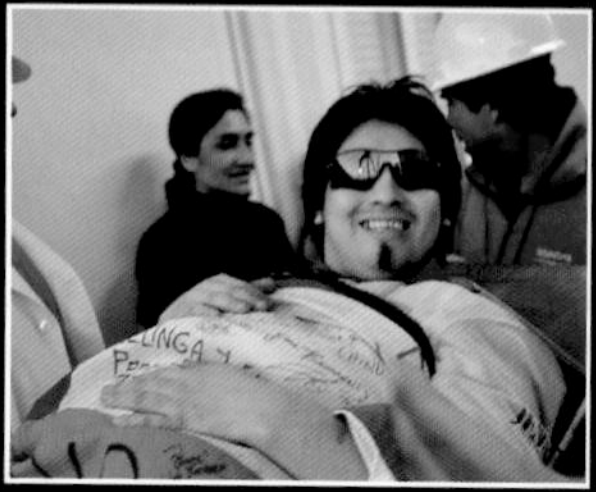

（上）荷西恩立奎在被救出後向世界招手，在受困時是他帶領大家祈禱。

（右）最後一位被救出來的值班經理路易斯烏蘇瓦，站在皮涅拉總統身邊一起歡呼救援行動成功。

（下）所有礦工在醫院內一起與皮涅拉總統親切交談。

（上）馬利歐戈麥茲與達理奧塞戈維亞的家人歡泖救援行動的最後階段。

（左）救難人員持續不斷搜尋受困人員，家人的淚水與緊繃的情緒到達最高點。

（右）年紀最大的礦工馬利歐戈麥茲，在 51 年的礦工生涯過後，終於安然度過他的最後一段工作。

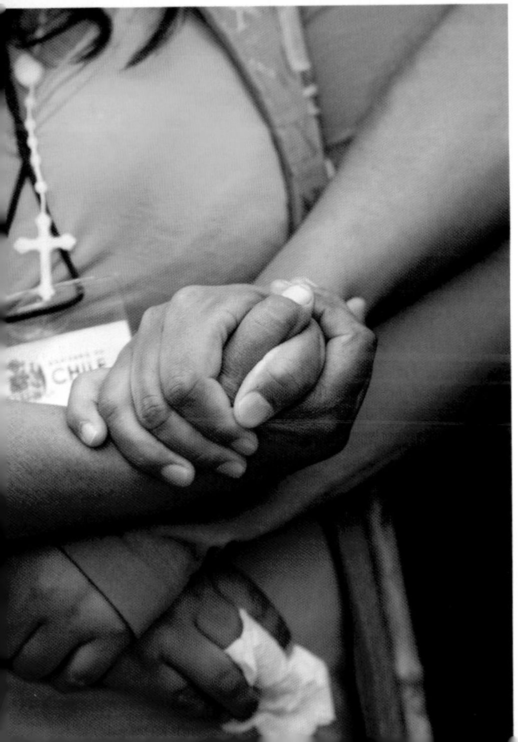

（左）「希望營區」的親人家屬團結一致希望救難人員不要放棄希望。

（右）前任足球明星富蘭克林羅伯斯，在被成功救出後與他的女兒相視。

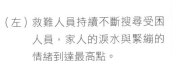

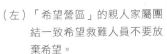

（上）經過 69 天的焦急等待後，當最後一位礦工路易斯烏蘇瓦被救出來後，所有親人家屬與救難人員一起慶祝救援成功。

（左）自由後的第一天，馬利歐塞普維達來到科皮亞波海邊向上蒼祈禱。

礦工們現在對審查制度把持優勢，那些失去的信件突然出現。「像是下雨一樣，他們一下子傳盡所有的信。我認為有三百封，一次送到。」蓋猷說。

第十章

終點在望

第五十天：九月二十四日，星期五。

九月二十四日，礦工們被困在地下第五十天，自數百年前開礦以來，還沒有任何礦工被困在地下這麼多天還能生還，「希望營區」沒有人會想要慶祝這項嚴酷的紀錄。親屬們並不沮喪，前景在望，能夠預見這場救援行動的到來。三組分別價值數百萬美元的不同探鑽作業，正不斷地朝他們所愛的人敲打前進，每隔幾個小時，食物就會被送下去，信件服務雖然還會因為審查制度而延遲，但是至少現在還順利進行當中，而且洗衣服務無可挑剔。雖然衣服還是要被捲起來塞進狹長的信鴿管當中，但是許多太太親手清洗，同時熨燙丈夫的髒衣服，有的時候還會撒上他們最愛的香水，期待未來親密的團聚。

九月二十四號下午鳳凰號救生艙的到來，更加深了這種團結的夢想。這個形狀像顆導彈的救生艙，是由智利海軍依據美國太空總署，以及賓州魁溪救援行動的標準，特別為聖荷西救援行動所打造出來的救生艙，上面塗上智利國旗的顏色，重達四百一十九公斤，內艙高達兩公尺，這座救生艙自成一格。部長與救難人員分別在圓形艙內擺姿勢拍照，家屬們則走到這台精巧的機器前面，輕輕的碰觸外殼，彷彿碰觸神聖的圖騰一般。

救援作業在毫無挫折的狀況下順利進行，羅曼諾利醫生在處理伊圖拉與伊巴涅茲的情況中，取得礦工們的信心，現在開始協助這些人準備逃生行動。羅曼諾利醫生知道救生艙如果失敗或是被卡住，這些人就會被迫使用一個比較簡單但是危險的方法拉上來：他們會被綁在一條長電纜的末端吊起。但是無論如何，這些人必須在最好的體能狀態中，因為他們很可能被迫需要爬階梯、吊繩，而且如果救生艙卡住了，還要被困在密閉的艙內一個多小時。

羅曼諾利醫生是智利陸軍與職業運動員的顧問，他開始教導這些人進行輕鬆的運動，以準備更激烈的體能訓練，他建議這些人在坑道內每天一起跑兩公里，同時以美國陸軍體能訓練的方式為模型，一邊跑一邊唱。羅曼諾利醫生解釋道，唱歌是測量他們心跳速度最保險的方法：「如果他們的心跳速度超過一百四十，他們就不可能一邊跑一邊唱。」

羅曼諾利醫生說這些人熱衷於新的規範，「我們能有的勝算之一，就是他們非常強壯，他們已經習慣用他們的手與上半身工作，他們不是久坐不動的那群人，他們的反應迅速。」

使用一種綁在胸前的複雜儀器，被稱為「呼吸測量器」（BioHarness），羅曼諾利醫生得以取得這些受困的人大量的數據，這些礦工為美國太空總署的專家們提供了受困人員的實際數據，美國太空總署前來智利採訪的專家麥可鄧肯說：「這些智利人基本上是在撰寫教科書，如何在這麼深的地底，歷經這麼久的時間，救出這麼多人。」

除了能技巧的應付其他心理學者外，羅曼諾利醫生早期支持他們對香菸的要求，也獲得礦工們普遍的支持。他自己也抽香菸，而且公開質疑在礦工們一生中最沮喪的時刻內，是否是讓他們戒除菸癮的最好時刻？羅曼諾利醫生並非保守人士，他相信用普通常識解決事情的方式，不惜違反教科書的智慧。

坐在位於山麓高處的信鴿站桌後，羅曼諾利醫生每天的工作包括運送藥物、記錄身體數據，同時與礦工交談，不過這些都還只是十二小時上班中的一部分。這些礦工現在已經比較舒服，所以羅曼諾利醫生所面對到的事，並不是緊急的醫療狀況，而是一些起碼的改善生活情趣的事。從下面傳來的一封信上抱怨他們的甜味劑用完了，另一位礦工將他的 MP3 播放器送了上來，並抱怨說他有太多的雷鬼樂，太少昆比亞舞曲（cumbia），羅曼諾利醫生開始下載音樂，刪除檔案，重新將訂製的歌單灌進 MP3 音樂播放器中。「這些人已經不再生病，現在他們以為這裡是客房服務，而我就是那位他媽的 DJ。」他笑著說。

第五十二天：九月二十六日，星期日。

礦工們繼續將拍好的錄影帶從下面送上來，站在最前面的人物，包括塞普維達與烏蘇瓦分別成為世界性的知名人物，一位是具有個人魅力的啦啦隊長，一位是穩如磐石的值班經理。其他許多礦工仍然沒有出現，他們不但在錄影帶內沒有出現，就連該工作的時候，也不見人影。這群礦工現在分成兩路人馬，一路志願積極幫助救援工作，而另一路卻懶得做事，只想等待救援。雖然有大量工作可以讓他們保持忙碌，但是他們的生活卻減縮成消磨光陰。這正是太空總署所警告可能發生的狀況：在一個飽受壓力、無法生活的環境中，無所事事正是醞釀問題的源頭。

於是那些願意執行任務的人，與不願工作的人之間，常會爆發爭執。半打以上的人躺在床上無聊地看著岩石坑頂，或是聽自己的音樂，或是在電視間內隨處靠著看電視。「他們很懶，什麼事都不做。」富蘭克林羅伯斯形容那些礦工的態度。

先是電視的出現使這些人分心，然後是枯燥的工作與些許安心的感覺，對這個團體的和諧產生了威脅。杉莫阿瓦洛斯每天的工作就是衡量礦坑中的溫度、濕度，以及可能產生的致命氣體。他說他的工作非常單調：「溫度永遠不變，永遠是三十二度，濕度是百分之九十五。」他還描述氣溫如何使這些人發狂，勤快的寫手維克托塞戈維亞開始做噩夢，夢見他被困在烤箱內。

※※※

第五十四天：九月二十八日，星期二。

經過幾個禮拜的技術性挫折後，三組探鑽作業現在同時緩慢地朝這些人前進。C計畫終於架設成形並開始運作，高達五十公尺的龐大平台像座高塔一樣，傲視其他的「競爭者」。它所使用的大型鑽頭看起來像是帶著齒輪的恐龍大爪。C計畫成為工程師們談論的焦點，他們預計二十天之內這座石油鑽頭就可以鑽到這些人生活的地方，他們並且打賭這個鑽頭哪一天可以穿透。還需要再過一個星期的時間，他們才會了解聖荷西礦場的岩石非常堅硬，比花崗岩還要硬兩倍，這架石油探鑽機前進的速度遠比工程師們所期望、礦工們所想像的速度，還要慢許多。

蘇加略特現在面臨另一項微妙的決定，每座救生井道需要用鋼管加強嗎？鋼管的好處是能夠提供一個完全一致的平面，以供使用升降滑輪的鳳凰號所用。沒有人敢想像如果鳳凰號被卡在裡面的局面，還要組織另外一個救難隊伍去營救這些救難人員，或更糟的是，營救一位幾乎要重獲自由的礦工。所有能讓這趟最後的上升之旅毫無意外發生的狀況，全都考慮到了，可是蘇加略特知道如果要再安裝這些鋼管，整個救援行動需要多加三到七天。整個鋼管的重量將達到四百噸，這意味著需要另一台特殊的起重機，要從聖地牙哥運來並安裝。這些新鑿出來的坑道經過反覆的檢查，呈現一個將近完美的層面，許多段落平順宛如大理石，但是剛開始的一百公尺並不均勻，容易脫落或是解體。蘇加略特拒絕做最後評估，他的焦點現在集中在先到達這些人所在的地方，維持這些人生理與心理健康的壓力依然存在。

第五十五天：九月二十九日，星期三。

在「希望營區」，緩慢的作業令人苦惱，數千位新聞記者也快被逼瘋，他們與實際救援行動的溝通僅限於政府的攝影機，而且只有一些非常幸運的新聞記者才被允許進入現場，包含來自Discovery頻道的攝製組，一個智利的紀錄片小組，還有這本書的作者。

為了應付媒體對於影像以及錄影片段的饑渴，皮涅拉政府新聞小組在聖荷西礦場入口處設立了一個行動中心，皮涅拉的幕僚在一個被稱為「通信總部」的單位中過濾錄影帶，以決定它們是否適合公開播出。他們只將一些簡單的片段發給媒體，其他數百個小時的錄影從未播出。同時政府律師開始辯論有關播出更多錄影帶的合法性，他們的觀點認為如果礦場事實上是他們的家，那麼對這些礦工來說，政府具有什麼樣的權利，能播出這些拍攝的錄影帶呢？這項救援是公眾行為，還是坑道內的生活是屬於私人的事呢？播出這些錄影帶，是否會讓政府涉嫌侵犯他們的隱私呢？

正當皮涅拉政權還在與隱私權奮鬥時，世界各地的媒體繼續不斷地湧入「希望營區」，規模之大，智利前所未有，在世界其他地區也甚少見到。登記採訪的記者超過兩千人，靠近礦場附近的岩石山丘上鋪滿了拖車、帳棚、衛星天線、臨時夾板廣播平台，還有逐漸增加的世界尖端新聞媒體。攝影記者們將他們的三腳架架設在關鍵位置，以保證能夠清楚的拍攝到探鑽機。電視小組互相爭論，誰是第一個來到高處石台，做為架設衛星天線的傳送基地。每一天都有一隊新的面孔來到聖荷西礦場，拖著三腳架，與新的電話區碼奮鬥，呆呆地看著這副超現實的景象。

就在靠近礦場附近擁擠的營區之下，沙漠各個方位都顯得空曠無比，地平線上看不見一棵樹，只有一片平滑的金色沙丘，間歇性地被越野賽所殘留下的車軌畫斷。這項從達卡到巴黎的傳奇馬拉松越野賽由於種種原因，如政局不穩、安全考量，以及一起路人被外國車手與自行車手集體摔倒而壓死的悲劇性事件，而被非洲大陸趕出國門。從二〇〇九年開始，這項越野賽就改在智利這個荒蕪的角落舉行。數以百計的記者報導這項越野賽，並在附近山丘紮營。現在他們回來報導另一場競賽，與時間的競賽。

攝影記者們開始爭吵推擠，這麼多攝影機與麥克風擠在一起，幾乎不可能得到一個清晰的好位。塵土又嚴重的損傷了昂貴的鏡頭，更糟糕的是，最好的鏡頭已經被拍過上千次。一個當地的新聞報紙稱這整個場面就是「媒體的搖滾盛會伍茲塔克」（the Woodstock of Media）。一場爭奪地盤的建築大戰也隨即爆發，智利國家電視台 TVN 將他們的轉播台直接設在智利 CNN 電視台的前面，迫使他們必須在自己的地盤上再加高一層樓。一位當地的木匠拉蒙維加拉在這場地盤大賽中大做生意，現鈔滾滾而來。維加拉不到幾天就築好三座平台：「我每個平台收費二百五十美元，趕著一天做一台。」維加拉對智利評論刊物《診所》說。

正當報導說礦工們的健康良好時，駐守在山丘邊、做為救援隊伍之一的 ACHS 救護車經常呼嘯而過，駛下山丘，拯救受傷的新聞記者。根據報告，牽涉到新聞記者與車輛的不同意外事件，就有十起。

隨著小丑劇團的出現，加上身穿長袍的方濟會修士漫遊其間，這幅景象更感覺像是馬戲團，「就是少了頭獅子。」文卡提科那（Vinka Ticona）說，他是受困礦工亞里耶提科那的親戚。孩童們穿著超級英雄的服飾跑來跑去的景象非常普遍，所以再看到一群小孩穿著蜘蛛人的服裝，像猴子一樣攀爬岩石時，不再感到奇怪。

晚上的營火成為新聞記者、警察、政客與家屬們齊聚一堂、互攀交情的據點。智利已故總統薩爾瓦多阿連德的女兒伊莎貝爾阿連德，一下子接受CNN採訪，一下子又和另一位伊莎貝爾阿連德共享一份鮮魚三明治，她是智利的小說家，也是前總統的遠房堂親。販賣玉米餅的攤販前曲折蜿蜒的排著長龍。免費的烤海鮮，自家製作的熱湯，還有一大堆的餅乾，使每個人都吃得飽飽的。依照官方說法礦場這裡是無酒精區，從清晨大量的啤酒、葡萄酒，還有皮斯科酒的空瓶看來，這個地區真的沒有酒精，因為全部都被喝掉了。

世界各地，數以百萬計的觀眾對這個故事的情節非常著迷：這些人能夠活著出來嗎？誰會最先出來？這個故事現在已是實際災難與真人秀的混合節目，經過剪接後再由媒體播出，這是皮涅拉政府傳播小組幕後的精心傑作。沒有期待中的混亂、暴力，或是像小說「蒼蠅王」那樣的權力渙散場面，礦工們所呈現的是難得一見的世界團結場面：充滿快樂、希望與同心協力。傳統電視報導的口號是：「如果流血，就是頭條。」現在這項規則暫時被這群黑馬演員所演出的非暴力戲碼所推翻。

「希望營區」內，一群敏銳的星探以及電視製作人開始爭奪這些礦工故事的權利，特別是維克托塞戈維亞一百五十頁的日記，他記錄下每天的行事，包含沒有食物的那十七天最黑暗的時刻。塞戈維亞的家人幫他與出版公司協商，這份特殊自傳的起價是二萬五千美元。八卦報的記者開始到處找尋礦工的獨家訪問，開始與家屬簽約，承諾負擔這個人到洛杉磯與馬德里訪問的所有費用。

雖然這些人還被困在底下，但是一部有關他們受難的電影已經開始製作。在附近一處廢棄的礦坑中，智利與墨西哥的演員開始重現這場戲劇性的事件，加油添醋的製造情節，因為這些人每天的生活細節依然充滿神祕。智利導演李奧納多巴瑞拉（Leonardo Barrera）也宣布要根據這些人被困在地下的生活，拍攝一部色情電影。巴瑞拉聲明他的電影不會是「一場集體交歡」，而是描述一個虛構、充滿同情意味的礦工們與米納斯交歡的故事，米納斯（minas）是智利俗話中的性感女人。

這些礦工即將從黑暗、潮濕的礦底世界，一下被直接拉到好萊塢的聚光燈下，毫無過渡的準備時間。

第五十七天：十月一日，星期五。

九月三十日，礦工們的律師埃德加多雷諾索（Edgardo Reinoso）對政府提出訴訟，指控政府疏失以致聖荷西礦場能夠重新開張繼續營運，並尋求二千七百萬美元的損害賠償。雷諾索現在代表三個家庭，一個月之前他曾經成功地阻止了將要支付給埃斯特萬礦業公司的二十五萬美元。他原本是被位於礦場附近的海岸城市卡德拉市長所聘請，雷諾索希望這些錢能夠付給礦工們，至少支付一部分他希望的一百萬美元賠償費。

這位身材圓滾、喜歡表現的律師因為二〇〇七年打贏了一場控告政府的官司而名噪一時。海邊城市瓦爾帕萊伊索（Valparaíso）的除夕聯歡晚會中，人行天橋倒塌，壓死了兩位觀眾。他堅定地反對皮涅拉與智利右翼政府，決心要從政府拿到錢：「我們這些家庭希望他們能支付所有的損傷費用，而且我們要爭取正義。」塞普維達的太太凱蒂說，她也支持這場訴訟。

對皮涅拉的幕僚來說，雷諾索對政府的攻擊是廉價的伎倆，他們一再聲明十年來聖荷西礦場的危險眾所周知，但是從一九九〇到二〇一〇年間統治智利的中間偏左政府，卻沒有保護這些礦工，而且事實上還不斷允許它繼續生存，避免永久關閉這座危險的礦場。

意見調查顯示新任總統的支持度——現代政治圈展示成功與否的晴雨表，拙劣且不可靠——從災變前的百分之四十六，上升到救援行動開展後的百分之五十六。皮涅拉總統八月份將他個人的聲望，搭靠在營救礦工的最前線，但是現在面對雷諾索的官司，所有的政治營收將可能蒙受巨大的損失。

皮涅拉總統在礦場也飽受批評，救難人員對他的行動感到震驚，他們指責他利用救援行動做為政治資本。ACHS 的領導醫生迪亞茲公開批評皮涅拉與戈爾波內，擅改醫學與技術規範以贏得閃光燈，「這些人希望站在攝影機前，以偉大救星的姿態出現。」他說，對於救援行動被利用為公關行為深感沮喪，在他看來，這些舉動都是為總統造勢而做，「某些時刻將很難令我保持沈默。」

CNN拉丁美洲的一篇報導標題是：「家屬指控智利總統利用他們。」被困礦工維克托薩莫拉的母親耐莉布赫涅譴責皮涅拉：「全部都是政治伎倆，非常骯髒，這是一場騙局和政治宣傳，他們玩弄我們親愛家人的感情。」

其他的家庭成員承認他們並不喜歡皮涅拉和他的政治舉動，但是他的政府用盡一切可能去援救這些礦工：「就我個人來說，我無法忍受這個傢伙，而且對他非常有意見，但是他下了很棒的決定。」受困礦工丹尼爾埃雷拉的外甥克里斯欽埃雷拉說：「如果你問我是否該謝謝他？當然。如果是先前的政府還在掌管，這些礦工早就沒命了。」

十月一日，戈爾波內部長終結了一個月的謠言與猜測，證實了一個公開的秘密：救援行動要比大家所知道的進行得更快。「感謝我們和技術小組一起做的分析，好消息是我們可以預計援救礦工出來的時間，應該會是在十月下旬。」戈爾波內指出鑽頭已經穿過上層鬆散的岩層，現在位於礦山中地質學上較為堅實的部分：「這讓我們感覺比較樂觀。」戈爾波內也宣布他已經通知礦工這項好消息。

礦工的救援行動順利開展，智利人開始發出各種疑問並引發廣泛地辯論，最基本的問題就是，為什麼這些礦工會被困在那裡？為什麼這麼一個惡名昭彰的危險礦場還在經營？八月末，智利國會調查小組出土了一份歷史，列舉出聖埃斯特萬公司所有的礦場所發生的一連串致命意外，他們不但擁有聖荷西礦場，同時還擁有相鄰的聖安東尼奧礦場。

ACHS呈現給智利國會的數據顯示、聖荷西礦場出事的機率，要高出這行業平均的百分之三百零七倍：「一般公司要付出員工薪水的百分之一點六五做為保險費，他們要付出百分之五點三七。」ACHS的馬丁福倫斯（Martín Fruns）作證道，並指出聖荷西礦場老闆已經五個月沒有付員工的保險費基金了。

在委員會前作證時，政府勞工部門的前任部長瑪麗亞費瑞斯（María Ester Feres）說她曾經在十年前，二〇〇一年的時候就企圖嘗試關閉聖荷西礦場，但是卻被駁回，她形容是：「來自礦界的壓力。」擔心會失去這些工作。「已經在這座礦場做了些小型補救措施，但是對勞工部門來說，這個礦場就是一顆炸彈……而且沒有逃生之路。」

國會的調查也顯示聖荷西礦場內的岩石經常會像下雨一樣落下，經常會壓傷工人，有些只是小型意外，無需就醫，但是其他事件則以葬禮終結。

礦場老闆亞歷杭卓伯恩作證說，增強安全措施是「我們公司的神聖原則」，問他有關切斷礦工奇諾科特茲小腿的意外事件時，他責怪礦工並沒有安裝保護網以防止落石，他甚至繼續說道：「很不幸的，就是這班工人，現在被圍困在地底下。」

許多觀察家都對伯恩冷酷的言論感到震驚，聽起來像是責怪被雷打到的人沒有穿著塑膠鞋走路一樣：「整個坑頂都沒有鐵絲網，大約只有百分之二十才有鐵絲網，」杉莫阿瓦洛斯說。他聽到伯恩的證詞時非常憤怒：「那麼我們應該在哪裡工作？在哪裡？」

皮涅拉的新任勞工部長卡蜜拉美麗諾（Camila Merino），承認皮涅拉政府早已注意到危險的工作環境：「我們早已對安全問題做過指示，我們期待能夠採取行動，這就是為什麼大家都應該重視我們現在所建議的所有安全措施，這樣未來就不會再發生更多的意外。」美麗諾說。

她的說法引起智利人的憤怒，反對陣營的律師要求更多細節，政府是否掩飾聖荷西礦場的整體安全問題？如果是這樣的話，他們還要遮掩這項醜聞多久呢？美麗諾反擊，堅持說她沒有可靠的消息能夠證明。

哈維葉卡斯帝猷是科皮亞波工會的領導人，他與礦場老闆，還有被稱為「Sernageomin」的國家礦業視察單位奮鬥了超過十年。非常高興大家再度關心勞工安全問題，提出呈給法庭，當地政治家與礦場老闆的數百份文件，卡斯帝猷一再提出警告，聖荷西與聖安東尼奧是兩座令人害怕的危險礦場，接近坍塌的邊緣。

正當整個世界懷疑為什麼聖荷西礦場會倒塌時，卡斯帝猷決心要證明政府的疏忽一樣致命。二〇〇二年時工會錄製了一段錄影帶，強調這兩座礦場不安全的作業環境，以及可能坍塌的危險。他呈現給國會調查庭的文件顯示，聖荷西礦場老闆已接獲這座礦場極為脆弱的警告。二〇〇三年，與聖荷西礦場位於同一座礦山內的聖安東尼奧礦場，發生一起強烈坍塌事件，然後在二〇〇七年，聖安東尼奧礦場再度坍塌並被關閉。所幸無人傷亡，不過這只是因為礦災發生於凌晨一點，無人在礦內工作。

卡斯帝猷提供的詳盡細節中列出由於一連串的致命意外，導致政府安全官員於二〇〇七年整年，外帶部分二〇〇八年，關閉整座聖荷西礦場。現在國會調查的重點集中在一個核心議題上：這座礦場為何重新再度開張？

依據智利法律，聖荷西礦場需要有兩組不同的逃生出口，一條是供日常所用，另一條是以備緊急所需。經過調查之後，智利國會道出結論，聖荷西礦場從來就沒有一個緊急逃生出口，甚至應急的需求，例如通風井內的梯子，都沒有安置。

在聖荷西礦場發生最後災變之前的幾個星期甚至幾個月前，都出現了不穩定的徵兆。二〇一〇年六月一群岩石落下，壓傷了荷黑加葉伊約斯的背部，ACHS的調查警告說可能會有再度坍塌的危險，ACHS的亞歷杭卓皮諾說，礦場老闆已接獲即將發生危險的警告，他說：「我們要求這間公司加強他們的礦場安全。」

第五十九天：十月三日，星期日。

國會繼續展開調查，救援的腳步越來越近，聖荷西礦場的山麓爬滿了建築工人，建造一個直升機停機坪，一座臨時醫院，還有新聞記者看台。政府甚至為了家人與這些救出礦工重逢的時刻，設計了一個休息室，家人可以坐在設計精巧的沙發上，還有鮮花、藍色霓虹燈，以及時髦的走廊。

礦工們現在已經受過媒體訓練，新鮮出爐的名人身分閃閃發光，引起許多久違的親人紛紛來到「希望營區」。有了這麼多未知的「親屬」光臨，智利的《診所》報刊畫了一張「希望營區」地圖，裡面的一個箭頭指向一個區域標明為「親屬」，另一個箭頭指向另外一個區域，標明為「待定親屬」。

「希望營區」的心理學家們努力幫助這些家庭面對創傷後的未知前景，這些人出來之後會是快樂，還是消沈？他們會對太太表達不逝的愛意，還是希望立刻離婚？而且對赫尼這位應運而生的醫生來說，會跟著他的長期情人，還是他的老婆呢？許多礦工可能會受憂鬱症困擾，那麼這種獨特創傷的長期影響，又會是個什麼樣的情形呢？

經過一整個月與這些人的戰鬥之後，伊圖拉現在像是位門房，也是位啦啦隊長。他避免和這些人起正面衝突，成為一位外交官，不但撫慰家庭問題，傳達信息，還不斷重申他的口頭禪：「距離救援又近了一天。」企圖保持礦工信心直到將他們救出來。

就在伊圖拉擔心這些人脆弱的心靈時，蘇加略特和他的團隊面臨重大困難。

A計畫經歷了另一番技術挫折，工人們連忙更換鎚頭與鑽頭，但是失去了寶貴的三天。雖然A計畫現在距離這些人只有一百公尺，但是很少工程師會打賭這個事前大肆宣傳的救援計畫能夠贏得這場競爭。這個緩慢但穩定的原始救援探鑽計畫，現在位居第三。其他兩個探鑽作業在聖荷西這種奇特的礦場中顯然較快。

C計畫也面臨挫折，一個走錯的鑽頭引導鑽軸遠離軌道。於是工程人員設計了一個計畫，利用一個比較小的鑽頭，將彎曲的坑道重新引回軌道，然後再使用原始大小的鑽頭，挖出一個寬度足夠容納鳳凰號的坑道。總而言之，需要多出將近一個星期的時間。於是現在C計畫的速度，被無法保持巨大鑽頭在正常軌道上鑽鑿的情況所破壞。

所有的賭注現在都下在B計畫上，第五十九天，它已經到達四百二十七公尺，而且在這場史無前例的作業行動中，看起來是最可靠的技術，由於A計畫與C計畫目前面臨巨大的挑戰，皮涅拉總統當初堅持要用三種不同的技術從事救援行動的決定，現在看起來，具有先見之明。

第十一章

終於穿透

第六十二天：十月六日，星期三。

B計畫的工程不到五十公尺，這些人可以聽到鎚擊鑽磨的聲音，非常地接近，近到似乎鑽頭隨時都可能會突破修車間的坑頂，或者這又是另一個幻象？坑內遍傳各種說法：鑽頭可能是一天就鑽透，也可能是八天。

對這些礦工來說，食物突然變得沒有那麼重要，每天的消息是他們的精神食糧。「差十五分九點你會聽到有人敲打著罐頭，聽起來像是鈴聲，然後他們會叫到：『還有十分鐘看新聞，還有十分鐘看新聞！』我們都跑去看新聞。」杉莫阿瓦洛斯說。

每天晚上九點的新聞是現在生活的重點，在地下播放室中，他們滿身大汗，脫到僅剩下一條白短褲，穿著塑膠底鞋，集合在一起觀看收聽最新進展。整個新聞報導幾乎都是救援行動，開始的二十分鐘內，全在報導聖羅倫佐的行動內容。

「時間分分秒秒的過去，我們知道發生了什麼事……我們跟著救援報導，開始計算這項行動什麼時候會結束。我們知道太多消息，反而造成每個人的焦慮，希望這件事趕快結束，趕快讓我出去。如果沒有這麼多消息，我們不可能會知道什麼時候可以出去。」杉莫阿瓦洛斯解釋道。

救難官員包含蘇加略特在內，都不願意對礦工說出一個確切的時間。戈爾波內下令謹慎行事，蘇加略特也同意，許多事都可能會出現無法挽回的錯誤。由於往下鑽井道的時候，機器有時會飄離軌道，然後再被矯正回來，造成井道微彎與斜坑，救生艙會被這種情況卡住嗎？臨近鑽軸底部的一個曲線，特別令工程師們擔心，指揮中心盛傳鳳凰號僅能勉強通過這個彎曲的部分。此外也必須精準地測量小量炸藥，以擴大鳳凰號進入修車間坑頂的洞口，這件事也使救難人員輾轉難眠。如果用了太多的炸藥，他們要冒著井道坍塌的危險，而且沒有人能夠預測井壁能支持多少次鳳凰號升降作業的磨損與滑動。在攝影機前，井道看來堅固得像大理石，但是除非救生艙進入作業行動，否則沒有人會真正了解。地震也是另一個令人害怕的可能因素。世界上五個最大的地震中，就有兩個發生在智利，包含二〇一〇年二月的地震，記憶依然鮮明。

而且現在整個世界都很清楚，由於瘋狂的攫取金礦與銅礦，環繞聖荷西的整個山麓地帶非常脆弱，像是被挖空的骨骼，僅由殘餘的礦山支撐，地質學家的勘察結論非常清楚：整座山非常脆弱。

科代爾克公司在山麓邊上遍插偵測器，也是救援行動的一部分，它能測量到地層內最輕微的震動。所以如果偵測到可能發生倒塌的現象時，工程人員希望至少能先收到短暫的警訊。對被困的人來說，這項訊息卻完全相反。救援行動好像近在眼前，卻又遠在天邊：「沒有人能睡，我們都非常緊張。」阿瓦洛斯說。他形容坑內緊張的氣氛升高：「坑道內噪音很大，機器聲在這裡也在那裡，每個人都非常不安，我們的身體都很疲倦，這比第一天還要糟糕。」

測量緊張氣氛升高的另一項指標，就是地下要求的香菸數量。原先只有九位抽菸者，現在增加到十八位。原先每天供應二到四根香菸，現在則幾乎毫無限制。當香菸短缺，這些人接近他們所得到的配額底線時，情緒緊繃，幾乎開始打起架來。

鎮定劑也被送下去，對某些人來說，這些藥品有助睡眠。對其他人來說，降低了無謂升高的腎上腺素。而在少數情況中，這些藥發揮了神奇的作用，阻止了看起來像是輕微精神發作的現象。雖然這些礦工的心理狀態從來沒有公開發表，但是在醫生與急救人員私下的健康會報中，曾形容某些礦工的心理狀態有躁鬱症、極端沮喪，與自殺的傾向。

為了逃避這種不斷升高的焦躁感，這些人別出心裁的開發了一項娛樂活動。探鑽作業必須持續用水潤滑，於是他們使用簡陋的渠道引水設備，將滴下來的水流，引離他們的生活區域，流到礦內最底層。這些集結下來的水流剛開始還只是一個泥潭，根本無法用來洗澡，潑上身的泥水，要比想洗掉的泥沙還多。但是當救援活動持續前進，而引水渠道改進之後，礦坑底部開始積滿流水，最終形成一個長寬七乘三公尺，深達一公尺的水塘。到了十月初，這些人戲稱這不斷擴大的水塘為「海灘」（La Playa），水分充足，可以在裡面游泳嬉戲。馬利歐塞普維達說：「我會在裡面游上幾圈，我們大家都有段快樂時光。」礦工們會在裡面好幾個小時，浮沈取樂。

佩德羅科特茲是駕駛採礦堆高機「滿你拖」（Manitou）的專家，這輛車配有可調式液壓平台。他將這台機器開到游泳池中，開亮頭燈，照耀出一片如夢似幻的景象：六個赤裸裸的男人，在七百公尺以下的地底，游泳作樂。

至少在這短暫的時刻中，這些人可以忘掉他們所遭受的苦難，彼此互開玩笑，想像重獲自由之後的地上生活，同時互相承諾，永不放棄他們彼此間所建立起的特殊兄弟情感。這些人毫不懷疑他們會為彼此犧牲自己，就連最膠著的關係，也會有一種緊緊相連的兄弟情感。「我會看著他的眼睛，完全知道他在想什麼。有的時候甚至不必說話。」杉莫阿瓦洛斯說，形容他和塞普維達之間的情感。

在瀕臨飢餓與死亡的邊緣時，這些人建立起一種忠心的互信情感，他們曾經一起被判死刑，而且並非瞬間執行，而是歷經了多天捱餓受苦的過程。「那個時候我們彼此間不會談有關吃人的事。」理查比利亞羅埃承認：「但是之後，我們經常拿這事來開玩笑。」

食人的笑話不過是一種表層的掩飾，害怕自己曾經如此接近原始與野蠻的極端。賦詩的情懷、彼此的承諾，與強制性慢跑等種種行為，可說是這些礦工們想要挽回人性的積極努力，將野蠻與死亡的陰影遠遠推開。

第六十三天：十月七日，星期四。

在他們被困的兩個月期間內，這些礦工累積了大量禮物，包含裸女照片、小本聖經、數百封信、乾淨的衣服，還有偶爾走私進來的巧克力。

每個人裝飾自己睡覺的地方，他們在坑壁上架鐵絲網，掛上智利國旗、家人照片、信件，還有圖畫。「我有一個特別區域，放著上帝與魔鬼。」阿瓦洛斯說：「我有露莉（一位具有金髮豪乳的智利海報女郎）豐滿的臀部，另外還有加爾各答的泰瑞莎修女，他們都是我的偶像，也是我的靈感泉源。」他環顧這臨時的「房間」，意識到自己其實活得像個收破爛似的。由於沒有家具或是櫥架，所有的東西都只能亂堆在石塊遍布、潮濕的坑地上。

現在送下來的每一隻信鴿管中，都包括多面旗幟，要求這三十三人的全體簽名並儘速送還。可見他們就算在礦底深處，受困的名人地位也非常鮮明。這些旗幟從「天主教大學」（Universidad Católica）、「科布賽爾」（Cobresal）這些足球俱樂部，到「地質科技探鑽公司」等各式旗幟，其中最重要的是成打的智利國旗。這些人遵從要求，分別簽上自己的名字，在七百公尺下的深處，像知名作者一樣，簽名簽到手發軟的地步，正是上面等待他們的媒體狂潮與名聲的先兆。可是對天真的他們來說，許多人還無法了解世界上的人對他們這個地下世界的癡迷程度。

探鑽工程的軌道航向正確，這些人開始安排回到地面的事，要帶什麼上去？什麼東西留下？時間曾經一度是他們致命的敵人，現在即將結束，該是打包上去的時候。

日子一天天接近，礦工們開始扭轉運送方式，現在信鴿管內充滿了往上送的東西，一連串看起來永無止境的隨身用品，包括所收集的岩石、日記、旗幟，還有歐洲足球明星簽名的足球球衣，其中包括世界足球盃的西班牙前鋒英雄大衛比利亞（David Villa），他的父親與祖父也都是礦工。

烏蘇瓦每天至少兩次，有的時候更多，會接到來自上面的消息，有關前進的速度，所遭遇的挫折，以及救援的規則。整個救援行動需要來自地下廣泛與持續的回應，有的時候要求非常簡單，只是移動一個攝影機，讓上面的人可以清楚地看到現場實況，其他的狀況則是要求這些人用重型機械強化危險的坑頂，挖走鬆動的石塊，或是修補受損的通訊設施。

這些礦工也開始將幾百支空水瓶、大堆食物保鮮膜，還有壞了的設備，搬到礦底，投入他們所造出的一個廢棄坑中。探鑽機器所造成的泥水地面、漩渦灰塵與泥沙，不可能清除乾淨，但是這些人仍然希望能夠將他們即將離開的生活區域布置整齊。塞普維達開玩笑的對救難人員說：「這好像是出去旅行一樣，你希望在走之前，把房子清理乾淨。」

他們的準備行動中，也包含如何面對他們的新名氣。雖然塞普維達一直都是他們拍攝地下生活的最佳主持人，對振奮團體的士氣非常有幫助，但是這些人開始認為，一旦走上地面，他們會需要一位具有不同技能的代言人——一位更嚴肅、更具有法律知識的人。「我企圖對馬利歐解釋大家的感覺，他想要掌握整個場面，但是我說他們是對的，你必須要放手，你想要掌控，也許你自己沒有察覺，但是你一直、一直都在攝影機前面。」阿瓦洛斯說：「他們希望能夠扳倒他，這已經是公開的秘密。」

最後一個星期五，這種意識達到最高潮，於是他們提議對新的發言人進行表決。馬利歐是面對這群瘋狂媒體的最佳發言人嗎？有些礦工提出要有另一個穩重、成熟的正式聲音。當這個主意獲得支持後，大家決定以投票表決。塞普維達輸了，於是正式發言人的責任交給了胡安伊利亞內斯，一位博學多才、具備信心與口才，同時對於知識產權與法律有些許了解的人。塞普維達一定感覺像是一記耳光打在他的臉上，這等於是拒絕認同他的領導地位，他立刻退出前線，開始將他的心神轉為安排個人面對媒體的路途上。

第六十五天：十月九日，星期六。

救難小組人員通知這些人，鑽頭已經距離他們不到十公尺。塞普維達發了一個訊息給上面的救難人員：「我們全部都會到上面去看那個鑽頭，當它穿透的時候，我們會通宵慶祝。告訴他們不要再用信鴿管送東西下來，沒有人會在那裡迎接他們。」

信鴿管的食物從來不會沒人照顧，就算在最沮喪的時刻，這些人也會保證他們的這條生命線在嚴格地看管之下。現在他們決定往上走幾百公尺去修車間，鑽頭會在那裡出現。

帶著緊張興奮的心情，他們齊聚在一起，經歷了這麼多挫折：毀壞的鑽頭、錯誤的探井，以及坑道的塌陷後，他們不敢相信，逃生之路真的像聽起來的那麼近嗎？他們在坑道內互相扶持，站在祈求鑽頭會鑽穿的地點五十公尺外。這時混合泥土與水的一團污泥，從上落入坡道。

亞歷克斯維加開始記錄，他遮住筆記本不讓泥水濺濕，開始記錄這歷史性的時刻，為他的太太描述每分鐘的詳情。捲捲煙塵，陣陣噪音，鎚頭不斷的撞擊，碎片飛揚四散。礦工們像是仰望著聖誕老人從煙囪內爬下來的小孩，雙眼發直，大汗淋漓，戴緊頭盔，雙手戴上厚厚的工作手套，準備進行最後一場任務。

一開始除了兩眼盯著瞧之外，他們什麼事也不能做。佩德羅科特茲用電話和工程人員溝通，提供每分鐘的最新狀況，然後透過翻譯，傳送到探鑽師傑夫哈特的耳中，藉以矯正鑽頭的速度與壓力，飛揚的碎片和刺耳的噪音使他們無法靠得太近。

鑽頭越來越近，礦工們聽到速度轉慢，然後變成金屬撞擊金屬的尖銳刺耳聲，這種飛揚的尖叫聲，使得每個人提心吊膽。傑夫哈特毫無選擇，只能直接磨穿金屬網，每個人都還記得早先發生的事件，鑽頭被切斷，造成四天的延誤。

鑽頭繼續啟動向前，再次被卡住，又發出令人刺骨的聲音，坑頂內層安全網上的多個岩栓，和鑽鎚糾纏在一起，佩德羅科提斯繼續和上面的工程人員用電話溝通，他們說鑽頭只剩下不到一公尺的距離。

地面上的傑夫哈特減緩了鑽頭的速度，如果他進展的太快，鑽頭可能鑿進坑頂卡在那裡，可是太鬆，又可能使坑道脆弱的部分坍塌。最後的幾吋令他費盡心思。蘇加略特、戈爾波內，還有一大群救難人員與政府官員都站在旁邊圍成一圈，哈特不時停下來，觀看從下面傳上來的影像。礦工們持續地努力，像是空中交通管制人員引導舉步維艱的飛機降落一般。祈禱鑽頭能平安抵達。

礦底的聲音震耳欲聾，就算有耳塞以及第二層的耳套保護，鑽頭撞擊磨碎岩石的咆哮聲，依然高到令人難受。不過這一次，鑽頭戰勝了岩栓，早上八點，井道穿透。

當探鑽機的頭部從修車間的屋頂出現時，龐大的灰塵雲霧瀰漫了整個洞穴，許多人對這初度下探的機器只有瞬間的印象，因為塵霧切斷了他們的視線。不過這層風暴是自由的可貴象徵，下面的礦工們互相擁抱歡呼。

底下傳上來的消息：鑽頭穿透了。B計畫的工人們恍然領略這項任務已經完成，哈特開玩笑的說：「我以為是我的心臟爆炸了。」蘇加略特、戈爾波內彼此互相擁抱，香檳瓶塞迸開，卡車喇叭聲響，B計畫的平台上充滿了戴著頭盔的工人互相擁抱跳躍。他們肩併著肩，臂膀互挽，繞著圓圈跳舞，整座山谷瀰漫著喇叭、鈴聲，與叫喊的聲音，經過兩個月，救援井道終於抵達目標。

哈特迅速打包離開現場，他的工作已經完成，現在是讓智利人接手的時候。穿著沾滿油污的工作服穿過「希望營區」，他訝異地看著自己鑽出來的這個大洞，通往這些礦工受困的遙遠所在。對自己迅速成為名人，似乎也頗感困惑，女人擁抱他，新聞記者抓著他，想記錄下他所說的每一句話，但是他好像無法用言語表達他的才華，似乎在用眼睛說：「你永遠不會了解。」他看著新聞記者說：「我是個探鑽工，如果你不是個探鑽工，你不會了解我的感覺。從地底傳來的震動感，我的腳能感受到，然後我才知道鑽頭會在哪裡。」如果哈特的鑽頭滑出軌道五十公分，他就會錯過坑道。他像是個長距離的狙擊手，正中靶心，完美之至。

哈特詳細的描述探鑽作業最後的關鍵時刻，如何配合地下礦工傳給他的現場景象，這是一場同心協力的合作。問他會對那些礦工們說什麼，哈特笑著說：「兩天以前我發給他們一個訊息，上面寫著：我們即將到達那裡。現在我會說：跟我們來吧！」

「希望營區」爆發出一片歡呼聲，救難人員戴著頭盔，從一座帳棚到另外一座帳棚，擁抱親人家屬。受困礦工的家人們現在可以放鬆心情：「我傳送給他寧靜和安心，最糟糕的狀況已經過去。」阿隆索蓋耶多（Alonso Gallardo）說，馬力歐戈麥茲三十四歲的外甥。

「我們要去附近區域舉行一個盛大的派對。」二十七歲的丹尼爾桑德森（Daniel Sanderson）說。這個晚上他只睡了一個小時，一直在等待兩位被困好友的命運。桑德森也在聖荷西礦場工作。他說儘管礦場危險，且歷經被困好幾個星期的極端創傷後，他的朋友仍然會繼續做礦工：「他們已經寫信給我，要找新的礦場工作，我們都是礦工。」

「這是給所有人的。」三十九歲的胡安岡薩雷斯說，在「希望營區」的家人帳棚內卸下四十箱新鮮鳳梨。「我只希望擁抱他們。」他指的是兩位受困的兄弟雷南與佛羅倫西歐阿瓦洛斯。「我會告訴他們保持冷靜，我們都會在這裡等待。」

「不管現在是星期二，星期三，或是星期四，」皮涅拉總統說道：「重要的是將他們活著安全的救出來，就為了這一點，我們將全力以赴。」皮涅拉總統並沒有說清楚，現在救援行動是否會在整個救援井道內架設鋼管，還是只是架設部分段落？鋼管一直被認為是救援行動的重要部分，也是讓井道內的井壁保持滑順，讓鳳凰號能夠不受干擾的滑行保證。但是現在重新評估鋼管工程，工程人員擔心井道輕微的彎曲和轉折，會使鋼管的安裝更加複雜，如果一小段鋼管彎曲卡住怎麼辦？裝鋼管或者不裝鋼管哪一項比較冒險？成為一個重要的問題。

戈爾波內部長也一再強調小心為上：「這固然是一項重要的成就，可是我們還沒有救出任何一個人，這項救援行動要到最後一個人離開礦場，才算完成。」

就在他說話的時候，家庭成員聚集在營火灰燼旁，帶著微笑，擁抱陌生人，共享早餐與咖啡。數百位外國記者連忙報導新聞：這三十三人朝向自由又邁進了一步。

在礦場地底，克勞迪奧亞涅斯正在拍攝這座救援井道，雖然往上看不到多遠，幾公尺外就是一片黑暗，但是他和杉莫阿瓦洛斯一起拍了一段家庭影片，將攝影機伸入救援井中，彷彿憑藉著這樣的工作，以及飛躍的想像力，他們可以將這個失落的世界，立即傳達到上面。救援井道周長七十二公分，大到足以傳下一陣久違的清涼微風，這些人非常高興的接受這陣半新鮮的清新空氣，救援井像是一部粗製的冷氣機。然而這些人並不知道，這座即將運送他們到安全之地的救援井，同時也是一座死亡陷阱。

傳進來的冷空氣，改變了這座脆弱礦坑的溫度，冷空氣造成礦山岩壁的收縮，溫度劇烈的改變，雖然使這些人很高興，但是卻具有動搖整座礦山的作用。

第六十六天：十月十日，星期日。

這些人比任何時候都有受困的感覺，時間彷彿停止，沒有太陽，沒有黎明，沒有任何方式表明時間，他們經常會問彼此，現在是否已是早上？

然後在早上六點，清晨的寧靜被一聲巨大的咆哮聲所粉碎，一陣又一陣。「理查踢我的腳叫我起來，他說這座礦山要來找我們了。」杉莫阿瓦洛斯說：「我以為我們死定了，整座山要塌下來，如果真的塌下來，我們就完了，整座山非常不穩定，任何事都可能發生。澎！澎！澎！的聲音沒有停止，不斷地爆炸。」烏蘇瓦打電話給蘇加略特：「整座山在斷裂，發出很多噪音。」他和其餘礦工都非常警覺，灰塵與一股奇怪的微風吹襲坑道。蘇加略特嘗試安慰他們，這些塌陷發生在他們頭頂上方相當高的地方，不會立刻對他們造成危險。

杉莫阿瓦洛斯聽到礦山的塌陷聲，非常確定這會是最後的一擊，他們的受困最終必然走向死亡之路。阿瓦洛斯深信礦山是頭活生生的怪獸，充滿報復心態，即將塌陷，並決心要將這些人困在裡面。

奧瑪芮加達斯相信岩石斷裂以及爆炸的聲音，是從天上傳下來的信息。在他的耳中，岩塊鬆脫所產生的碎裂雜音與石塊的崩裂聲，不啻上帝的話音：「我是個基督徒，我認為這是種警告，上帝已經給了我們一個奇蹟，我們必須繼續相信他，感謝他賜予我們生命，感謝他讓我們活著出去。礦山在爆炸，我們必須堅守承諾，我們發誓要成為更好的人，我認為這座礦山就是在提醒我們，要記住我們的話。其他人則說：『這座山並不希望我們離開，這座山希望至少有一個人留在這裡。』」

理查比利亞羅埃保持冷靜，躺在床上，保留精力，等待最後的上行之旅。他深具信心，任何事都無法阻擋他，決心一定要見到太太生出兒子小理查。預產期只剩下不到兩個星期，他已經活過礦坑倒塌、飢餓、高溫與高濕的挑戰，感覺自己所向無敵，任何礦山的碎裂與咆哮的聲音都不能動搖他的意志，命運已將他帶領到這麼遠的地步，代表他註定要活下來。

到了中午，斷裂聲漸趨和緩，最後幾乎全部停止。但是即使是一片寧靜，也是一項可怕的警示，礦山不過是在活動中稍事停頓。

那天晚上沒有幾個人能睡。

第十二章

最後的準備

第六十七天：十月十一日，星期一。

礦工們開始準備迎接救生艙的到來。照明燈環繞整個區域，修車間的這個部分像是座小型舞台，上面的救生井看起來既平凡又神奇。初看之下，幾乎見不到它的存在，只是另一個污黑的斑點，在這個凹凸不平曲曲折折的坑頂上。但是這些人朝拜這個洞口像朝拜神聖的神龕，每天，甚至每個小時，都有人前來朝聖。坑道內的這塊區域遠高於這些人生活的地方，通常空無一人，由於探鑽作業已經完成，空氣中一片寧靜，只有不斷滴落地面的水流聲。

這些人緊張的交談，不停的抽菸，希望時間能過得快一點。他們也討論彼此之間的協定——保持沉默的協定。每個人都承諾不討論他們在下面生活的細節，也發誓不批評其他礦工，他們可以自由的談論自己的經驗，但是絕口不與媒體分享那段頑強的生活體驗。這些人下定決心，這些事將要保留給他們共同的電影。

富蘭克林羅伯斯置身於這些討論的最前線，羅伯斯提醒這些人要團結一致，他希望能建立一個非營利性的基金會，凸顯這些人的成就，展示他們的生存毅力，並希望能設在紀念這次事件的博物館內。所有他們夢想中的電影收入，將會平均分成三十三份，確保每個人都能從媒體大肆報導中獲得利益。這項協議後來被稱為「沉默協議」，原本希望能夠保護他們的隱私，同時掩蓋令人難堪的事情：包括謠言盛傳這些人曾經有同性戀行為、使用毒品、偶而還會打架。不過這項協議的核心仍是利益與共，這些人認為他們的經驗是集體受難，因此戰利品自然是平均分配，然而這項協議就連一開始的二十四小時都無法維持。

這些人緩慢地度過最後幾個難熬的小時，他們要求更多的香菸：「這不是要求戒菸的時刻。」羅曼諾利醫生說，將成包的香菸塞進信鴿管內，問他一位負責個人健康的醫生將香菸迅速的送給他的病人，不是很現實的諷刺嗎？他堅持道：「這是一項救援任務……我不忍心拿走他們的香菸。」礦工們雖然緊張但是精神亢奮，要求羅曼諾利醫生送皮斯科酒、萊姆酒，與調酒汁。

專門為每個人量身訂做的特製防水服，布料由日本進口，也送下去給礦工。綠色的連身服捲起來塞進信鴿管，外帶乾淨的襪子、維他命，以及一副奧克利（Oakley）雷達型黑色太陽眼鏡，一起送下去。

他們還要求鞋油，由此可見他們想要保持尊嚴的心情。幾個星期以來他們像頭野獸一樣的活著，細菌與黴菌侵入他們的生活，在皮膚上肆虐。現在他們在整個世界的注視下，他們要尋求最基本的尊嚴：乾淨的臉龐，整齊的頭髮，與發亮的鞋子。

雖然他們預計是在夜間被救出來，不過太陽眼鏡可以用來遮擋遍布救援區域閃閃發亮的燈光，以保護他們的眼睛。家屬們也表達他們害怕另一種燈光：媒體的閃光燈。智利報紙《第三者》（La Tercera）的民意調查顯示，家屬們害怕媒體過度曝光的程度，要比擔心這些人心理與生理的健康更甚。

聖荷西礦場上方山麓的信鴿管站內，莉莉安娜蒂維亞（Liliana Devia）醫生正在演練撤離規則。她在桌上攤開一張臨時醫護站的繪圖，然後一邊描述醫療計畫，一邊移動不同顏色的樂高塊，像是一位布署軍隊作戰的將軍。

「這是許多星期以來，這些礦工將完全孤獨的時候。」馬涅利奇博士說。他害怕這些礦工太過緊張，在上升的過程中出現恐慌症。

一群救難人員在鳳凰號內演練過非常多天，他們深信這個實驗救生艙相當安全且堅固，雖然有點小，但是不會不舒服。可是看著一片單調的岩石牆壁，滑行上十五分鐘，就連最有經驗的水手也會暈船。因此他們建議這些人如有必要，可以閉上眼睛。同時感謝羅曼諾利醫生的一套複雜的無線生命探測儀器，如果任何一位礦工陷入恐慌狀態，信號燈就會顯示在手提電腦上，佩德羅蓋猷或是醫生會試著讓礦工冷靜下來。

礦工們害怕他們無法一個人面對十五分鐘的孤獨旅程，紛紛要求特殊的音樂與歌曲，能夠幫助他們抵抗上升時的恐懼。維克托薩莫拉要求要有巴布馬利的雷鬼歌曲《水牛士兵》，在救生艙內一路轟炸，直到浮上地表。

如果一切按照計畫順利進行，這些人將以每九十分鐘一位的速度救出，大約是兩天的馬拉松行程，整個團體已然鬆弛的耐心，即將面對考驗。

這些人救出來後，會用直升機送抵科皮亞波醫院，那裡正嚴陣以待。架起安全護欄，而鄰居們則將雜草叢生的後院，租給來自世界各地的衛星小組與播報人員，換取現金。兩個病房的窗戶全部被封起來，同時裝上厚重的窗簾，不但為礦工敏感的眼睛擋住強烈的陽光，也擋住侵犯隱私的長距離鏡頭。

有關當局要求媒體給這些人與他們親愛的家人一點相處的時間，但是他們的故事需求甚殷，加上媒體爭先採訪的激烈競爭，很少記者遵守這項要求。除了有關他們的同性戀行為，與使用毒品的故事外，這些人也會被逼問到與他們相關的複雜地面家庭生活。混合著情人、太太，加上最近新發現的私生子等情事，使他們的到來更加複雜，絕不輕鬆。「我等他們問我誰希望上去，我想我們其中大約有十個人會選擇留在底下。」塞普維達說。

在科皮亞波中心，距離醫院不到一英里處，數百位礦工正在舉行抗議遊行，造成交通混亂。這些人都是在聖埃斯特萬公司工作，這是聖荷西礦場與其他幾家當地礦場與處理工廠的控股公司。當新聞媒體與訴訟官司都集中在這三十三位受困礦工時，另外兩百五十名員工沒有工作，也不在媒體燈光之下。他們要求支付薪水，完成書面工作，這樣他們可以另找新的工作。

他們吹響號角舉起布條，上面寫著：「這三十三人還好，其他人完蛋。」這些人希望聖荷西礦場災變所引發的後果，能夠得到更廣泛的注意。

「他們得不到國際旅行、禮物、電視邀請、獨家訪問，或特殊禮遇等等事項。」當地報紙《阿塔卡馬報》的一篇社論寫道：「他們和家人只想回復到正常生活，得到像樣的工作，讓他們繼續生活下去。」

當失業的礦工們在街上遊行時，這些受困礦工的太太們正在為鎂光燈打扮自己。科皮亞波的市長馬利奧西卡丁尼招待太太們來一場免費的水療護理，「我認為她們都應該來一次美容護理。」這位花俏的市長說。當這些女人從沙龍中走出來後，西卡丁尼市長說：「她們看起來光鮮亮麗，我懷疑她們的先生還會認識她們嗎！」

礦場上方的整個山丘嚴陣以待，數百名救難人員備齊各項大小事務，智利空軍的直升機師已抵達，臨時醫療站的二十四名醫師隨時待命，醫療站還配備了一排護士與急救人員，負責測量血壓，施打葡萄糖，並為這些人進行整體健康檢查。

六個不同的指揮中心，人員配備齊全，從飛航管制員到一組外科醫生。智利警政調查部（PDI）還特別派遣了一個小組，準備一旦這些礦工被救出之後，直接按捺指紋拍照：「這是為了確認這些在礦底的人，就是我們現在知道名字的這些人。」警方督察奧斯卡米蘭達（Óscar Miranda）說。

警察分別騎馬、騎摩托車，或甚至是步行，巡視整個區域，以防任何新聞記者滲透進入山麓。政府之間的無線電溝通也僅限於重要訊息而已。過去幾個星期以來，政府非常害怕新聞記者有能力截取任何無線電的通訊內容。

羅曼諾利醫生注視著電腦螢幕，上面是這些人生命象徵的最新報告，可以看到這些人的血壓與心跳逐漸升高，他基本上掌握著這次行動的脈動。馬利歐戈麥茲正遭受呼吸不順的困擾，近在眼前的援救壓力導致他的矽肺加劇。塞普維達沒有吃該吃的藥，能讓他旺盛的精力保持在可控制範圍內，於是他亢奮的心情一如往昔。奧斯曼阿拉亞（Osmán Araya）受到感染的牙齒痛得發出呻吟。所有的礦工都被要求在救援行動開始前八個小時停止進食，像是手術前的病人，期望他們都能遵守嚴格的醫療指示。

赫尼已經不再待命，受困的壓力終於傷害了他治療別人的精力。他的生活更因地面上太太與情人之間的大戰過度曝光，而更加複雜，她們雙方互相輪流在媒體上攻擊對方，或是損壞對方所擺設的龕位與照片。對赫尼來說，這種情況令他筋疲力竭，沒有多餘的力氣照顧其他礦工的健康與分發藥物。

下午三點，這些人在救援到來之前，還有最後一項任務有待完成：引爆最後一段炸藥。救生艙過於寬闊，無法全部降到底部讓他們踏入，而被卡在一段石壁上。他們要求礦工埋設炸藥，炸毀這段堅硬的石壁。對有經驗的火藥手來說，這不過是件日常工作，和信差發送堆得像座山一樣的信件，沒什麼不同。

受過使用並運送炸藥訓練的礦工，在信鴿管內小心的裝上引爆雷管與足夠的炸藥，以排除阻擋救生艙降到底部洞穴的數噸岩石。礦工們在被困期間也曾引爆炸藥——剛開始的混亂期間是為了發送求救訊號，接下來的幾個星期內，則是為了複雜的救援工程作業。皮涅拉政府公開否認引爆炸藥的報導，一方面減少詢問救援狀況的問題，一方面平息家屬們日益下降的信心。

一旦他們組裝好足夠的引爆炸藥，他們需要在坑壁上鑿出洞口埋設炸藥，從收取空氣與水的信鴿管內，巴勃羅羅哈斯收到氣壓罐，塞戈維亞將氣壓罐連接到氣鑽機上，塞戈維亞訝異地發現這個臨時湊合的鑽頭，很輕易地就能切入堅固的岩石中。於是塞戈維亞鑿孔，羅哈斯將六個洞孔內塞滿一根根炸藥，用一根引線連接著所有炸藥。

在烏蘇瓦與佛羅倫斯阿瓦洛斯的督促下，其他的礦工都集合在下面的避難所，這是他們每次「開炸」的標準程序，羅哈斯點燃引線，他們擠在救難所裡面。十五分鐘過後，短暫的爆裂聲代表爆炸已經結束，他們跑回去觀看結果，塵埃落定後，他們微笑地看著坑壁，這次爆破刨走了部分岩壁，現在救生艙不會被卡在牆壁上，可以順利降落了。

礦工們開始清除碎片以及殘骸，以清出一片乾淨、一公尺高的降落平台，目的是要讓救生艙降落到地面，上半部分不會完全脫離井道，他們可以直接打開艙門，綁好吊帶，立刻可以被拉上去，不必擔心救生艙會搖擺不定，礦工們利用重型機械將碎石堆在旁邊，準備降落平台。

正當這些人興奮的整理平台時，礦山再次開始震動，炸藥不但清除了一部分的岩壁，也造成一陣短暫劇烈的震動，貫穿整個隧道，這次震動促使岩石鬆動，剛開始落下一陣碎石，然後是咆哮的石塊在坑道內滑動。就在游泳池邊，最底層的坑道坍塌，避難所與修車間中的部分石塊鬆動，造成大群石塊落入這主要的坑道中。礦山又開始哭泣，這些人把頭盔戴上，沒有人敢確定這是否只是礦山短暫的飲泣，還是它又開始哭嚎，用致命的淚水轟炸他們。

烏蘇瓦站在下面準備他的最後一天，身為一位值班經理，日常的決策已使他黯然失色，就個人魅力而言，他與塞普維達不可同日而語，但是他仍然延續礦場的文化傳統，保持他的權力與尊嚴，這些人同意烏蘇瓦會是最後一位離開坑道的人，像船長一樣，先照料船員的安全，最後才輪到自己。

烏蘇瓦星期一短暫地接受英國《衛報》的訪問，這是災難後的首度訪問：「我們從來不曾想過我們會經歷這種階段，而我也希望不會再度發生……但是這就是礦工的生涯。」他說。問他有關聖荷西礦場的危險，烏蘇瓦說：「我們總是說，當你要進入礦場，你先要獻上問候，要求許可進入，並且尊重它，有了這個之後，你才希望它能允許你出來。」

第六十八天：十月十二日，星期二。

早上七點，避難所內像座難民營，衣服散落四處，一排排的人在他們的小床上翻來覆去，幾乎全裸，只穿著短褲，這些人攤在床上，遮住雙眼擋住避難所內恆久的照明設備，這些小床一張張並排陳列，如果有人張開他的雙臂，就會碰觸到身旁兩邊的同伴。

經過幾個小時緊張地不斷踱步，與玩牌遊戲，大多數的人終於不支睡著，克勞迪奧和佩德羅利用燈光看報紙，消磨時間，企圖避開緊張的期待，維克托開玩笑，同時繼續探索潮濕的洞穴。經常播出的音樂已被關掉，過去幾個月持續不停的探鑽聲音也終於消失，在他們這場痛苦的災難中，首度歡迎寂靜相伴。

救援行動計畫在二十四小時內開始，整個世界心情緊扣期待著，「希望營區」唯一的道路被障礙封鎖，企圖將新聞記者阻隔於外，一種註定失敗的嘗試。

除了無所不在的常規記者外，新聞團隊還添加了一群美麗的電視女主持人，她們在高起的岩石上，像孔雀一樣擺出姿態，面對數百萬的全球觀眾進行報導。她們不知道是從哪裡出現，難道是在夜晚空降下來的嗎？幾個月來，「希望營區」的新聞小組一直都是一群看起來非常蹩腳，大多數是男性的隊伍，缺乏淋浴加上灰塵遍地，穿著的風格不出戰鬥服，或日常的攀岩裝，現在出現一群完全新鮮的品種，由NBC電視台的娜塔莉莫瑞斯（Natalie Morales）領銜，模特兒的姿態，白晰的牙齒，完美的頭髮，大搖大擺的出現在各地。

「希望營區」也開始進行拍賣，誰會是第一位將他的故事賣給小報的礦工呢？謠傳甚囂塵上，據說有一間德國小報開出四萬美元的高價，而且有一位礦工已經簽約。親人家屬們開始以獨家照片，與地下生活的錄影帶誘惑新聞記者。

烏蘇瓦幾個星期以來，一直抱怨在地下散布的多部攝影機。「我的丈夫在信裡告訴我要小心，信鴿管內每件東西都會被搜查，是我的主意將攝影鏡頭藏在一雙襪子裡。」一位太太告訴智利《診所》報刊。「照片是證物，有利於未來的訴訟賠償。現在每次我們寫信提到攝影機的時候，我們都用暗號代表，稱它為《玩具》。」

對卡羅萊娜羅伯斯來說，這場媒體攻防戰實在太過分。在這起災難發生之初，她就已經落入新聞記者的羅網中，接受無數的訪問，甚至還在「誰是百萬富翁」這個節目出現，贏了二萬五千美元，現在她則希望逃離媒體。

「我的父親雖然因為足球而成為明星，但是現在他是位礦工，他知道新聞曝光是一把雙刃刀，他或許是位英雄，但是我不希望新聞報導，只想趕快消失。」羅伯斯說，她正計畫與她的父親與家人低調遁走：「他對這整件事用娛樂的角度呈現非常懊惱。他所受到的是災難的傷害，而現在整件事卻脫離真正的任務——援救……我的父親從未失去他的本色，他一直都認為這是場災難，不是作秀。」

救援行動還不到十二小時就要展開，鳳凰號現在卻擺平在山丘高處的工作站地面，工作人員正將裡面的電子設備拆卸下來，將一台攝影機裝在救生艙頂端，因為他們直到最後一分鐘才發現救生艙無法拍攝井道上升的狀況。如果岩石落下，或是井道石壁坍塌，他們需要能夠監視整個情況。

五位技術人員，在佩德羅蓋猷的帶領下，正忙碌的修整救生艙的滑輪、通話機，還有新的攝影機。這架救生艙比原先看起來更像是個未完成的雛型，它可以在晚上十一點，預計的出發時間前準備好嗎？沒人敢問！

下午稍早，來自地下的叛逆回應，礦工們對救援計畫投下一顆炸彈。這三十三個人決定杯葛用直升機將他們飛到科皮亞波的計畫，他們想要另一種場面：所有三十三個人將會集合在臨時醫療站，除非他們所有人都能夠一起團結在救援現場，否則沒有人會單獨飛到安全地區。越來越多的傳言說這些人要求一起以勝利的姿態走下山坡，當初一起走進礦場，現在也要一起走出來。

醫護人員與心理小組連忙趕來說服他們，雖然每一位礦工的健康狀態看來都很穩定，但是還是存在著太多未知的變數，無法讓這些人在被困於地下十個星期之後，就這樣大搖大擺地走出來迎接日出？如果他們有一些健康因素未曾被診斷，或是從來沒有被診斷出來呢？這些人的要求可以理解，卻很異想天開，如果同意是否算是負責任呢？而且，臨時醫療站只能容納十六個人，三十三個人顯然不行。

保險公司瘋狂的尋求律師的協助，他們是否可以用停止健康與勞工補償保險金來威脅這些礦工呢？答案是不行。ACHS 的後勤協調領導人員皮諾開始召集一列救護車，以防這些人成功地杯葛直升機飛行計畫，他希望也能有自己的 B 計畫。

心理學家伊圖拉和這些人心平氣和的進行最後談話，他與值班經理說話，鼓勵他讓這些人保持忙碌，並建議他們睡個午覺，這是他們最後一次無視於他的建議。

一旦鳳凰號完成最後調整，這座救生艙裝入八十公斤的沙土，然後順著井道一路下垂，下去十分鐘，上來十分鐘，鳳凰號這趟升降作業如此平順，看來不需要四十八小時，只要一半的時間，就能完成整個救援作業。

晚上七點，智利救難領隊安德烈蘇加略特發了一條推特，說這些人會「在礦底度過最後一個夜晚」。智利總統皮涅拉在宣布將要援救這三十三位受困礦工時，也按捺不住心中的喜悅，將近兩個月前，一位礦工經由電話線對皮涅拉總統懇求：「把我們從地獄中救出來。」現在這位總統藉著這場戲劇性的事件，不但獲得國際聲望，還有更高的民意支持。

這場前所未有的救援計畫，全世界的觀眾都在倒數計時，將鳳凰號下垂到將近七百公尺深的地方，把這些人一個一個綁好，然後利用一個高科技的奧地利絞盤，最好的德國電纜，將這些人吊往自由之路。

在倒塌的銅礦場底部，生活了將近十個星期之後，這些礦工現在等待最後一場挑戰，步入這座子彈型的救生艙，經過一連串彎曲傾斜的井道，逃離這個地下監獄。

「有人希望讓馬利歐塞普維達第一個出去。」心理醫師伊圖拉幾天以前對新聞記者說：「他們建議由塞普維達描述每一個人上升的經過，或至少幾個人，但是我告訴馬利歐，他到達的時候會非常疲倦，而且他在記者面前經常出現的話，名人的身價也會降低。」

智利政府決定讓馬利歐塞普維達第二個抵達地面，他顯然是受困礦工中知名度最高的人，但是如果萬一發生任何意外，讓興奮的塞普維達做為第一人，並不會是最好的選擇。值班副理佛羅倫西歐阿瓦洛斯具有一種少見的特質，結合了街頭智慧，體能耐力，與礦工經驗，會是三十三位受困礦工中，第一位被拉起的最好人選。

由亢奮的皮涅拉總統所率領的營救人員之所以會選擇阿瓦洛斯，是因為如果出了差錯的話，他能夠保持冷靜，傳達訊息給指揮中心上百位參與這場複雜的救援行動中的男男女女。

同時基於政治考量，智利人也將那位玻利維亞籍的礦工卡洛斯馬馬尼放在第一組的人員名單中：「我們不能把他放在第一位，因為他們會指責我們利用這個玻利維亞人做為實驗白老鼠，他也不能太晚才被拉上來，會被視為歧視，所以政府決定他會是前五名當中的一位。」救援小組中一位不願具名的醫生說。

玻利維亞總統伊沃莫拉萊斯（Evo Morales）要求前來迎接馬馬尼，智利人高興的答應。玻利維亞一個世紀來與智利在太平洋邊界的權益之爭，正面臨一個重要的協商時刻，任何有助於促進雙方相互了解的機會都非常歡迎。皮涅拉熱情的歡迎莫拉萊斯總統，然而馬馬尼卻耿耿於懷，因為他痛恨政治場面，特別是莫拉萊斯。

馬涅利奇醫生與這些礦工交談時，許多人表示願意留守到最後，成為最後一個人，他稱之為：「令人讚賞的團結一致的象徵。」然而進一步深入詢問，才發現這些人真正的目的：要能夠留名於金氏世界紀錄，成為受困在礦底時間最長的礦工。基於現實情況的複雜，許多人認為這項紀錄以後不會再被打破。但是後來金氏世界紀錄聲明這項紀錄會將這個團體視為一體，而非任何一個特別的礦工，於是這項問題迎刃而解。

※※※

晚上八點，五位救難人員擠在山丘上小型的白色貨櫃箱中，閒聊有關即將發生的救援之旅，在一次升降測試時，一位救難人員昏頭轉向，吐在救生艙內。「那裡比你能想像的更濕，」一位穿著制服的人員說。他形容一次升降測試，才走到一半：「我的衣服全都濕了。」

「我們將這些人分成兩組：用語音字母標名為G組（GOLF），代表健康的礦工，與可能有問題的F組（FOXTROT）。」莉莉安娜蒂維亞醫生說，並開始對這些礦工的健康與照料狀況做最後簡報。蒂維亞醫生提醒這些救難人員，這些礦工當中有些人的健康狀況，遠比新聞報導或甚至他們家人所了解的更加嚴重。其中有一位被診斷出患有躁鬱症，另一位幾年前曾企圖自殺，另一位告訴心理醫師與護士們，他有七位情人等在上面。

蒂維亞醫生描述了九位在F組的不健康礦工，特別提出其中兩位需要立刻進行牙科手術。

其他幾位非常緊張而且虛弱，擔心他們可能會有攻擊的傾向，因此鎮靜劑也隨伺在側。「針筒已經準備好了。」蒂維亞醫生說，她對救難人員說明如何使用這種「會讓他們攤平在床上」的藥物。

蒂維亞醫生負責將每一位礦工最近的生理與心理狀態告訴救難人員，概述救難規則。第一位救難人員既是醫生也是警察，他必須監視礦工的健康狀態，也要讓他們遵循順序。在礦底安置的數個攝影機會即時傳送最新狀況，可以讓心理學家、醫生，以及工程師們監控整個現場作業情況。

如果緊張情緒爆發，或是任何意外事件破壞規則時，救難人員有權維持秩序，甚至用鎮定劑擺平礦工。如果一切順利，救難人員將對礦工們簡單說明鳳凰號的作業行動，同時教導這些人將綁帶繫在腰腹間，穿上伸縮長襪，長及上大腿部分。長時間的站立對這些人來說並不是問題，這些長襪可以幫助他們的血液循環。腹腰綁帶則是將他們的腰圍縮緊，得以納入鳳凰號的密閉空間內。一旦他們綁好，門就會關上，同時發出信號，十五分鐘內，救生艙會一路颼然斜升，通向他們的自由之路。

到達上面後，救難人員會協助礦工迅速地從救生艙中出來，皮涅拉總統會在場迎接他們，然後他們會與親屬見面，短暫擁抱親吻後，會被放在擔架上，推到一個由 ACHS 負責、配備齊全的臨時醫療站，距離救援洞口只有二十公尺遠。到了這個醫療站經過短暫的檢查後，將會享受到一場簡單但是渴望已久的抒解：十個星期以來第一場痛快的淋浴。

如果這些人還患有更嚴重的疾病，無論是身體上或心理上，醫療小組會留置他們幾個小時以便觀察，然後將他們送到另外一個建築（同樣以破天荒不到一個星期的時間建立起來），他們可以與家屬有更久的相聚時間，最後一關是很短的車程，開到救援站的最高點，那裡建了一個直升機停機坪，他們會搭乘智利空軍所屬的直升機，以避開一個小時註定會被狗仔隊追蹤的路程，送到鄰近科皮亞波公立醫院的陸軍軍營內。在那裡他們會接受更嚴格的血液檢查與其他檢驗，同時會與心理學家們進行較長的心理諮商。

衛生官員了解在整個救援計畫過程中，他們沒有合法權力要求這些人接受醫療援助，如果任何一位礦工生氣，要求離開鳳凰號走路回家，他們也沒有法律立場去制止他們。不過在心理上，這些人不但感激，甚至依賴這些救難人員到撒驕的地步，從註定會死的狀況中得救，其中所洋溢的感激之情，足以讓這些人認為引導他們遵守反覆演練的規則，應該沒有問題。

在地底下，這些人現在是狂歡的心情，救難定點迷你喇叭傳來吵雜的音樂，攝影機拍攝最後一點細節，這些人擺姿勢拍照，緊張期待的心情充斥濕熱的空氣中。

他們聚在一起，最後一次聽取救援計畫規則，救生艙設計了可以打開的地板，讓礦工們可以落入底部。如果發生最糟糕的狀況，假設鳳凰號卡住了，裡面的人可以自己下降回到礦場底部，讓工程人員重新設置救生艙。

晚上八點，皮涅拉總統在半山腰的帳棚內開起店來，像是一場預算很低的婚禮，山麓邊早已架起摺疊桌，鋪上長長的藍色桌巾，上面擺滿飲料、果汁與小點心，還有一對平板電視，親人家屬可以在這裡觀賞等待，度過最後幾個難捱的小時。皮涅拉與他的太太西西莉雅莫瑞爾與高級幕僚，會在這裡迎接家屬，而且如有必要的話，可以從底下傳來的實況轉播中，觀察最新的狀況。

山腳下的「希望營區」，親人家屬被困於內。每個家庭都被一大群新聞記者所包圍，不斷要求拍攝反應神情，或是發表等待六十九天後，即將與親愛家人相見的最後感想。在阿瓦洛斯家庭的帳棚邊，一百多位新聞記者小心翼翼的在搖搖欲墜的梯子上平衡自己，希望能取得更好的角度。最終造成一位記者推倒了整個帳棚，打碎雞蛋，摧毀了臨時架設的食物架，過程中幾乎壓傷了阿瓦洛斯一家人。

沒有人會不高興，家屬與新聞記者儘管有語言與文化上的隔閡，但是學會和平共處，互相了解。不過並不是每位客人都受「希望營區」的歡迎。皮涅拉總統的兄弟米格爾皮涅拉（Miguel Piñera），以綽號「黑人」（El Negro）著名，當他到達營區時，引發一些礦工家屬的抗議。這位總統手足的綽號起自於他那頭烏黑的秀髮，還是因為他是家中的黑羊，要看你相信哪一個版本而定。他是著名的夜總會老闆、歌手，還有熱愛通宵派對的人。「黑人」基本上是被罵著趕出營區：「滾出去！」一位親屬喊道：「這裡不需要更多的表演。」

兩架智利空軍的直升機在機坪上飛進又飛出，正在進行從這裡到科皮亞波醫院這段途徑的最後演練。如果經由陸地，這是一段彎曲危險的六十分鐘車程，但是如果搭乘直升機，這些人五分鐘之內就可以抵達急診室。

礦山再度咆哮，地下傳來的訊息說是另一次坍塌。坑頂再次破裂咆哮，發出像山崩與落石坍塌的聲音。落石的轟然作響與整個山體移位的鬼魅聲音，處處提醒大家，逃生並非完全保證。

智利政府希望在這最後一分鐘，能夠過濾礦坑正在坍塌的消息，不要在這麼接近的時候，報導這種消息。但是嘗試隱瞞徒勞無功，因為現在太多家庭成員在救難作業中都有內幕來源，謠言的傳播要比病毒更快。消息的傳播不僅來自礦口，也來自礦工本身，皮涅拉這個新興政府已無力管制這個缺口。

在礦山頂部的信鴿管站，救難人員無法置信的聚在一起，再過幾個小時這些人就要被救出來，但是諸神卻選擇此刻發威？恐怖迷信再度降臨，折磨他們的無疑是一位暴怒的女神，一位詭計多端的婊子，不但統治這裡，更統治了所有的智利礦場。

對年齡較大，經驗更豐富的礦工來說，最後這個回合，是典型礦工傳說中的殊死較量。礦場在徵稅，對那些膽敢入內的人，收取入場的費用。這個不可明說，但大家心裡有數的想法就是：這份稅要用人類的生命償還。礦山永遠不會允許所有三十三個人毫髮無傷的逃出去。

礦山不斷地迸裂，救難人員連忙加緊速度，這個救援計畫的設計雖然像心臟手術一樣的精準，但是史無前例，所以也是盲目猜測。礦工們似乎是處在自由的頂峰，但是礦山內層經常性的咆哮與吱吱作響的聲音，是一個可怕的提醒，所剩時間不多。

礦工們的意志並沒有被剛發生的斷裂聲所撼動，他們現在已經習慣於岩石雨，只要沒有直接落入他們作業的區域，這些人就感到安全。閃電打雷固然可怕，但是除非打到人，否則沒事，他們自覺已逃過死亡。心理學家經常可以從飽經戰事的老兵身上看到同樣的行為，經過多次置身生死戰鬥後，就算子彈從身旁掠過，步伐也一樣平穩。

智利國家電視台 TVN，將進行全程實況轉播，他們架起七台攝影機，每一台都有一個獨特角度，並將每個實況角度組合在一起，讓家屬與全世界的觀眾可以觀看救援行動的每項細節，就像美式足球超級盃或世界盃足球一樣，不會錯過任何一個角度。

害怕礦工們可能會昏迷，或是躺在嘔吐物中抵達，智利政府全程掌握世界觀眾能夠看到的影像。衛生官員的遊說成功，主張先初步了解這些人的健康狀況後，再將他們展現在世界舞台上。一面碩大的智利國旗揚起，遮住了非官方的新聞記者視線，這個舉動引起一片謾罵和抗議的口哨聲。

晚上十一點，正當新聞記者叫囂且埋怨什麼都拍不到的時候，智利電視台 TVN 開始轉播絞車將鳳凰號升起，準備進行它的處女首航。儘管過去一個禮拜媒體大量報導鳳凰號，這座救生艙仍然是一團迷霧，看起來像是一個聰明的十六歲小孩所設計出的一隻玩具火箭，尾端具有側翼，側邊有滑輪，中間的圓柱預計將可平順地蛇行在總長六百一十公尺的井道曲線內。走進艙內向上滑升，該會像是一趟簡單的遊樂場飛車之旅。

皮涅拉總統熱切地看著這個救生艙，他問蘇加略特這個救生艙是不是百分之百的安全，蘇加略特對這位急切的領導人保證說，雖然有點冒險，但是不要擔心。但是皮涅拉重覆他的問題，最後終於開口：「我想要下去。」承認自己非常想要測試鳳凰號的安全。總統的安全幕僚們快要昏倒，曾經勸阻過這位堅持要自己操縱直升機與水肺潛水的總統，他們知道他很認真。第一夫人西西莉雅莫瑞爾也很認真，她能立刻聞到愚蠢的冒險氣息，她看著丈夫的眼睛：「想都不要想！」下令要他放棄這個念頭，儘管皮涅拉百般不願意，仍然只好遵命。

帶著些微嫉妒的心情，皮涅拉看著救難人員曼努埃爾岡薩雷斯（Manuel González）爬進救生艙，第一位嘗試完成這項旅程的人，從布滿岩石的山丘往下進入那三十三個人孤立於這個世界外，並生活了六十九天的未知天地。救生艙頂上的巨大黃色絞盤開始慢慢釋放電纜，救生艙尾翼進入井道，鳳凰號逐漸離開視線，整個世界都在密切注視。

第十三章

升出地面

第六十八天：十月十二日，星期二。

鳳凰號緩緩下降，三組不同的錄影監視器正在地面上密切注視。皮涅拉總統和他的太太西西莉雅在高級幕僚的圍繞下，仔細觀看從礦底傳來的現場轉播。救生艙抵達的所有行動，將被轉播到全世界。皮涅拉拒絕幕僚們要求現場實況轉播限於長距離拍攝的建議，如此一來不會有任何情緒和戲劇性的事件產生。皮涅拉了解整個世界對這項行動關注的焦點，與戲劇性的本質。他成功地說服幕僚們，這是展示智利「專門技術」的最佳時刻。總統的決定並非突然，這正是這位新上任的總統要傳達給全智利人民的訊息，也是他的強項。他並不是一位以情感或親和力著名的政客，他的專長與政治資本大部分包裝在他的這種：「讓我們完成它！」的企業精神內。

第二組攝影機由奧圖（Otto）操縱，他是一位認真親切的奧地利人，負責操作七百公尺長的電纜，控制鳳凰號的升降。他在卡車大小的控制中心內，放了一台手提電腦，裡面是底下傳上來的現場實況，他不但可以接收到底下傳來的聲音，還可以清楚看到鳳凰號抵達的情景，黑白顆粒的影像，在奧圖看來，像是用遙控器到另一個星球旅遊。

最後一組攝影鏡頭是由佩德羅蓋猷操縱，這位謙虛的發明家從一位倒楣的電信工人，一躍而成為救援行動的高階人員，同時深入礦工的心靈。很少救難人員能像蓋猷一樣，每天花許多小時和這些礦工交談。他是一位勞工階層的企業家，了解他們的抱怨，傳達他們的心事，並滿足他們的秘密慾望。雖然他後來否認，但是礦工們發誓就是他在信鴿管內塞入巧克力與糖果。這些象徵反抗的行為，以及蓋猷對礦工們無可置疑的忠心，而非忠心於那些救援高管的行為，使他在礦工心目中，是一位虛擬世界中的聖人。

五名救難人員現在集合準備下去，其中的兩位海軍隊員具有豐富的醫療經驗，另外兩位是「科代爾克」的救難人員，還有一位GOPE的成員，這是智利警察特勤組，在災變剛開始發生的四十八小時內，就曾勇敢地進入坑內。

鳳凰號會經由修車間的坑頂抵達坑內。礦場還在經營的時候，修車間是修理和停放機械的地方。礦工們受困期間，修車間被視為不穩定區域無法居住，所以礦工們很少會從避難所往上走三百八十公尺來到修車間，現在這塊危險的區域將是他們最後一日的起始點，將會結束他們十個星期的噩夢。這些人把他們的小床和衣服搬到修車間旁邊的區域內。

儘管在期待與興奮的情緒下，值班依然維持正常，要有人照顧信鴿管，接收最後一分鐘的補給，包括特殊衣服、太陽眼鏡與新的襪子。由於救難人員預計將會花上一整天的時間待在下面，信鴿管會用來傳送熱食，保持進食也保持警覺，因此食物供給將會在最後一分鐘才會停止。早在確定的救援日期設定之前，信鴿管的輪班任務幾個星期前就已排定，最後的任務剛好落在富蘭克林羅伯斯身上，這項任務差點要了他的老命。

晚上十一點三十七分，劇烈的震動與鏗鏘的聲音，驚動了這些聚在底下的人，鳳凰號已然來臨。救生艙紅色的尾翼穿越坑頂下降，彷彿電影中的慢動作鏡頭，艙身一點一點地顯露出來，像是來自另一個星球的拜訪者。受困的礦工們驚訝極了，夢想終於實現。赫尼走近救生艙，向裡面張望，看到救援專家曼努埃爾岡薩雷斯。六十九天以來，這是第一次有外人來臨。

這三十三個人敬仰地看著岡薩雷斯打開艙門，踏下救生艙，緊緊的抱住赫尼，這群半裸的礦工才一擁而上，高興地擁抱迎接他。

對佛羅倫西歐阿瓦洛斯來說，自由不過就在幾分鐘之內。

阿瓦洛斯已經準備好了，穿上特別訂製的綠色連身服，名字繡在胸前，一副奧克利太陽眼鏡保護他的眼睛，右手腕上戴著監視器測量他的脈動，同時將最新狀況以無線方式傳達給上面的救援小組。他的左手食指套上一樣儀器，可以測量血液中的含氧程度。同時還有一個複雜的電子監視器，緊緊地綁在他的胸前，傳送各種生命象徵給地面上的技術人員與醫生們。

其他的礦工們都圍過來觀看，拍照並錄影。儘管他們都非常緊張，但是空氣中有一片奇怪的祥和氣氛，像是職業運動員在重要比賽前在更衣室內開玩笑，穩定自己，然而信心顯而易見。這些人暫時忘掉倒塌的恐懼，以及不斷尾隨他們的死亡威脅。現在這裡的情況像是正在舉行一場派對，音樂在遠方地底不斷叫囂，白色氣球在地上不斷彈跳，這些人緊張的緩緩慢步——全身赤裸，除了一條乾淨的白長褲。

即將逃離這裡的希望，像是打了一針腎上腺素，這些人現在感覺這場十個星期以來與礦山的搏鬥，最後終將獲得勝利。沿著黑暗的坑道，礦工們最後一分鐘巡視這裡，手電筒發出的明亮光束在遠處舞動，鐵鈎傳來的鏗鏘聲提醒他們，從科爾代克、GOPE，還有智利海軍的救難人員已經抵達。

岡薩雷斯將一個白色塑膠憑證，像是經常在搖滾演唱會後台所使用的身分識別證，掛在阿瓦洛斯的脖子上。救援行動處處遵守正式手續、規範與程序。每項細節都已經演練了好幾個星期，可是礦山依然有可能推翻這些程序，七百公尺下的寧靜祥和，對飽受幽禁的恐怖現實來說，不過是一場逃生的幻象。

晚上十一點五十三分，阿瓦洛斯步入救生艙內，救難人員將艙門關上。所有的礦工不耐煩地聽著奧地利操作人員奧圖與通信中心，以及在底下的佩德羅科特茲的對話。這個時候阿瓦洛斯正緊張的期待馬上可以全家團圓：兩個兒子已經兩個月沒有見到他們的父親，他的太太雖然持續寫信觀看錄影帶，但是並沒有親眼見到或是接觸到他。阿瓦洛斯是在一個冬天的早晨出門上班，現在已經是春天了。

救生艙緩緩向上滑動，阿瓦洛斯的同伴們高聲尖叫、歡呼、吹口哨。就在恍然之間，他已經是孤獨一個人。十五分鐘內，阿瓦洛斯只能透過金屬網向外看，整個世界縮小成一個鑽石大小的窗口，救生艙裡面的燈光顯示出一面平滑潮濕的石壁，彈簧裝置的滑輪在這條岩道上叮噹作響，救生艙在這條不平的井道中不斷顛簸，緩慢地將阿瓦洛斯帶向自由之路。

當他只剩下不到二十公尺即將到達地面時，他首先見到一線燈光，然後聽到一絲生命的聲音。救難人員往下大喊問他是否安好，突然之間，他就被拉到燈光之下：他不但是全世界都在等待的一位英雄，也是哭泣的兒子等待團圓的一位父親，更是皮涅拉總統民意支持度的巨大推手，他站在最前線迎接他。

阿瓦洛斯從救生艙內被拉出來後，救難人員高興的跳躍歡呼，他的九歲兒子拜倫哭出淚水，燈光閃爍捕捉住這動人的時刻——這位九歲的男童孤獨的站在燈光下，情緒盈溢。第一夫人西西莉雅、衛生部長馬涅利奇以及救援小組的二號人物瑞內吉拉爾，跑向前去安慰這位小孩，而後真正的安慰來臨——來自父親的擁抱。

部長們、戴著頭盔的救難人員、醫生與新聞記者，對這個美麗的場景，都流下了眼淚。這群人從那張「全部三十三個人」的紙條開始，就已經界定了他們自己，成為全世界最受歡迎的團體，並以團結工作的能力享有盛名。在這個經常利用血腥暴行與個人自負意識劃下定義的世界中，這三十三個人在陷入危難時能保持團結，顯現勞工階層的英雄式兄弟情誼，團結工作維繫他們的生存，而現在他們將一起被救出來。

阿瓦洛斯與他的家人擁抱，然後是皮涅拉總統，然後是救難人員。接著他被放在擔架上，推到最近的臨時醫療站。整隊醫療人員鼓掌歡迎他，雖然他們認為他應該很健康，他是基於良好的生理與心理狀況第一位被選出來的人，但是他們仍然為他施打葡萄糖，護士並為他測量血壓。

他躺在床上，掛念著他的弟弟雷南，他還被困在下面。

十月十四日：星期四，凌晨一點。

六十九天以來，馬利歐塞普維達經常背負著一個重擔，身為這三十三個人中的主持人、小丑，與無可爭議的領導人物。他從未失去利用幽默的力量鼓舞大家，像是宮廷小丑，接受來自上方，看不見的國王與王子的指令。但是塞普維達也具有一種本能，對群眾心理的一種本能感應，知道何時該用粗野的手段威逼脅迫，現在他的領導任務即將卸除，塞普維達即將綻放於鎂光燈下。

他在地下開了最後一陣玩笑後，走入救生艙。凌晨一點零九分，當鳳凰號慢慢接近地面時，他開始自我敘述他的救援之路。

「嘿！老女人！」他對三十三歲的老婆凱蒂呼喊。透過鐵絲網就可以聽見塞普維達的笑聲。當喧鬧的歡呼聲響起後，塞普維達一馬當先，跳出救生艙，還來不及停下讓救難人員將他的救生帶與救生衣脫下，他就跳到皮涅拉總統身邊，一隻腳跪下，從他寶貴的自製黃色袋子中拿出禮物：一把白色岩石，發出金色的礦石光芒。一顆給總統，一顆給部長，收到的人笑著緊握這塊石頭，塞普維達擁抱發愣的總統三次，然後與他的太太調情，說他們將要長時間做愛，將無法走路：「將輪椅準備好！」他戲謔地說。

然後他跳到佩德羅蓋猷面前，緊緊地擁抱他，感謝他為這些礦工所做的一切事情，蓋猷也潸然淚下。然後塞普維達帶領著群眾大聲歡呼口號。《衛報》的一位記者稱呼這陣歡呼是：「歡樂的全球呼聲！」

「希望營區」的歡樂是短暫的。家庭成員雖然歡迎這兩位生還者，但是除非這些人全部救出來，真正的快樂無法降臨。那條區分生存與死亡的單薄電纜，依然吊在那裡。

鳳凰號慢慢垂入礦井後，阿瓦洛斯與塞普維達從臨時醫療站被送到山丘較高處的休息區，靠近直升機停機坪。休息區備有白色現代沙發，擺上鮮花，還有藍色冷燈，室內氣氛像是下班後時髦的夜總會，毫無藥水、生病，或受創的感覺，智利的心理專家們設計了一個親切的接待空間，寬大的走廊通往私密的空間。

休息室內，阿瓦洛斯和他的兩個兒子抱在一起，旁邊還有太太，以及皮涅拉總統，在休息室的另一頭，塞普維達一家人也是同樣的景象：歡笑、擁抱、親吻。然後皮涅拉總統將塞普維達拉到一旁，要求他與等在一邊的電視小組做一場簡短的訪問。塞普維達沒什麼選擇，只能答應總統的要求。他坐在攝影機前，快樂的描述他的經驗：「我很滿意這件事發生在我身上，因為這是我需要改變生命的時刻。我和上帝與魔鬼在一起，而他們為了我彼此競爭，上帝贏了。我拉住上帝的大手，我從來不曾懷疑上帝會帶領我走出礦坑，我一直都很有信心。」

然後塞普維達跑去擁抱阿瓦洛斯，兩個人的臉上充滿了笑容，緊緊的擁抱在一起，似乎已遺忘這三十三個人準備重新團結在山丘上，直到所有人都被救出來為止的這項協議。救難人員事前如臨大敵的安排——與律師協商，威脅停掉醫療保險，準備要以路面運送這三十三個人的救護車隊——全部都不需要。塞普維達與阿瓦洛斯驕傲的步向直升機，感激的情緒彌漫心中，抹去所有礦工即將反叛的推測。

胡安伊亞內斯（Juan Illanes）
卡洛斯馬馬尼（Carlos Mamani）
希米桑切斯（Jimmy Sánchez）
奧斯曼阿拉亞（Osmán Araya）
荷西奧赫達（José Ojeda）
克勞迪奧亞涅斯（Claudio Yañez）
馬利歐戈麥茲（Mario Gómez）
亞歷克斯維加（Alex Vega）
荷黑加葉伊約斯（Jorge Galleguillos）
愛迪頌皮涅亞（Edison Peña）

卡洛斯巴里歐斯（Carlos Barrios）
維克托薩莫拉（Victor Zamora）
維克托塞戈維亞（Victor Segovia）
丹尼爾埃雷拉（Daniel Herrera）

這些礦工一個接一個，以軍事化的精準行動被救出來，每個人都有自己的故事，自己的家人，一個激動的擁抱，一個久違的親吻，有些人跪下來祈禱，有些人哭泣，種種原始自然的情緒，足以使全世界屏息心神，駐足觀看。一個小時接著一個小時，全世界的目光被共有的關懷愛心，牢牢地吸引住。

鳳凰號艙身的智利國旗精神就算出現風霜與傷痕，仍是現代的工作主力：堅定、忠心、始終如一。

礦工們一個接一個爬入救生艙奔向自由，他們在身上噴灑一種被偷運下去的廉價古龍水，毫不小氣地盡享這種甜香的味道，「天哪！救生艙內充滿了古龍水的味道。」一位救難人員說：「不管這是什麼，他們都使用同一種牌子的古龍水，味道令人窒息！」

理查比利亞羅埃在走之前，拍了最後一組照片，他希望捕捉避難所最後一刻的景象。他的床褥，還有他的朋友們互相擁抱微笑，大擺姿勢。這些人將避難所裝飾得像是博物館的展覽，牆上掛著他們最喜歡的足球隊旗幟，還有大幅感謝字眼，獻給救援小組。

理查比利亞羅埃戴上耳機，瓜地馬拉情歌聖手里卡多霍納（Ricardo Arjona）在他的腦中歌唱，他感到一絲悲傷的情緒：「看到他們還在下面，而我卻要離開，覺得很傷心。」但是當救生艙快要接近地面時，比利亞羅埃高興地大叫，同時也詛咒這座礦山。「我感覺空氣開始改變……新鮮空氣……這是我最高興的時刻……多麼不一樣。」

對全世界大約有將近十億的觀眾來說，這場救援行動幾近完美。從地下世界傳來的顆粒粗大影像，像是來自另外一個星球的現場實況。對許多觀眾來說，這場戲劇性的事件與集體高昂的情緒，會讓他們聯想到一九六九年阿波羅太空船的降落，太空人尼爾阿姆斯壯在月球表面踏出著名的第一步。

然而在礦場的底部，另一場好戲才剛要上演。

凌晨一點三十分，救生艙再度下降，準備迎接第十七位礦工奧瑪芮加達斯。一陣清脆的石頭碎裂聲，響徹整座坑道，然後是巨石塌陷與雪崩似的隆隆落石聲。拍攝救援行動的攝影機一片空白，聖羅倫佐救援行動在盲目中進行。

佩德羅蓋猷在通信中心總部，立刻拿起通話機，與地下礦工聯絡，要求負責連接地下通信設備的佩德羅科特茲前去檢查。佩德羅科特茲非常遲疑，光纖電纜非常靠近發生落石的地方，塵埃都還沒有落定，就要他去坑道內這個潛在的死亡區域檢查。

「你要我下去嗎？你知道那裡並不安全，剛發生兩次山崩。」科特茲結結巴巴的說。他早先在礦內已經失去了一根手指，現在又要求他做更危險的工作。

蓋猷對他說現場實況轉播非常重要，操作絞盤的人必須要看到現場，才能安全地指引救生艙降落底部。如果盲目著陸，鳳凰號可能會損壞或是卡住。皮涅拉總統，外加這個星球上差不多四分之一的人都在密切地看著。

科特茲勉強答應前去探察這條充滿危險的道路。他必須穿過一大群剛從坑頂落下的石塊，沿著不斷龜裂中的石壁，順著一條長達一百八十公尺長的泥道，跟著光纖電纜往下走，終於發現問題所在：一顆落石切斷了電纜。

這場意外無法修補。數百磅重的岩石將這條線埋葬在地下。蓋猷想了一會兒，想出一個快速的解決方式，可以利用三百零五公尺以下的另一條拍攝避難所的電纜，將它拔下，重新轉接上拍攝主要救援現場實況的攝影機，以繼續拍攝救援場面。

蓋猷打電話下到避難所，訝異地發現富蘭克林羅伯斯接起電話。羅伯斯一個人在坑道的最深處，這處坑道剛發生了兩次坍塌。「富蘭克林，你在那裡幹什麼？」

「現在是我當班，我要幫救難人員接收食物。」羅伯斯說，忠心且堅毅：「責任就是責任，而且現在是我當班，我必須完成這個任務。」

「老傢伙，你瘋了，已經塌了兩次，趕快離開，就是現在！」蓋猷對著電話大吼。「那食物怎麼辦？該給救難人員的食物怎麼辦？」羅伯斯堅守協議，完全不管或是沒有注意到，迫在眉睫的危險。

「別管那些食物了。」蓋猷嘶吼道：「我會用救生艙送食物下去，趕快離開那裡。」

當蓋猷急急忙忙地在解決光纖電纜的問題時，皮涅拉總統、智利電視台，與絞盤操作人員奧圖都在問：影像是怎麼回事？

蓋猷對皮涅拉與奧圖說明事實：他們已經失去訊號，正在想辦法重新建立從下面傳上來的實況影像。但是對智利電視台，他只是重覆輸送了早先救援行動的錄影：「沒有影像，大家都快瘋了。所以我只好重新載入早先的錄影繼續播出，然後問他們有沒有影像，他們只說謝謝。」將近十億的全球觀眾也被矇騙過去，他們不知道這些完美的影像不過是一場重播，以掩蓋智利政府不會希望全世界看見的危險事件。和全世界所播出的真人秀一樣，礦工事件也需要編輯剪接的手法。

但是真正的現場救援行動並沒有停頓下來。從奧瑪芮加達斯開始，接下來的三位礦工，在沒有現場實況轉播的情形下，又被救到安全之地。

「我的上升之旅非常緊張，」芮加達斯說。當他準備進入鳳凰號時，艙門卡住，救難人員無法將它打開，於是他們用鐵撬將鐵門撬開。「我以為礦山不希望我離開，他們撬開之後，又沒有辦法把它關起來，所以他們用一條塑膠繩將它綁起來，我就一路拉著繩子，門才不會開。」

救生艙升起之後，芮加達斯開始和下面的同伴開玩笑：「我對他們大叫一些話像：幹！我真的出來了，我成功了！我成功了！我成功了！」儘管他非常高興，但是對地下的世界也有一些惆悵：「我們也留下了一些東西，我們在那裡生活了一段很長的時間，我有種感覺，好像是將我自己的一部分留在那裡，那是六十九天，部分的我留在下面。我告訴自己那會是我的缺點，我帶著所有的優點浮出地面。」

奧瑪芮加達斯是位鰥夫，急切的想要擁抱他所謂的「小猴子」：他的許多孫子。當他靠近地面的時候，他開始對著上面的救難人員大叫：「智…智…智。」上面人則回應：「利…利…利！」確定他即將抵達安全，「我聽到上面傳來的聲音問我是不是還好，我叫著回答說，『幹！當然好！』然後我想起總統也在上面……。」

當奧瑪芮加達斯和他的小猴子們一起慶祝的時候，佩德羅蓋猷必須要求底下的佩德羅科特茲進行另一場自殺性的任務。這一次不是沿著死亡坑道走到光纖電纜站，蓋猷要求他跑下三百六十五公尺到避難所，拉開那條電纜，重新接上攝影機。

「別再派我下去。」科特茲哀求著，不過還是同意進行這趟任務，但是這次要先說再見。

他將臉靠近地下第二台攝影機，對著它說：「如果我發生了什麼事，這是我在這裡的最後時刻。」

蓋猷內心恐懼地掙扎，他要求佩德羅科特茲進行這項任務，他的命運沈重地壓在他的身上。如果科特茲有個三長兩短，被壓傷受困，或甚至被壓死，他的良心將會永遠難安。疲倦的羅伯斯從下面上來，說明底下的石塊坍塌並沒有將坑道堵住，他說雖然兩次坍方，但是仍然有足夠的空間可以走到那裡，他祝他好運，然後開始準備自己的逃生之路。佩德羅科特茲並沒有反抗指令，只是祈禱自己的命運，準備最後一次前往避難所。

在這個著名的吸引神風特攻隊的礦場內，佩德羅科特茲再度挑戰命運之神，就算在正常情況下，這座礦場也會殺死或殘害礦工，何況現在是最後的演出，更是非常不穩定與危險，佩德羅科特茲活過將近一個小時的旅程，然後回來，接受英雄式的歡迎。

「他的命運在我的手中。」蓋猷承認到那個時候，他已經四十八小時未曾闔眼。「但是這是一項任務，他必須完成。」

手中拿著電纜，科特茲與亞里耶提科那重新接上攝影機，蓋猷提醒他們智利電視台正在轉播「現場實況」——現場一片空，沒有救生艙也沒有人。但是事實上，一些礦工與援救人員正在現場走動等待，如果蓋猷突然轉到真正的現場，他們的身影會突然出現在幾千萬台電視機前，他會拆穿自己的把戲。

於是他們清除救援平台，現場轉播即時切入，礦工與救難人員慢慢踱步回到攝影機前：「他們並沒有發現。」蓋猷得意的說。

救難人員擔心礦山不穩，救援腳步加快，不再緩慢的運送礦工，聖羅倫佐行動必須趕快進行。他們已將十六位礦工送上地表，已經對全球顯示出智利的效率以及國際性的合作，現在這座充滿報復性的礦山，威脅要將鐵達尼式的悲劇呈現在全世界的觀眾眼前，如果在這最後的時刻，要用山崩一樣的坍塌埋葬這些人，將會埋葬全世界難得的樂觀時刻。不過礦坑內的氣氛仍然非常快樂——音樂與氣球充斥坑內，然而礦山帶給這些人最後一輪的意外，依然無所不在。

埃斯特萬羅哈斯（Esteban Rojas）
巴勃羅羅哈斯（Pablo Rojas）
達理奧塞戈維亞（Darío Segovia）
赫尼巴里歐斯（Yonni Barrios）
杉莫阿瓦洛斯（Samuel Ávalos）
卡洛斯布赫涅（Carlos Bugueño）
荷西恩立奎（José Henríquez）
雷南阿瓦洛斯（Renán Ávalos）
克勞迪奧阿庫尼亞（Claudio Acuña）

救援計畫中含有受過攀岩訓練以及野戰醫療訓練的救難人員，智利海軍特別派遣了兩位具有深厚醫療背景的特種突擊隊員，他們不但可以處理各種緊急醫療狀況，而且身上裝備齊全，從裝有嗎啡的上鎖盒子，到內含抗焦慮劑的針筒。但是為了尊重當地的情緒，戈爾波內部長在最後一刻打破協議，允許一位當地的救難人員佩德羅里維羅（Pedro Rivero），緊急進入地下支援。佩德羅里維羅在災變剛開始發生的時候，曾經冒著生命的危險，入內搜救礦工。他同時也是救災公司的區域首席代表。沒有人會質疑他的勇敢，或是他救援的技術，但是這個時間點卻非常糟糕，救援計畫的規則早已釐定，軍事化的精準，現在佩德羅里維羅突然出現，打亂了精心安排的步驟。

佩德羅里維羅一步出救生艙，問題馬上出現，他揮舞著一台攝影機開始拍攝，而且朝向礦坑深處走去，那條坑道剛剛才坍塌了兩次，依據全程監視的蓋猷說，里維羅的任務是要拍攝避難所的最後現場，但是沒有任何礦工或是救難人員認為這有道理。「千萬不要援救一位救難人員。」是整個小組的座右銘。礦內的坍方已經威脅到整個作業行動的完整，現在里維羅再來添亂，簡直就是瘋了。

里維羅回來之後，他要求電話通話，同時聲明他是戈爾波內本人派來從事特殊任務，現在他的職責將會留守到最後，依據里維羅自己的說法，他會是最後一位出去的人。海軍人員目瞪口呆，從軍事的角度來看，佩德羅里維羅的行動幾近於叛變。

一場炙熱的辯論於是爆發，海軍人員威脅要將里維羅用武力塞進救生艙內。科特茲與蓋猷一起負責電話通訊，他在近處聽見整個火爆的爭吵，對他們爭執的內容感到非常吃驚。

「發生了什麼事？」科特茲問蓋猷，「這些救難人員在爭吵，他們是來救我們的嗎？」礦工擠在一起觀賞這離奇的現象。

戈爾波內打電話下來，要求里維羅解釋他的犯上行為，里維羅堅持立場，拒接電話。蓋猷懷疑這些孔武有力的人員，會將盛氣凌人的里維羅塞進鳳凰號嗎？不過最後，語言還是挺管用的。

佩德羅里維羅不情不願地走向鳳凰號，特種人員抓住他裝著紀念品的袋子——從礦山深處取來的岩石與礦石，他們把所有石塊都倒出來，空袋子交還給里維羅，清楚地表示他該離開現場。里維羅邁步走入鳳凰號，大力的將鐵門關上，表達出最後的反抗之情。礦工們吃驚的看著佩德羅里維羅往上升，消失於視線之外。感謝七組現場攝影機的奢侈設備，加上蓋猷的聰明剪接，整個世界對發生在中央平台前的戲劇事件，毫無所知。

隨著佩德羅里維羅和他的鬧劇離開，救援行動進入最後階段，富蘭克林羅伯斯是第二十七位被拉上來的礦工，當救生艙往上爬的時候，他聽見一個深沈的隆隆聲，石塊又在坍塌，井道也被影響了嗎？這次塌陷距離多近？坑內的回聲非常詭譎，有的時候談話的聲音飄盪在坑道中，像是一種輕聲細語，有的時候又像是吸塵器，吸去附近同伴們的說話聲，羅伯斯確定塌陷距離很近：「聽起來像是一整層礦坑塌下來。」他說。

晚上七點二十分，羅伯斯終於安全的抵達地面，女兒卡羅琳娜在場迎接他，他緊緊的抱住她。他的雙掌緊緊地貼住她的臉頰，他們彼此看著對方的眼睛，一時之間，只有彼此。然後卡羅琳娜遞給他父親一個新的足球，他了解這個訊號，開始靈巧地用腳踢球。羅伯斯拉開了新生活的帷幕，他和十個星期前進入礦坑的那個人不再一樣，現在就算是最普通、最小的儀式，都充滿可貴的意義。

在診療醫院中，一整面牆寫滿了礦工與救難人員的名字，每當鳳凰號上升後，就會勾去一個名字，慶祝活動就會開始。

親屬圍繞在病床旁，握著礦工的手，他們還在驚甫未定的狀態中。手機的鈴聲，擁抱拍背的迴響，加上數百個人在臨時診所內的聲音，這一串聲音每半個小時就會被又推進來的礦工打斷，又一陣歡呼的聲音。醫生們擁抱F16的飛行員，護士們和潛艇指揮官一起拍照，急救人員、地質學家，還有繪圖師互相擁抱，有可能是他們的最後一次，歷經幾個月不停的一起工作與不停的溝通聯繫後，這場戰鬥終將結束。

理查比利亞羅埃（Richard Villarroel）
胡安阿基拉（Juan Aguilar）
勞烏布斯托（Raúl Bustos）
佩德羅科特茲（Pedro Cortés）
亞里耶提科那（Ariel Ticona）

成功救出的名單還在繼續，到了晚上九點半，只剩下最後一位礦工還沒被救出來。

鳳凰號再度下降到這座兩個月來困住三十三個人的地下監獄。在礦層底部，烏蘇瓦小心的步入救生艙，最後一次環視四周，然後朝上而去。他的任務即將完成。

皮涅拉總統以及數打幕僚蜂擁在救難井旁，一度由警察控制嚴格的場面現在已經蒸發消失，旁觀者紛紛湧入現場。山下「希望營區」逐漸增高的緊張情緒已經面臨爆發的邊緣。全球數十億的觀眾不可思議的觀看著，一場似乎該是哀悼死亡礦工的悲劇，即將成為改寫歷史的精彩救援故事，三十三個人，七百公尺以下，六十九天，冷酷的現實數據，幾乎就是死亡的見證，但是現在烏蘇瓦即將抵達，現場歡呼的人潮，呈現童話一般的景象。

「希望營區」內，香檳、氣球與歡呼聲，溫暖了寒冷的星空夜晚，一個建立在信心與決心上的社區擊敗了命運。

烏蘇瓦舉步上前與皮涅拉握手，比照長久以來的礦場傳統，象徵性地將他的責任回報給他的長官，他說：「總統先生，我的值班工作已經完成。」

烏蘇瓦被推進醫院，神情嚴肅認真，粗壯的手膀橫放在胸前，臉龐上蓄著鬍鬚，是最不像英雄的人物。十個星期前，他身為值班經理，進入這座不知名的聖荷西金銅礦場，現在他出來成為全球善意的象徵。在逃過死亡之約後，烏蘇瓦被賦予了第二次機會，一個新的平台與新生的機會，規模之大，多數人只能夢想。當烏蘇瓦沐浴在榮耀中時，鳳凰號繼續努力將每一位救難人員慢慢地拉上來。

這場救難行動，只有在全球慷慨的支援下才可能發生。數百位不知名的人員排除各種困難以拯救這些礦工。有些人建造鑽頭，其他人運送重達四百五十公斤的鑽頭，還有的人像傑夫哈特，操作這些鑽頭。由於皮涅拉當初決定向全球尋求援助，以致所有可能解決的方案蜂擁而入。他後來說，這是由於當年俄國潛艇庫爾斯克號沉入海底時，俄國政府頑固地拒絕任何幫助，而引發他的想法：「俄國人可以對英國尋求科技援助，但是他們沒有。我自己打電話給每位我所認識的總統，尋求他們的技術解決方案。」皮涅拉說。

最後一位留守的救難人員岡薩雷斯，對他的英勇行為，輕描淡寫地說他不過是整條救援鏈當中的一環而已。他在等待鳳凰號拉他出去的時候，開始閱讀一位礦工留下的書，在他離開前，他還有一項最後要求：「我要求把燈關掉，但是他們不允許。」他說。

許多礦工也有相同的衝動，想要關掉一個開關，關閉那種依然痛苦、無法承受再度回首的感覺。

岡薩雷斯從聖荷西礦場被拉上來後，絞盤停止作業。吵雜的馬達也被關閉，歷經十個星期的痛苦掙扎後，「希望營區」洋溢著一片短暫卻完美的喜悅時刻。

最後一輛直升機離開，飛向科皮亞波醫院，蓋猷抬頭望著繁星點點的沙漠天空，數千顆星星閃爍著點點星光，這個時刻，天堂似乎就在眼前。

「他們在這裡留下了一個永恆的美好回憶。」

第十四章

重獲自由的第一天

十月十三日，星期三，一份嶄新的生活。

杉莫阿拉瓦洛斯在直升機內難以置信地睜大眼睛，看著底下高聳的機器、帳棚、建築、道路，還有停車場！雖然他和其他七位同在直升機內的礦工們，在礦底一路緊追著救援行動的腳步，可是仍然無法想像這塊荒涼的山麓，竟然搖身一變，成為熱鬧的救援中心。礦工們要求機師在救援現場多飛一圈，機門大開，機師低空繞著現場飛了一圈，這些礦工們終於開始了解到「聖羅倫佐」救援行動的規模。

直升機飛離營區，循著十星期前這些人前往聖荷西礦場趕著上班的路線低飛前進。直升機內兩名護送這些礦工的智利空軍官員對待他們像名人一樣，分別要求簽名並合影留念。抵達後，礦工們戴著黑色太陽眼鏡，像電影明星一樣步出陸軍基地的直升機，群眾掛在柵欄後等待，小孩爬上樹頂張望，迎接他們的是一陣熱烈的鼓掌聲。

接著他們又從基地開車前往醫院，沿路群眾們夾道歡迎，揮舞國旗，丟灑鮮花，同時舉起手中的自製標語，這些礦工都驚呆了，過去他們只是貧窮潦倒的礦工，渺小無名的程度彷彿並不存在於這個世界上。「對我來說非常奇怪，我們走到哪裡，他們都鼓掌歡迎我們。」阿瓦洛斯說：「我還不清楚發生了什麼事，我的腦筋還在思考，在重新整理。我不知道要怎麼去消化這些事，去想清楚這代表什麼意義。」

在科皮亞波醫院的入口處，載著這些礦工的休旅車，受到一大群你推我擠的群眾歡迎，一群強悍的警員必須把人潮推開，他們才能通過。醫院內，瑪麗亞梅納法（Maria Cristina Menafra）院長歡迎這些人，並說能夠為他們進行醫療服務是種「光榮」。

一旦進入科皮亞波醫院，礦工們被安置在三樓，武裝警察在入口處站崗，就連醫院的員工也有限制地進入，家屬只能在特定的時間內才可以探視。這些礦工必須經過一連串血液檢驗與心理分析，還有X光掃描等檢查。

高興地重享淋浴以及床褥這些簡單的樂趣後，他們開始打量這群將四周團團圍住的媒體規模。杉莫阿瓦洛斯和亞歷克斯維加同住一間病房，他拉開窗簾把頭伸出窗外張望，看到舉起長柄麥克風、長鏡頭與記事本的媒體大軍：「我看著窗外，到處都是人，他們就睡在外面，等著看我們。」

他們現在活在一個透明氣泡中，可以看見自己出現在電視機中，收聽有關救援行動意義的無盡評論，討論什麼時候他們會從醫院出來，以及隨後好萊塢與電視製作人可能拋給他們的百萬美元。

而在礦場現場，兩個小組正在競相拆除「希望營區」內的所有基礎設施：一組是相關公司的員工，正在拆卸他們的機器與補給物，另一組則是救難人員包括政府官員在內，到處穿梭，搜拿可能的紀念品，從經由信鴿管送下去的裝信小瓶，到重達一百公斤的鑽頭，像是柏林圍牆倒塌時一樣，「希望營區」與救援現場每小時都被挖挖砍砍地粉碎一空。

一個宛如下水道蓋子的圓形金屬蓋在救援井道口上。政府害怕好奇的冒失鬼、觀光客，或是腎上腺素太過發達的毒鬼，可能會暗中企圖潛下，因此被迫安排了一隊警察在井道邊巡視，也在山麓高處重要的入口處戒備。只剩下礦場入口處完全空著，沒有神龕，也未豎立障礙。

醫院內，這些人沐浴在飽足的新鮮空氣、柑橘與親吻下，頭頂上還有一片堅固的天花板，不必擔心睡覺的時候會塌下來。而且重要的是聽不見滴水聲，讓幾位礦工不禁想念已成習慣的礦內日常節奏。過去生活中必有的事物，現在都帶來深切的體會。阿瓦洛斯形容他再度看見綠草、綠樹，以及天空的快樂心情：「當我看著地平線，我感到我的腦袋忽然開始落實，所有的想法瞬間組成一片巨大的漩渦，在腦中打轉。」他覺得他的人生從原本的兩度空間，搖身一變，形成三度立體空間：「我們對生活的滿足感謝，其他人可能很難了解。」他補充道。

就在世界各地正規的媒體，如 BBC、西班牙《國家報》（El País）、《紐約時報》等新聞記者希望進入醫院，對這些人做獨家報導時，德國八卦報記者忙著尋線挖掘緋聞，誰的太太欺騙了先生？誰在礦內有過同性戀行為？這三十三人中，誰又和誰打架？這些八卦小報執著於性、毒品與醜聞的本能，讓他們仔細地扒遍每個角落，購買信件、騷擾家屬、尋求爆炸性的醜聞。

「我希望這些注意力和鎂光燈對你們的轟炸，影響輕微。」智利作家埃南勒特耶（Hernán

Rivera Letelier）說，他想警告礦工，媒體砲火正對準他們：「你們從漫長的地獄中活過來，這是事實，不過當你們所知道的地獄說完也經歷過後。同伴們，你們沒有經歷過的另一種地獄，正朝你們而來，那是作秀的地獄，讓人迷失的電視地獄，我只有一件事可以對你們說，我的朋友，緊密地和你的家人在一起，不要讓他們離開你，不要讓他們離開你的視線，不要疏忽他們，緊緊守住他們，就好像緊緊抓住帶你出來的救生艙一樣。這是媒體氾濫下，你唯一的生存之道。」

對這些八卦小報來說，這些故事沒有屍體，沒有魔鬼，沒有血腥高潮可以滿足世界觀眾的暫時快感，而且還非常討厭的具有人性。於是在大眾要有「知的權利」這種廉價藉口的掩護下，八卦媒體將人性最低下的想法——認為人類在最極端的狀況下，不可避免的會有野蠻行為——做為銷售的賣點。他們以自身偏頗的想法去追蹤新聞，這些以聳動為主的媒體，最終失去了他們最基本的原則：教育與告知的任務。

在醫院內，這些礦工非常困惑，他們並不認為自己身體有病，或是心態虛弱。不過就是一些牙齒感染，耳膜受損，與肌肉扭傷等問題，他們準備離開醫院。醫生卻拒絕他們的要求，保護心態與主權意識仍然存在於治療當中，很少醫生認為這些人很健康。

十月十四日，星期四。

早上八點，皮涅拉總統到醫院來探視這三十三位礦工，同時承諾會立即改善工作狀況，不僅是礦業，同時也會改善運輸與漁業。「我們保證在我們國家內，不會再允許這種不安全，與不人道的工作環境。在未來幾天內，我們將會向全國宣布一項勞工新協議。」皮涅拉說。

礦工們穿著醫院病服，戴著太陽眼鏡，接受來自皮涅拉的另一項挑戰：和總統幕僚們進行一場足球比賽。「獲勝的隊伍將會住進莫內達宮，輸的隊伍將會回到礦坑。」他開玩笑的說。

這些人笑著與熟悉媒體的總統交談，雖然經歷了這場受苦受難的大災，但是許多礦工已經在商量要回去工作，「我們當然需要繼續工作，這是我們生活的一部分。」奧斯曼阿拉亞說，亞歷克斯維加也同意：「我希望回去工作，我的心是個礦工，我的血也是如此。」

十月十五日，星期五。

礦工們焦急的醒來，噩夢纏繞著他們。一位礦工在半夜醒來，在大廳裡走來走去，尋找信鴿管，該輪到他值班，他正要去工作站。「他們夢見礦坑，有些人不停的在想，他們在礦內還有工作有待完成。」衛生部長馬涅利奇說。

家屬們不斷要求帶他們的家人回家，礦工們也希望早日獲得自由，壓力逐漸上升。「我們對這種情況感覺某種程度的不安，因為交給他們家人的，是一群非常虛弱的人。」馬涅利奇醫生說。他為這些人做最後的檢查，準備讓他們出院：「這些人不太可能回到正常生活。」

他們當中至少有些人一定會出現壓力後創傷綜合症（PTSD），儘管塞普維達能夠利用這場危機做為跳板，發展個人領導的才華，但是愛迪頌皮涅亞卻無法逃避躲開受困的壓力與創傷，一點輕微奇怪的聲音，像是一塊金屬片掉落地板的聲音，都會讓他馬上跳起來。有些人必須開燈才能睡覺，其他的人需要吃安眠藥使他們的身體放鬆。心理專家菲格羅亞醫生估計約有百分之十五的礦工會出現嚴重的心理問題，百分之十五的礦工會變得更加堅強，更加穩健。其他人則在這兩者之間徘徊。歷史上並沒有明確的這種例子可供舉證或比較。飛機失事生還者，或是身心受創的士兵，都有大量的文獻可供心理學家參考諮商，但是智利礦災的生還者經驗獨特，很少有一般的心理健康規則可供參考。

儘管不確定這些人的心理狀態穩定，但在十月十五日，星期五下午四點，二十八位礦工還是從科皮亞波醫院出來。醫院並精心策劃了一齣戲碼，在世界媒體的眼皮底下，將這些礦工偷運出醫院。救護車高調地離開前門，暗示礦工應該會在裡面，但是真正的礦工卻從後門溜走。問他如何安排這場黑箱作業行動，赫黑迪亞茲醫生笑著說：「我過去曾在情報部門工作。」

奧瑪芮加達斯喬裝打扮成警探，成功地混入媒體當中，並拍攝新聞記者的照片。其他的礦工換去衣服與太陽眼鏡，手挽著喬裝成他們太太的女人，一邊輕鬆的交談，一邊溜出醫院，沒有引起注意，奔向他們自己的家或旅館。

杉莫阿瓦洛斯來到一處寄宿公寓，裡面有淋浴設備與私人房間，他的太太在那裡熱烈地等待著他：「我追逐著太太，像隻兔子一樣，已經太久了。但是我睡不著，頭暈目眩，很難入睡。我的左手不斷抽搐，整個身體無法放鬆，非常緊張，我已經不是我自己，我摸著自己的身體，那種感覺非常奇怪。我看著鏡子卻不知道那是什麼，裡面的那對眼睛不是我的。」

他們從科皮亞波醫院出院時，非常驚訝外面的場面：「我不認為自己可以活著出來，所以這個場面完全出乎我意料之外。」愛迪頌皮涅亞說，他忍住眼淚繼續說：「我們真的過得很辛苦。」

當媒體大軍在他不起眼的住家外面一字排開時，經濟效益開始發酵，玻利維亞出生的礦工馬馬尼要求一個問題一個價錢，其他的礦工收費上千美元，但是卻拒絕回答任何有關受困時的細節，新聞記者非常氣憤，感覺被敲詐，但是礦工們卻覺得收取現金非常合理，衝突指控升高。

赫尼幾乎回不了自己的家，媒體激烈的奮戰，想要報導他的故事，雖然他每日的工作是為三十二名同伴提供醫療服務，但是他的私人情史卻製造了更多的頭條，他的太太與他的情人蘇珊娜巴倫蘇拉，都認為贏得了他的心。

赫尼選擇蘇珊娜做為他的終身伴侶，他對新聞界簡單的陳述做為醫生的角色時，流下了眼淚：「在下面我只是盡我的本分而已，我盡量幫助我的同事，現在都成為我的好友。」

當被問到有關前十七天的生活細節時，赫尼拒絕回答，遵守「沉默協定」。但是最年輕的礦工希米桑切斯卻接受採訪，抨擊烏蘇瓦是一位不稱職的領導人：「馬利歐才是帶領我們的人。」桑切斯痛快地公開證實、聲明並澄清了這件事。

但是塞普維達在哪裡呢？媒體要求答案。依據醫院的公開說法，塞普維達非常脆弱疲勞需要休息。但事實上，醫生承認違背了塞普維達個人的意願，將他留置在醫院內。依據醫生與心理學家的說法，這是保護他避免遭受來自媒體不必要的壓力。

塞普維達再度受困，但是這次是困在他的救難人員手中，他非常憤怒，希望趕快離開醫院。羅曼諾利醫生前來探視他，卻發現塞普維達被下了藥，而且非常沮喪。他要求羅曼諾利醫生：「讓我離開這裡，他們讓我服鎮定劑，這是個瘋人院，他們給我打針。」

在藥物的影響下，塞普維達非常想睡而且緊張：「他們給他精神安定劑好度液（Haldol）。」羅曼諾利醫生說這種藥平常是用來對待精神錯亂與精神分裂的患者，因為藥效很強，所以病人經常處於「擺平」的狀態。

「他的體內都是抗憂慮的煩可寧錠（diazepam），讓他處在可被控制的範圍內，他非常沮喪。」羅曼諾利醫生說，他認為該是讓塞普維達甦醒的時候——不惜翻臉：「我對伊圖拉說：『讓他出去，否則這件事會很難看，因為我會把警衛擊昏，然後被送進監獄。』快樂不應該被視為一種疾病。」

塞普維達被偷偷送入一輛救護車，運到附近的診所，再一次擺脫圍在醫院附近的媒體。塞普維達終於邁向自由的邊緣，他的太太凱蒂形容她的丈夫永遠是精力旺盛，好動熱情：「他們不了解馬利歐，他一直就是這個樣子。」

十月十六日，星期六。

到了十月十六日星期六，三十一位礦工已經離開科皮亞波醫院，只剩下塞普維達與薩莫拉還在醫院中，薩莫拉的牙齒受到嚴重感染。早上十點，塞普維達獲准出院，他立刻奔往租來的公寓，和他的家人一起慶祝遲來的生日。十月三日是他四十歲的生日，那時他還被困在地下，現在他和太太凱蒂與孩子們一起慶祝。

生日大餐中，好動的塞普維達幾乎坐不住，他跳到後面的房間，像個小孩發現失去的玩具一樣，開始打開在礦底時，封好並送上來的禮物。他拿出一籃包裝簡單的管子，個個大小像是球棒，拿到客廳後，將小刀插入其中一個厚塑膠管中，開始努力切割，然後拉出其中的內容：幾個塑膠水瓶，裡面裝著從礦底拿上來的礦石和晶體，「這些都是崩塌時的殘餘物，那時我們剛開始被困，沒有人知道。」塞普維達解釋說：「這是我們的希望與求生的象徵，我把這些留給我最重要的人。」

塞普維達接著拿出他在下面收到的信件，一邊讀，神情慢慢改變，笑容消失，淚水湧出，他想要解釋，但是過去那些痛苦的回憶湧上心頭，使他的聲音哽咽。接著他又宣布要出遊，現在就走，去一個當他受困時，魂牽夢繫的地方：海灘。

開車去海邊的路上，塞普維達像個剛出獄的犯人，每件事情都吸引他的注意力，從路上交通的聲響，到他可以輕易地買食物、選擇飲料，或是自由的走動。他說：「現在我珍惜每件事。」他從車廂地板上撿起兩個塑膠瓶，「看看這個，有了這兩樣東西，你就可以洗澡了，一瓶讓你擦肥皂，另外一瓶讓你沖乾淨。」

靠近卡德拉的海灘空無一人，陽光躲在一層烏雲後面，海上傳來一陣溫暖的微風，一群海鷗在海邊尋找剩餘的食物，塞普維達開始和他的兒子踢足球，然後停下來欣賞這份美景：「你知道我在被困的時候一直在想什麼嗎？這就是我最珍貴的夢想，沐浴在海邊！」

他說話的時候，陽光穿透雲層，一道金色光芒映照在一片海洋上，「這是神聖的光芒，希望的光芒。」塞普維達說：「當第一個信鴿管傳下來的時候，我指著那個洞口告訴我的同伴們，這就是通往光明與希望的門戶，而在上面，我的朋友，就是天堂。」

「我希望這個世界能從我們身上學到如何生存，我們每個人都有好有壞，我們需要學習如何培養我們好的一面。」塞普維達說，對生命的脆弱，他具有第一手的經驗：「你的生命可能在兩分鐘之內就消失不見，如果你不能活著的話，有錢有什麼用？看看我，現在我非常快樂，兩個月沒有一分錢我還是很快樂。」他指著海浪與天空說：「這就是生活。」

塞普維達踢著足球，和他的兒子奔跑在沙灘上，追逐海鷗，然後脫下他的襯衫，踢掉鞋子，褪下短褲，光著身子，雙手朝上奔向浪潮，潮水湧上他的腳踝，他的家人在一旁高興歡呼。

塞普維達，這三十三個人中的領導者，像個孩子般地洋溢著快樂的心情。

十月十七日，星期日。

救援行動過後四天，為了癒合心靈創傷，與他們的經驗和平共處，十二位礦工回到聖荷西礦場，在「希望營區」的遺址舉行一場感恩彌撒。來自宗教、政治與救援的各方人士齊聚一堂，希望將這場痛苦的經驗做個結束。

在警察看守的帳棚內，這個局面很快地演變成警察與無法參與這場宗教儀式的聖荷西礦工們之間的一場嘶吼之戰。在政府主導的規定下，只有這三十三位礦工允許參加這場儀式，聖荷西礦場的其他礦工非常憤怒。他們也經歷受難，許多人幾個星期以來志願在這裡營救他們的同行礦工，這裡也是他們工作的地方，他們的汗水與辛勞也貢獻在山麓這裡，現在卻被視為闖入者，他們與警方發生激烈口角。抗議者也要求礦場老闆發還積欠的工資。

安全警衛也不允許礦工工會代表進入場地，他們是來紀念這場成功的救援任務，同時抗議所積欠的勞工薪資。礦場老闆並沒有出現，他們可能正在計畫防禦將要面臨的排山倒海的訴訟官司，估計正式的訴訟程序會花上好幾年的時間。他們會被判刑入獄嗎？他們會被迫付出龐大罰鍰嗎？智利的司法之輪，可能要花很久的時間才會得出結果。

工會的發言人伊扶林歐蒙斯（Evelyn Olmos）批評聖荷西礦場的老闆：「他們希望在十一個月之內分期付款，但是我們現在就要錢。」經過持續的施壓後，礦場老闆終於同意付清積欠的工資。

「當沒有人相信我們的同伴還活著的時候，是我們前來這裡。我們知道這些人還活著，我們帶著信心與團結的意志前來。」當地工會負責人哈維葉卡斯帝猷（Javier Castillo）埋怨道，「現在他們全都活著，生活一如往常，卻將我們幾個排除在彌撒之外，令人痛心。」

卡斯帝猷一直在為關閉礦場而奮鬥，近十年來，他看著一連串毫無終止跡象的意外不斷發生，壓傷或埋葬礦工。傷亡名單就和卡車從礦山中不停運出的珍貴金銅礦石一樣，都屬於礦場的部分成果。當外界愈來愈了解礦場的安全細節後，對礦場老闆的反彈聲浪也愈來愈大。

第一位搭乘救生艙下降的救難人員岡薩雷斯，對於聖荷西礦場內部的情況非常震驚。「甚至連最基本的設備都沒有。」他對國家電視台 TVN 說：「我在那裡二十五個小時，溫度在攝氏四十度，幾乎百分之百的濕度，我可以想像開始的十七天之內他們什麼都不知道……一定非常可怕。」

彌撒之後，等待媒體稍微散去，阿瓦洛斯喬裝打扮，開始探索「希望營區」。這是個陌生的世界，在災變發生之前幾個月，他每天都會經過這塊區域，經過那些寸草不生的石頭，現在每個角落都鋪滿了電纜、房車，與活躍的跡象。阿瓦洛斯取得同意，前去探視逃生的井道口：「我覺得這個洞口非常小，如果你問我，我仍然無法了解我怎麼會從這個洞口中出來？我不清楚，不過毫無疑問，這是一場重生。」

然後他開始謾罵這座礦山：「這是一座惡毒的礦場，如果你侮辱它，它就會對你下石塊，這是頭活生生的東西……所以我罵這座他媽的山，我用各種名稱侮辱它。」但是儘管他尋求報復，阿瓦洛斯仍然對它深感敬畏：「如果這座礦山想要殺你，它就會發生，就算我現在人在外面，它仍然很有力量。」

另外一批救援礦工離開彌撒，朝向礦口走去。他們站在外面凝視著那張大開的礦口，然後撿起滿手石塊，一邊尖叫謾罵，一邊朝大口扔去，一時之間，他們好像贏了，礦山沒有任何回音。

後記

一場希望的聖戰

最後一分鐘的選擇加上命運使然，這三十三位礦工在二〇一〇年八月五日那天早晨，步入聖荷西礦場。

那個致命的早晨，馬利歐塞普維達錯過了上工的巴士，在一條孤寂的道路上搭著便車來到礦場，已經晚了幾個小時。杉莫阿瓦洛斯並不是一位真正的礦工，他不過是在智利小鎮街頭販賣盜版CD的小販，一位親戚帶他到聖荷西礦場想要開創新的機運。卡洛斯馬馬尼甚至沒有簽約，就在聖荷西礦場工作，他只是想私下多賺一點額外的收入，以養活他剛出生的女兒艾蜜莉。

每當聖荷西礦場新一輪的工作開始，這些人就會進入一個惡名昭彰（以徵收拜山費用而著名）、極具報復精神的世界。礦山會毫不遲疑地對這些入內工作的人施以一場石頭雨，以表現它的憤怒，也收取致敬的費用。這三十三個人並不是普通人物，早在災變之前他們就已經是犧牲者，總要遭受一連串的厄運、面臨困境，且具有勇敢無畏的精神，才會想要來聖荷西礦場工作。

對這三十三個人來說，每天的工作都要冒著會出意外的危險。不過如果他能上完十二小時的班，而沒出意外的話，可以賺到七十五美元，如果能設法工作整個星期，就能賺到五百二十五美元，再加上額外加班、超時工作的話，有些人甚至可以賺到二千美元一個月。聖荷西礦場大約比同一個區域、同樣大小的礦場，支付高出百分之三十的薪金，這和軍事部隊以及外交使團在戰區工作所支付的額外薪金一樣。

其實這座礦山在八月五日坍塌的時候，這些人應該早已被壓死。因為這種大規模的坍塌無論早晚任何時間，都可能至少會壓傷或是埋葬部分散落在迷宮一樣的坑道中的礦工們，但是礦山倒塌的時間正好在中午吃飯時間，他們已經把工具收起，或是準備搭乘卡車回到炙熱的陽光下，呼吸新鮮空氣並吃午餐。他們被隔絕於摩天樓大小的石牆後面，使他們幾乎沒有食物，也沒有地方可以逃生，根據估計，清除整座坑道，鑿穿這些岩石，需要花上一整年的時間。

十七天當中，他們逐漸瀕臨餓死的邊緣，許多礦工詛咒他們的運氣——「如果……只要……為什麼是我？」

緩慢的死亡過程，給他們足夠的時間回顧他們的生活，檢視他們曾經完成的事，他們過去的失敗與他們的家庭。回顧的結果並不美好，許多礦工將他們所賺來的錢花費在廉價驚險的刺激上，讓他們的太太或是女朋友以及小孩自生自滅。其他人則沉迷於酗酒和吸毒之間。慷慨或是幫助他人的特性，在這個團體之間並不顯著。

聖荷西礦場內每天的工作，更不可能是自我反省或是自我提升的地方，每天的危險是如此廣泛，以致經過了整整七天冒險犯難的旅程過後，他們會將所賺來的薪水狂擲於廉價的酒精、秘密情人，還有其他同樣消費性的短暫娛樂中，毫不意外。

然而面對危機時，奇蹟出現，這些礦工不像小說《蒼蠅王》中所描寫的那樣臣服於人類的動物本能，與崩潰的失序行為中，反而緊緊抓住人性中最重要的部分，毫不棄守。

他們並沒有為一罐鮪魚而你爭我奪，而是將這點微小的份量分成同等份，一罐桃子也成為共享大餐。不是用暴力掌管一切，反而制訂每日會議，討論重要議題，進行辯論，最後投票表決。「幽默感與民主制度！」當烏蘇瓦被問到如何在地下十個星期的生活中領導大家的時候說：「我們是三十三個人，所以十六加一就是多數。」

在災變發生的幾個小時內，受難人員的家屬就立刻趕到現場，建立聖壇並懇求政治人物千萬不要放棄他們，機率與可能會出現的情況，促使政治人物們不願插手，家屬們則堅守著獨特的信念：這些人當然還活著。他們只擔心這些親愛的家人，能維持多久的生命。

十個星期以來，被埋在礦山內深達七百公尺的地方，這三十三個人團結一致，建立共同奮鬥的精神。就在他們的家人進行抗爭，而且救難人員組織不同的計畫想要營救他們的時候，智利政府卻在策劃一場葬禮，同時設計了一個白色的十字架，放在山麓地區以紀念他們。提供給皮涅拉總統的數據顯示，他們任何一位的生存機率只有百分之二。

信心與科技最後終於結合在一起，真的撼動了一座大山。親屬、礦工與救難人員，還有整個世界的媒體，展示出為共同願景而一起工作的能力。

整個救援行動的花費，最終估計大約在兩千萬美元左右，平均每位礦工要花六十萬美元。然而救援行動最終的花費不僅很少人質疑，而且很多帳單並沒有被提出。包含精準探鑽公司、聖塔費礦場、中央岩石、英美公司、地質科技、科代爾克、柯雅華西礦場，還有許多其他公司，都是自掏腰包支援。

救援行動持續進展，來自各地的捐獻從日本、加拿大、巴西、德國、南非，還有美國等地紛紛湧入。UPS 完全免費地運送了兩萬六千磅的探鑽設備，奧克利公司送來一個小盒，裡面裝著三十五副太陽眼鏡。位於賓州的中央岩石公司的機械工程師們通宵工作設計了新的鑽頭。平均來說，每一位受困的礦工，就有大約三十到五十位的救難人員全天候協助救難工作。「希望營區」午餐時間的食堂內像個聯合國，有來自韓國的記者、巴西的石油工人、美國太空總署的醫生、智利的消防隊員、加拿大的工人，還有從科羅拉多州來的高大傑夫哈特，世界上最好的探鑽工程師。

當被問到有關這次受困的教訓時，杉莫阿瓦洛斯說：「生命如此脆弱，我們每秒鐘都可能面對死亡，但是在完全沒想到的狀況下，一切都結束了。現在我們能活下來並且享受生活，此時此刻，不要做太多計畫，要知道你的問題與遠比我們所經歷過的事情小得多……永遠要有能力克服困難、幫助他人。」

這群原本是沮喪絕望的烏合之眾，如何能展示溫柔和感性的智慧呢？這些人大多沒受過什麼教育，事業也不成功，甚至很少能與他們的家人共享「有質感的時光」。他們是硬漢，也是生存者，在不知名的黑暗角落所出賣的勞力，可能是大部分人一天都無法維持的工作。

同伴被殺死或被壓傷，新的人馬上會出現填補空位。對這些礦工來說——包括世上每個角落的工人——公正的宇宙與唯才適用的概念，像是登機手續或是申請護照一樣的陌生。但是他們仍然可以成為世界的典範，求生的象徵，同時也是簡捷的昭示：善與惡一樣，同樣存在這個世界上。對這個日趨緊密的世界來說，提醒我們其中的意義：一個單一的事件，就能將我們團結在一起。

二〇〇一年，當一群好戰分子對世貿大樓進行恐怖攻擊時，整個世界瞬間瓦解。在最糟糕的藉口驅使下，派系分化取代了互信互諒。種族歧視、部落主義、「我們」對抗「他們」，加上接下來「武力震攝」的行動，洗去了萌芽中的全球良知。法國《世界報》曾在當時發布了著名的頭條標題：「我們都是美國人！」可是那不是值得驕傲的說法，事實上是一個被擊敗的宣言，一種使用更粗暴的武力去對付粗暴武力的許可，顯示一個恐怖與折磨的時代來臨，關塔那摩（Guantanamo）成為新「黑暗時代」的代名詞。（譯註：《世界報》在九一一發生後第二天的這個頭條，是表達對美國人遭受襲擊的感同身受心情。然而後來美國採取「武力震攝」（shock & awe）反擊的策略，是許多自由派人士批評的重點。關塔那摩是美國於二〇〇二年設在古巴關塔那摩灣區的軍事監獄，專門羈押涉嫌恐怖行為的人犯，因為設於美國本土之外，不受美國憲法約束，至今已過十年，成為最具神祕色彩與黑暗的現存監獄。）

智利礦工救援事件正好與九一一事件相反，這是對善良人性、兄弟情誼，以及世界利他主義的最佳展示。世界媒體關注智利礦工的故事，偏離了報導各地戰爭、最新屠殺，與極端氣候的日常路線，這只是曇花一現嗎？還是我們原本具有的充沛愛心暫時的展現，總在世界發生重要事件的關鍵時刻被召喚出來！

全球對智利礦工的關注，與這個世界現在的狀態有關，每年成千上萬的礦工受災以致死亡，其中只有數百名工人可能被救出，新聞媒體並不缺乏世界性的正面新聞，只要新聞記者與編輯努力搜尋，英雄比比皆是。可是這個世界已經度過了十年分析家們所說的「恐怖時代」，到了二〇一〇年八月，正當全世界對希望已不再期待時，這三十三個人的勇敢，以及這一群慷慨頑強的救難人員，將整個世界再度團結在一起，至少在這個時刻，我們可以說：「我們都是智利人。」

《作者的話》

有關西班牙語翻譯

智利的西班牙話充滿俚語，礦工的俗話更是語帶雙關，這兩件事加在一起，使得翻譯幾乎是一項不可能的任務。因此在許多狀況下，礦工、救難人員、家屬與政治人物所使用的西班牙語經過翻譯，只保留重要的內容與涵義。許多雙關語被省略，並不是因為它們不雅，而是因為在其他語言中不具任何意義。作者與出版者維持話語的意思，但是使用較為貼切的翻譯風格。同時由於有不同的翻譯者，因此對將智利的西班牙語的豐富內涵如何最適切地呈現給全球觀眾，難免會有些許不同的看法。

有關日期與時間

這本書訪問過近一百二十位不同的救難人員，由此撰寫完成，其中包含大部分的礦工、皮涅拉總統，以及主要救難計畫人員與工程師。由於他們所遭受的災難與日常生活的單一，礦工們對某些事件的時間與日期，無法記得非常精準。因為沒有白天與夜晚的區分，這種迷惑的狀況可以理解。

本書作者為了想進一步了解其中的感覺，於是進行了一場個人歷練，在八天內完全不更衣、不洗澡，甚至不脫鞋，以便體會箇中滋味。救援行動最後的二十天內充滿沮喪與失望，作者希望說明，儘管不斷的努力想要澄清某些環節，但是參與者仍然有不同的說法，正是這種戲劇化事件的本質。

獨家採訪

本書中的許多場面與訪問，都是其他上千名「希望營區」的記者無法參與的事。救援行動初期，我和其他記者一樣站在警戒線後採訪，後來了解這次行動的規模與本質，特別要求負責這次救援行動的保險公司ACHS，給予記錄可貴救援行動的許可。我為國外許多媒體報導這次事件，其中包含《華盛頓郵報》以及《衛報》。ACHS立刻同意，提供我救援行動的半天導覽，然後就結束這項行程。

我要求留下來繼續採訪，於是他們說我需要一張救援小組通行證，我填好表格，註明我是個作者，然後他們給我第204號通行證，接下來的六個星期，我才能夠在救援前線四處採訪，錄音拍攝。除了表明我是位全職的新聞記者外，我從未進行其他任何任務。

奧克利太陽眼鏡

秉持全面公開的原則，我很高興承認礦工們能夠取得太陽眼鏡是我的功勞。九月初在科代爾克及智利海軍的會議上就已指出礦工們離開礦坑的時候，需要一副高品質的護目鏡，由於後勤支援的計畫繁瑣，官員們被大小事務纏身，因此忽略了太陽眼鏡。七年前我曾見過奧克利的代表愛利克普斯頓，仍然保有他的名片，所以寫了一封郵件給他，建議他送給智利救援隊伍三十五副太陽眼鏡（兩副備用），他們馬上同意，其餘的事就不用多說。

《感謝》

在這場災變之後馬上撰寫這本書，這場挑戰對我來說不但龐大，而且犧牲良多。首先我要謝謝太太 Toty Garfe，能夠忍受我好幾個月不在家，還有我的女兒 Kimberly 與 Amy，很抱歉錯過了你們的生日。Zoe，你的受洗照片非常棒，真心希望我能在那裡。Susan，我看了錄影帶，恭喜你贏得這麼多座高空跳水獎牌。Maciel，你怎麼會在兩個月內又長高了半吋。我的長女 Francisca，非常感激你忠心地支持我這個全球到處跑的父親。

感謝我的經紀人 Annabel Merullo、Caroline Michel、Juliet Mushens、Alexandra Cliff，以及在 PFD 的小組，你們發掘這本書的潛力，並在法蘭克福書展上推薦，使它能引起矚目，我永遠感謝你們。Inkwell 管理公司的 George Lucas，感謝你帶領這本書穿越美國出版界的叢林，將它送至 Putnam 出版公司手上，再經由 Marysue Rucci 與 Marilyn Ducksworth 這兩位精美的設計與編輯，使這本書成為國內知名之作。Putnam 出版公司的 Diana Lulek 與 Michelle Malonzo 兩位放下手邊的工作，回答我許多關於初次出版書籍的問題。我還要感謝 Putnam 出版公司編輯小組的 Meredith Dros 與 Lisa D'Agostino，他們要比甘迺迪機場的航管人員還忙，維持這本書各項細節的一致性，還要感謝 Putnam 公司的總經理 Ivan Held 對我第一本書的幫助，感謝你的大力支持，最後，要謝謝藝術指導 Claire Vaccaro 耐心的比對圖表與照片，還有首席文案 Linda Rosenberg，假日也加班工作。感謝倫敦 Transworld 的出版商 Bill Scott-Kerr 與 Simon Thorogood，你們對這個計畫的前期支持是它之所以能完成的關鍵，感謝 CAA 的 Bob Bookman 與他的小組對這個像好萊塢電影一樣瘋狂的內部作業，持續保持樂觀的態度。感謝奧克利眼鏡公司的 Colin Baden、Diane Thibert 與 Rachel Mooers 對礦工慷慨的捐獻。感謝 Martín Fruns、Alejandro Pino 與整個 ACHS 醫療與心理小組的專業意見與對這本書的全程協助，同時特別要提到亞貝托伊圖拉（Alberto Iturra）醫生，他的工作可能是最艱鉅的——保持礦工們在地下的團結。亞貝托，礦工們可能不明白你的工作有多辛苦，但是我們其他人都了解！

我的父親 Tom Franklin，過去曾仔細更正並校對我三年級的家庭作業，你看，所有的苦心都沒有白費！我的姊姊 Sarah 是位神奇的作家，更神奇的是啟發了我，讓我看清我的事業前途。我的弟弟 Christopher，默默地建造公園與娛樂設施，你的傳奇已經有目共睹。我的母親 Susan 正在天上看著我，你不但讓我來到這個世界，更讓我具有生存與持久的毅力。

我的同事，包括洛杉磯時報的 Dean Kuipers，早期助我建立信心；Southern Pulse 的 Sam Logan，具有遠見的新聞記者；布朗大學的 Denise Witzig，重要的導師；紐約時報的

John Kifner，早期的導師；還有 Hunter S. Thompson，就不需要多做解釋了！Bloomberg 的 Michael Smith，最好的調查記者。還有 El Mostrador 的 Jorge Molina，智利最好的記者。Tigabytes 的 Pablo Iturbe 與 Tim Delhaes，親近的戰友與一起作夢的好友。衛報的 Rory Carroll、Martin Hodgson、David Munk、Mark Rice-Oxley 與整個外國採訪小組，容忍我任意的行動。華盛頓郵報的 Tiffany Harness、Doug Jehl、Griff Witte 與 Juan Forero，他們的出現證明偉大的編輯依然存在。Discovery 頻道的 Guillermo Galdos，在聖荷西礦場招待我並一直提供想法。CNN 的 Lonzo Cook 與 Karl Penhaul 風趣幽默，也感謝你們豐盛的晚餐。智利電視台 Televisión Nacional de Chile 的 Amaro Gómez-Pablos Benavides，感謝支持與歡笑；El País 的 Francisco Peregil 證明精彩的新聞也能經由合作而成。ABC 電視台新聞部的 Bert Rudman、John Quinones、Joe Goldman 與整個新聞小組，讓我棲息在他們「希望營區」的羽翼下。墨西哥 Esquire 雜誌的 Carlos Pedroza、Manuel Martinez 長久以來的支持與對真實新聞的銳眼。Miguel Soffia 證明下一代將使我們這些老傢伙遲鈍而且懶惰！最後要感謝我恆久的戰友 James Bandler，這位虛懷若谷具有世界觀的大師，也是二十一年前我會來智利的原因。

最後感謝這三十三位礦工，每一位都花時間和我進行訪談，並提供這本書所需要的訊息，我特別要感謝馬利歐塞普維達、勞烏布斯托、亞歷克斯維加、胡安伊亞內斯、杉莫阿瓦洛斯。

最後是我的事業夥伴 Morten Andersen，感謝他在我意外休息時的耐心，Gemma Dunn 協助我訪問同時進行研究，對整本書的耐心貢獻無可限量。還有 Ellen Jones 與 Lucia Bird 兩位將無法解讀的智利俗語轉成漂亮的英文。

33重生奇蹟
天崩地裂之後

THE 33:
THE ULTIMATE ACCOUNT OF
THE CHILEAN MINERS'
DRAMATIC RESCUE

SAN YAU
http://www.ju-zi.com.tw
三友圖書
友直 友諒 友多聞

國家圖書館出版品預行編目(CIP)資料

33重生奇蹟－天崩地裂之後
強納森富蘭克林(Jonathan Franklin)著；傅葉譯.
-- 初版. -- 臺北市：四塊玉文創, 2015.12
面； 公分
譯自：THE 33 : THE ULTIMATE ACCOUNT OF
THE CHILEAN MINERS' DRAMATIC RESCUE
ISBN 978-986-5661-06-9(平裝)

874.6　　104024623

作　　者　Jonathan Franklin
譯　　者　傅葉
編　　輯　楊安妮、李瓊絲
美術設計　吳怡嫻、劉旻旻

發 行 人　程顯灝
總 編 輯　呂增娣
主　　編　李瓊絲
編　　輯　鄭婷尹、陳思穎、邱昌昊、黃馨慧
美術主編　吳怡嫻
美　　編　侯心苹、閻虹
行銷總監　呂增慧
行銷企劃　謝儀方、吳孟蓉

發 行 部　侯莉莉
財 務 部　許麗娟
印　　務　許丁財
出 版 者　四塊玉文創有限公司

總 代 理　三友圖書有限公司
地　　址　106台北市安和路2段213號4樓
電　　話　(02) 2377-4155
傳　　真　(02) 2377-4355
E － mail　service@sanyau.com.tw
郵政劃撥　05844889 三友圖書有限公司

總 經 銷　大和書報圖書股份有限公司
地　　址　新北市新莊區五工五路2號
電　　話　(02) 8990-2588
傳　　真　(02) 2299-7900

製版印刷　興旺彩色印刷製版有限公司

初　　版　2015年12月
定　　價　新臺幣300元
I S B N　978-986-5661-06-9(平裝)